U0043922

Wired for Story

The Writer's Guide to Using Brain Science to
Hook Readers from the Very First Sentence

大腦抗拒不了的情節

創意寫作者應該熟知、並能善用的經典故事設計思維

麗莎·克隆 Lisa Cron —— 著

陳榮彬 —— 譯

現實比小說還要奇怪，因為小說必須是合理的。　　——馬克·吐溫

目錄

引言

光有熱情，不足以造就一個能立刻吸引讀者的故事

很久很久以前，即使是聰明絕頂的人也深信世界是個平面。後來他們發現並不是那麼一回事，但他們還是非常確定太陽是繞著地球運行的……直到這個理論也破了功。更久以前，許多聰明人也曾相信「故事只是人們找樂子的一種方式」。他們認為好的故事的確非常有趣，但最多只能帶來片刻歡樂與極度的滿足感，除此之外不一定需要具有任何目的。如果自古以來人類就沒有「故事」這種東西，生活也許會單調一點，但肯定死不了。

他們又錯了。

事實上，在人類進化的過程中，故事扮演了關鍵的角色，其重要性更勝於我們手上那兩根方向相反的大拇指。相反的大拇指是人類求生存的本錢，而故事則是告訴我們該追求些什麼。

故事讓我們能去想像未來會發生什麼事，並為未來做好準備，這是其餘任何一種生物都辦不到的，而且這與是否有相反的大拇指無關。**因為有故事，我們才能成為人類！**這種說法一點都不誇張，它不只是一種比喻而已。根據近年來「神經科學」的突破性研究顯示：**我們的腦袋對於故事會有一種根深蒂固的本能反應，「好故事」讓我們產生的愉悅感會促使我們把注意力擺在故事上。**

我們天生就希望透過故事來了解這個世界。回想一下你的高中時代：歷史老師在課堂上煞費苦心地唸出一個又一個的德國君王，從「胖子查理」（Charles the Fat，西元 881 年到 887 年期間在位，「日耳曼人路易」之子）開始說起，但你卻只是目瞪口呆而已。如果真是這樣的話，也沒有人可以怪你，那只證明了你是個貨真價實的人類。

008   Wired for Story:
The Writer's Guide to Using Brain Science to
Hook Readers from the Very First Sentence

因此每當有機會選擇讀物時，人們總是寧願讀故事，而不是選擇非故事的作品；人們總是會閱讀歷史小說，而不是觀看史書；總是會看電影，而不是無趣的紀錄片。這不是因為我們懶得動腦筋，而是因為**我們的神經迴路天生就對故事有一股渴望**。我們不會因為好故事帶來的強烈愉悅而養成享樂主義的心態，好故事會讓我們變成好學的學生，隨時能吸收故事的種種教誨。

這個新發現為文字創作者們開創了一個有利的局面。科學研究為我們解答出一個問題：「讀者的腦袋對哪一種故事最有共鳴？」這無疑像是解謎般地說出人腦在接收故事訊息時所渴求的東西。更刺激的是，科學研究還發現：**一則影響深遠的故事能促使讀者大腦的改變**（例如讓讀者產生同理心）。這就是為什麼從古至今，「作家」通常是世界上最有影響力的人。

只要作家能讓讀者透過故事角色的視角去檢視人生，就能改變讀者們的想法。作家能將讀者帶到他們不曾去過的地方、把他們丟進自己不曾夢想過的情境中、並讓他們了解一些深奧的道理、進而徹底改變他們對現實世界的看法。在許多大事與小事上，作家都能幫助人們度過難關。這種表現還不算太差吧？

不過有個應該注意的地方是：一則故事如果想抓住讀者的心，**就必須時時滿足他們天生就懷抱的種種期望。**難怪波赫士（Jorge Luis Borges，阿根廷詩人與小說家）會以這句話提醒我們：「藝術是由火與代數學構成的。」請聽我解釋。

對寫作而言，「火」絕對是很重要的，它是構成故事的第一個元素。**我們在熱情的驅使下開始寫故事，內心感到興奮無比，因為我們有話要說，而且是一些能促成改變的話。**

但是，光有熱情，並不足以造就一個能讓讀者立刻被吸引住的故

事。作家們通常誤以為自己只需要「火」──就是那一股在胸臆間燃燒的慾望、如火花般的創意、還有讓人在半夜驚醒的迷人點子──就能寫出一個成功的故事。作家們憑著一股熱忱投入寫作，壓根兒不知道自己寫的每一句話都很可能已註定要成為敗筆，只因忘記剛剛那句話裡面的第二個要素：代數學。

　　波赫士憑他直觀所發現的，正是後來「認知心理學」與「神經科學」所研究出的結果：**如果想讓那一股熱情、那一把「火」點燃讀者的大腦，就必須先認識故事背後隱含的架構**。欠缺那個架構的故事無法吸引讀者，有了它，故事就能為讀者帶來驚喜。

　　想要把故事寫好，需要的不只是一個好點子與掌握文字的能力。但為什麼作家通常都難以接受這個觀念呢？因為**在「讀故事」時我們總是很輕鬆，以致於我們對「寫故事」的方式有所誤解**。我們天生就相信自己能判斷故事的好壞，畢竟如果故事被寫糟了，我們可以很快就能察覺出來，一旦察覺後，就會不屑地把書擺回書架上；或者是翻翻白眼走出電影院。每當有老人家嘮嘮叨叨把他參與南北戰爭的經過說一遍時，我們都會深呼吸，祈禱他趕快停下來。如果故事太爛的話，我們連 3 秒鐘都無法忍受。

　　如果是好故事，我們也一樣會很快就發現。我們大概從 3 歲起就已經有這種辨別能力了，而在那之後，我們就會不可自拔地愛上各種形式的故事。所以說，如果我們生來就能從第一句話辨別出故事的好壞，怎麼可能不知道該如何寫一個好故事呢？

　　我們還是要從人類的演化史去找出這個問題的解答。故事在源起時，本來是一種「讓大家聚在一起共享求生之道」的方式：嘿，小子，不要吃那些看起來亮亮的紅色莓果啊，除非你想跟隔壁的尼安德塔人

010   Wired for Story:
The Writer's Guide to Using Brain Science to
Hook Readers from the Very First Sentence

一樣掛掉；我跟你講，那是怎麼一回事⋯⋯**故事其實很簡單，與我們息息相關，跟我們所謂「閒聊」的那種小事沒什麼差別**。書寫文字在經過幾千年的發展後，故事的範圍擴大了，它再也不只是地區性的新聞及同一個社群所關切的東西。這意味作家必須用故事本身來吸引讀者，而他們都是天生就能判斷故事好壞的人。無疑的，有些人的敘事技巧很厲害，但那些關於自家親戚的流言蜚語，與偉大的美國小說作品畢竟還是天差地遠。

這說法挺合理。不過既然大部分抱負遠大的作家都喜歡讀書，難道他們沒辦法從大量閱讀的好書裡頭學到如何吸引讀者的訣竅嗎？

沒辦法。

我們雖有能力去思考故事中那些若假似真的情境為何如此逼真，但從演化角度看來，只有具備「能夠立刻讓大腦暫停」這種功能的故事才是好故事。畢竟，**好故事不會讓我們感覺它是虛幻的，而是要營造出栩栩如生的感覺，像真實人生一樣逼真**。最近《心理科學》（Psychological Science）期刊上一篇關於「腦造影」（brain-imaging）的研究顯示，當我們完全投入一個逼真的故事情境時，大腦裡處理視覺、聽覺、味覺與真實世界裡種種動作的區塊也會有反應。這足以解釋為何每當天一亮我們就該起床、但過了午夜卻還是手不釋卷時，腦海裡總會有一些鮮明的心像及發自內心的情緒反應。

當一個故事迷住我們時，我們會全心投入故事情境中，與主角有相同的感覺，將其經驗當成真正發生在我們身上的事，完全不會想到故事為何能產生這種效果。

所以，毫不令人感到意外的是，我們很容易完全忘記：**在每一個吸引人的故事背後，其實都有一大堆複雜且彼此相關的構成要素，如此故事才能呈現出一種看來完全不費任何工夫的精準度**。這常常促使

我們誤以為自己知道故事引人入勝之處是什麼，像是美麗的隱喻、聽來真實無比的對話、以及有趣的角色等等，但實際上不管這些東西本身有多麼迷人，都只是次要的。吸引我們的是另一個完全不同的東西，它潛藏於那些要素背後，不著痕跡地把它們結合在一起，形成了被大腦認定為故事的東西。

　　到底我們要怎樣才能寫出一個吸引讀者的故事？首先，我們不能再用分析的方式去了解到底是故事的哪個部分讓我們產生下意識的反應，是什麼東西引發大腦的注意。不管想寫的是純文學小說、冷硬派推理故事（Hard-boiled Mystery，起源於美國的推理小說派別，主角通常是冷酷而強硬的偵探人物）、或者是給青少年看的超自然浪漫小說，都適用這個規則。就算所寫的小說類型剛好符合讀者的胃口，而且故事能被他們天生的判斷力所接受，還是會被放回書架上。

　　為了確保你的故事不會有那種下場，我把本書規劃為 12 章，每一章都聚焦在大腦的某個運作方式上，進而陳述這對故事寫作有哪些啟發，並且詳細教你把它們實踐在寫作上。在寫作的過程中，無論何時都可以把在每一章結尾處所開出的問題清單拿來參考：在你開始動筆前、在你結束一天寫作工作時、在你完成一個場景或章節、或者在凌晨 2 點你滿身大汗地驚醒，深信自己的作品實在爛透了的時候（但它其實沒那麼糟，相信我）。照我說的去做，保證你能按部就班完成作品，而且很可能那些跟你沒任何關係的人也會願意讀你的故事。

　　我對你的唯一要求是：把自己當成一個在書店正準備拿小說起來看的讀者、或者在家裡拿著遙控器，打算要開始看電影的觀眾，用真誠的態度面對自己的故事。重點在於準確找出故事的問題點，然後在它持續惡化、徹底毀了你的故事之前，把問題解決掉。這件事實際上

012   Wired for Story:
The Writer's Guide to Using Brain Science to
Hook Readers from the Very First Sentence

比聽起來有趣多了，因為這世界上令人振奮的，莫過於看著自己的作品品質持續改善，直到讀者能完全融入，忘記那只是一個故事而已。

01 如何抓住讀者的心？

神經科學這樣說：
我們的思考過程就和說故事一樣，
所以我們才能預想未來。

讀者的腦袋需要的是：
從第一句話開始，
讀者就已經想要知道接下來會發生什麼事了。

014   Wired for Story:
        The Writer's Guide to Using Brain Science to
        Hook Readers from the Very First Sentence

> 「我發現大部分的人都是等到開始坐下來寫故事時，才真正了解故事是什麼。」
>
> ──弗蘭納里．奧康納（Flannery O' Connor）

　　在你開始閱讀我寫的這一句話的同時，你的大腦已經透過各個感官接收到至少 1,100 萬個訊息了，但是你的意識層次只能接收到其中大概 40 個。至於你真正注意到的呢？狀況好的時候，你可以同時處理 7 個訊息。狀況不好時，處理 5 個。那如果狀況差到極點呢？比較像是……3 個。

　　不過，你要做的不只是在這個複雜的世界裡勉強維生，而是準備好要用故事創造出一個世界、敘述某人於其中的經歷。所以，除了你很清楚的那 40 個訊息外，其餘 10,999,960 個訊息有多重要呢？

　　非常重要。所以說，儘管我們並未清楚地意識到那些訊息的存在，大腦卻還是忙著分析與決定它們是不是沒有用（例如像「天空依舊是藍色的」這種訊息）、或者是我們應該要注意的（例如，當我們在街上漫步，心裡頭想著剛剛搬到隔壁的帥哥，但同時也聽到刺耳的喇叭聲）。

　　你的大腦到底是根據什麼來決定任由你繼續做白日夢、或要求你立刻提高警覺呢？簡單的很。人腦的主要目標只有一個，就是求生，這跟任何其他活著的有機體一樣，就算低微如阿米巴原蟲也一樣。

　　大腦的下意識層次被神經科學家們稱為「適應性下意識」或者「認知性下意識」，它具有極強的調適能力，可以在短時間內判斷訊息的重要與否、理由何在，但願它也知道你該做出什麼反應。它知道

你沒有時間想東想西，於是告訴你：「天啊！那是什麼聲音？喔，是喇叭聲，一定是剛才那一輛朝我開過來的運動休旅車按的。駕駛可能忙著發簡訊，沒有注意到我，看到時已經來不及煞車了。也許我該閃⋯⋯」

砰！

為了避免我們橫屍街頭，大腦的下意識有辦法一一過濾與解釋它接收到的各種資訊，速度比動作慢吞吞的意識層次快多了。對大多數其他動物而言，那種本能反應是演化的結果，被神經科學家適當地貶低為「殭屍模式」，但人類的反應中多了一點動物並未具備的成分：**我們的大腦發展出一種有意識的判斷能力，如果時間許可的話，就可以憑藉著接收到的資訊來決定接下來要做什麼。**

於是出現了「故事」。

對此，神經科學家安東尼奧・達馬西歐（Antonio Damasio）的總結是：「人類面臨的問題是：如何讓大家都能了解這種智慧，讓它能流傳下去、並具說服力，而且對現實生活有幫助。簡而言之，就是如何讓它能長久保存下去？人類發現，可以透過『說故事』來解決這個問題。**大腦天生就有一種我們不知道的說故事能力**⋯⋯『故事』這種東西能夠在人類社會與各種不同文化中無所不在，其實一點都沒什麼好訝異。」

我們的思考過程就像說故事一樣。**大腦天生就有說故事的功能，因此我們才能用策略性的思考來面對周遭這個充滿威脅的世界**。簡單來講，大腦不斷吸收各種資訊、不斷解讀其意義，從中抽取出對求生存很重要、且我們不能不知道的東西，然後根據過去的經驗與感覺，用說故事的方式讓自己知道那個東西可能有何影響。

大腦不是按照時序的排列把一切如實記錄下來，而是把我們當成

「主角」，然後用近似電影的精確手法來重組我們的經驗內容，找出
「記憶」、「觀念」與「未來會發生的事件」這三者之間的邏輯內在
關聯，並描繪它們之間的關係。

故事是經驗的一種語言，而經驗有可能是我們的、別人的、或者
故事角色的。別人的故事跟我們告訴自己的故事一樣重要。因為如果
我們只憑藉自己的經驗過活，根本無法平安長大。

現在我提出的問題才是最重要的：對作家而言，這一切有何意
義？這意味著，往後我們可以看出大腦（也就是讀者的大腦）實際
上想要從故事中找到什麼！在此可以從兩個關鍵的概念談起，它們
是本書提及的所有神經科學發現之基礎：

1、**神經科學家相信，大腦之所以在已經超載之餘還要花那麼多寶貴
時間與容量來欣賞故事，是因為如果沒有故事的話，我們就完蛋
了**。故事能讓我們設想一些緊張刺激的經驗，而不用真正的去體
驗它們。

在石器時代，這可是攸關生死的大事：如果要等到真正體驗過，
才知道灌木叢會傳來沙沙聲響是因為有獅子在覓食，那麼早就喪
生獅口了。這一點在現代世界甚至更為重要，因為一旦我們征服
了自然界後，經過演化，我們的大腦會轉而聚焦在更複雜的事物
上：就是社會領域。**故事已經發展成一種讓人用來探索自我與他
人心靈的方式、一種為了未來而進行的彩排**。故事不只能幫我們
在生死一線的自然世界中自保，也可以讓我們在社會生活中游
刃有餘。在哈佛大學擔任教授的知名認知科學家史迪芬‧平克
（Steven Pinker），他解釋了我們對故事的需求：

虛構敘事讓我們有辦法在腦海中預先設想未來有可能會
遇上的難題，因攸關生死，所以我們大可先沙盤推演出各種

解決策略會產生什麼後果。如果我懷疑我的叔叔會殺死我父親、奪取王位、娶我母親為妻，我能有什麼反制之道？如果我那倒楣的哥哥無法獲得家裡任何人的尊重，在什麼情況下他會背叛我？如果週末妻女不在家時我被我的客戶勾引，會發生什麼最糟糕的狀況？

如果我已經厭倦鄉下醫師娘的生活，想要靠搞外遇來為生活加料，最慘會有什麼下場？一群入侵者想要搶我的土地，我不想今天與他們發生衝突把自己害死，也不想讓自己表現得像是個懦夫，但要怎樣能拖到明天才交出土地？任何書店或出租錄影帶店都可以找到以上問題的解答。所謂的生活是對藝術的模仿，這雖是老生常談，卻也沒錯，因為某些藝術的功能本來就是要供人模仿的。

2、**我們不只是渴望故事，我們對於自己面對的每一則故事，天生就懷有特定的期待，諷刺的是，一般讀者幾乎不可能說得出自己期待的是什麼。**如果經過追問，他們非常可能會說自己想看到的是故事的魔力，那種任誰都莫名其妙、無法量化的東西。能怪他們嗎？正確答案可能剛好跟大家的直覺相反：**我們期待故事也許能提供一些幫助自己在世界上平安過活的有用資訊。**

為達到這個目的，我們複雜的下意識很快地檢視故事是否擁有該具備的特色：故事裡的角色是不是有清楚的目標，並且必須面對一個越來越艱難、必得克服的困境。如果故事符合此標準，我們就會放鬆心情，把自己當成故事主角，渴望能在舒服的家裡體驗其奮鬥的過程。

018   Wired for Story:
The Writer's Guide to Using Brain Science to
Hook Readers from the Very First Sentence

對作家而言，這一切都有極大助益，因為這提供了故事的定義，同時也指出了什麼不是故事。下列是這一章節中要檢視的「故事四要素」：**要讓讀者們在第一頁看到什麼，他們才會一頭栽進書裡，把自己當成主角？** 最後要解答的問題是：為什麼抒情的漂亮文字看來很吸引人，實際品嘗起來的味道卻跟一大碗蠟做的水果沒兩樣？

到底什麼東西才能被稱為「故事」？

「故事」並不是像很多人心裡認定的那樣：只是把發生的事件描述出來。如果只是如此，我們大可以停掉第四台，把單人沙發椅搬到前院草坪上，每天 24 小時都坐在上面，把欣賞眼前發生的事當作一種享樂。一開始的 10 分鐘應該非常詩情畫意，之後會無聊到想要爬牆，如果院子裡有牆壁可以爬的話。

故事不只是把發生在某人身上的事情寫出來而已。如果是的話，那麼大可找一本陌生人的日記來看，即使裡面記載的是他每次去雜貨店做些什麼事，只要寫得情真意摯，也能看到入迷不已。但我們並沒有這樣做。

甚至可以說，**故事並不是某個人的戲劇性遭遇**。如果整整 200 頁故事寫的都只是嗜血的古羅馬格鬥士 A 在黃沙滾滾的老舊競技場裡追殺兇惡的格鬥士 B，你還會熬夜把這故事看完嗎？我想不會。

所以，故事到底是什麼？在故事中，我們會看到「某人」想要**達成一個後來才發現很困難的「目標」**，在過程中他（或她）會受到「**某些事件**」影響，並因而「**有所改變**」。如果使用讓作家們感到比較安心與熟悉的詞彙來說，故事的定義可以分解成以下四大要素：

> » 上述的「某些事件」就是**情節**。

» 上述的「某人」就是**主角**。

» 上述的「目標」就是**故事的問題**。

» 上述的「有所改變」就是**故事本身的真正重點**。

雖然聽起來與我們原有的觀念有很大出入，但實際上故事的重點並不是情節或故事中發生的種種事件。故事的重點在於人們有哪些改變，而非世界的變遷。只有當情節讓我們有身歷其境的感覺時，故事才吸引人。因此，我想藉這整本書傳達的訊息是：故事是種內在的旅程，而非外在的。

這個簡單的前提構成了故事所有要素的穩固基礎，於是它們才能共同創造出一個被讀者們信以為真、但是更為刺激、明晰而有趣的情境。**故事跟大腦的下意識層次都具有相同的功能：把所有令人分心的事物排除掉，讓我們全神貫注在當下的情境裡**。事實上，故事把這個功能執行得更為徹底，因為在現實生活中，我們幾乎不可能把惱人的小小插曲全排除掉——像是水龍頭漏水、上司找麻煩，或是另一半鬧彆扭，但故事卻可以把這些事徹底清除、聚焦在當前的任務上，而所謂的任務是指：**為了解決你所設定的棘手問題，你的主角必須勇敢面對那些事**。而你設定的這個問題，正是讀者們從一開始就想要找出來的，因為它足以定義你從第一句話開始所寫的一切。

你的「故事情境」是否能很快就抓住讀者？

我們就承認吧，你我都是大忙人。更何況，不管手邊正在做什麼，我們的耳際總是會有一個煩人的小小聲音，不斷提醒我們還有真正該去做的正事——特別是每當我們做的事看起來沒有產值的時候，嗯……像是看小說這一類的事。這意味著，如果作者想要把我們從殘

020 Wired for Story:
The Writer's Guide to Using Brain Science to
Hook Readers from the Very First Sentence

酷的現實環境拉出來的話,他的故事就必須要能很快就抓住我們。就像專事神經科學的作家喬納‧雷勒(Jonah Lehrer)所言,最能抓住人心的,莫過於驚奇的東西。這就是說,每當我們拿起一本書,我們總是企盼能看到很特別的事情。我們總是渴望見證某人人生中的關鍵時刻,而且就剛好在那當下。

令人入迷的不只是我們能隱約看出有個大麻煩正在醞釀,還有它潛伏已久、即將形成一個危急存亡的局面。這表示我們**從第一句話開始,就必須讓讀者看見一條布滿麵包屑的路徑,引領他們走進林子深處**。我曾聽說,有人用一句話就概括「虛構故事」(fiction)這個文類(泛指各種類型的故事):一切與表面上看來不一樣的東西。這意味著,**我們希望「故事的第一句話」就能讓我們意識到某個改變即將發生,而且這改變不見得是一種改善。**

簡言之,我們要尋找的是一個能讓我們投入的理由。所以**如果想讓故事抓住人心,不只要寫出正在發生的事情,還要讓讀者能預期後續發展**。根據神經科學的研究指出,我們之所以能投入故事情境、久久不能自己,是因為大腦的神經元能分泌出多巴胺,告訴我們大腦即將接收到一些刺激的訊息。因此,不管是真的有一件事即將發生,或者是主角面臨了一陣內心衝突,還是從第一頁就隱約可以看出某件事「有點不對勁」,總之有件事已經發生了。不是對於那件事的預感,也不是為了真正了解那件事而必須掌握的一切訊息,而是事件本身。但是,出現在第一頁的事件不見得是主要事件,它有可能是最初的事件,甚或只是促發另一件事的事件。**從第一頁開始,就必須讓讀者感覺那是唯一的事件,讓他們全神貫注在那上面。**

以美國小說家卡洛琳‧里維特(Caroline Leavitt)的《迷途青春》

（*Girls in Trouble*）為例，小說從第一段開始就在描寫事件了：

> 如今莎拉每十分鐘就陣痛一次。每次陣痛時，她都緊緊靠著車門，希望自己不曾在這世界上出現過。車外景物颼颼颼往後移動，莎拉的爸爸傑克正死命踩著油門，她從來沒見過他這樣開車。她緊抓汽車座椅的扶手，指關節看來全無血色。她的背部貼著座椅，雙腳撐在車內地板上，好像深怕自己隨時會飛出車外。她想說，停下來，放慢速度，停下來。但是她開不了口，嘴巴不聽她使喚。她什麼也做不了，只能驚恐地等待下一次陣痛來臨。傑克的身子靠在方向盤上，儘管路上沒有幾輛車，他還是猛按喇叭。他的臉出現在後照鏡上面，但是他沒有看莎拉。相反的，他似乎無法克制自己，一直盯著陪莎拉坐在後面的母親艾比。光從臉色無法看出他現在的心情。

有個大麻煩正在醞釀中嗎？沒錯。它是醞釀已久的嗎？至少已經 9 個月了，也許更久。你感覺不到一股力量嗎？儘管它讓你緊盯著事發的當下時刻，但也驅使你，讓你不只想知道接下來會怎樣，還想知道是什麼造成當下的這個狀況。孩子的父親是誰？是兩情相悅的嗎？還是她被強暴了？你的好奇心就這樣被引發，根本還沒決定是不是繼續往下讀就開始讀了。

那是什麼意思？

讀者都會迫切地想要知道每一個訊息的涵義，他們總是自問：「這一切對我來講有何意義？」有人說，人類可以 40 天不進食，3 天不喝水，但是要我們停止追尋「事物的意義」，只要 35 秒就會受不了！

022　Wired for Story:
The Writer's Guide to Using Brain Science to
Hook Readers from the Very First Sentence

事實上，與大腦下意識層次處理訊息的速度相較，35 秒簡直就像一輩子那麼長。

　　我們人類的生物本能就是如此：必須不斷追尋「意義」；不過我們追問的並非「現實世界的真正本質為何？」的這種形上學問題，而是更為根本的具體問題：喬伊今天早上沒有像平常一樣喝咖啡就離開了，為什麼？貝蒂從來不遲到的，怎麼會晚了半個小時還沒來？隔壁那隻討人厭的狗每天早上都叫個不停，今天為何那麼安靜？

　　我們總是在尋找事物背後的「緣由」，不只是因為那可能與我們的生存有關，也是因為追問緣由是一件令人興奮的事。它讓我們有所感，也就是「感到好奇」。「好奇」是一種發自內心的東西，而且它會進而促發一些更強烈的情緒：因為求知慾而帶來的殷切企盼，因為多巴胺的分泌而產生的愉悅感。為了求生，保持好奇心是必要的（「樹叢裡為什麼會發出沙沙聲響？」），天性希望我們能保持好奇心。如果是這樣，有什麼東西比那種愉悅感更能讓我們保持好奇心呢？一旦讀者們被激發出好奇心，一股想要知道接下來會怎樣的情緒就會油然而生。

　　沒有錯！所有好的故事就該如此：引發讀者內心那種美好的急迫感——那都是因為多巴胺在作祟！

你希望有人解說給你聽嗎？

　　如果無法預見接下來會發生什麼事，也不知道當前的事件有何意義，你會怎麼做？通常你會拿別的東西來讀，你不會想太久。每當看到作者用心良苦、卻寫得不怎樣的劇本草稿，我通常也會挫折地把它擺到一旁，真希望有人來解說內容給我聽。我可以感覺到作者的熱

忱，我知道他想要試著跟我說一件很重要的事。問題是，我看不懂。

　　想像一下，在現實生活中，如果有人見面就跟你說出下列這個冗長且雜亂無章的故事，你會有多懊惱：

　　　　我跟你說過有關佛烈德的事了嗎？昨晚他本來應該到我家來的，當時在下雨，而我像個笨蛋一樣忘記關窗，新買的沙發就被淋濕了。那是我花好多錢買的。我擔心它會像閣樓裡那些祖母的衣服一樣發霉。她好吝嗇，但是我不怪她。她已經一百多歲了。我希望我身上有她的基因。她這輩子從沒生過病，不過最近我開始懷疑了，因為每次下雨的時候，我的關節都在痛。天啊！昨晚我在等佛烈德的時候，真的好痛⋯⋯

　　到這裡時你可能已經緊張得開始抖腳，心想：「你到底想說什麼，這與我何干呢？」不過，也只有你還在聽他說話才會這麼想。

　　同樣的道理也適用於故事的第一頁。如果我們搞不清楚當下發生的事，還有這件事為什麼與主角有關係，我們就不會繼續往下讀。難道你曾經走進書店、從書架上拿一本小說出來看，然後心想：「嗯，這本書有點無聊，我對裡面的角色也都沒興趣，但是我看得出作者寫得很認真，可能想要傳達一些重要的訊息，所以我會買這本書，而且跟朋友們推薦？！」

　　你不曾如此。你一定是非常冷酷。我敢打賭，你不曾因為作者的付出與好意而考慮買一本書，而且本來就應該這樣。身為一個讀者，你對作者並沒有任何虧欠，你看書只是為了找樂子，書的成敗責任應該由作者自己承擔。如果你不喜歡的話，只要把書擺回書架上就好，然後抽出另一本。

024　Wired for Story:
The Writer's Guide to Using Brain Science to
Hook Readers from the Very First Sentence

　　你希望看到書的第一頁上面寫些什麼？你知道到底是什麼東西促使你決定要繼續往下讀，還是換另一本？你當然不知道，我的意思是，你並沒有意識到它。就像每當你要眨眼時，你不用先想想看要動用哪一部分的肌肉。**你對書的選擇只是一種完美的本能反應結果，主導一切的是你大腦的下意識，就跟肌肉記憶一樣**，只不過在選書的這件事上，「肌肉」兩個字該換成「大腦」。

　　好吧，我們姑且說書的第一句話的確已經能夠抓住讀者的注意力好了。那麼接下來呢？

故事的重點是什麼？

　　雖然沒有說出來，但現在你腦袋裡所想的一定都是這個問題：「這本書到底想談什麼？」

　　聽起來像是個很大的問題。的確如此，因此我才會用下一章深入探討這個問題。所以，你有辦法用第一頁回答這個問題嗎？很少人能辦得到。當你剛剛認識一個人時，你能藉第一次的約會就把對方給摸透嗎？當然不能。而你可能會以為自己已經摸透了嗎？當然可能。這個道理一樣適用於故事。當讀者們開始看書時，他們一定會持續檢視你的第一頁是否交代了以下三個問題：

　» 這是屬於誰的故事？
　» 當下發生的這件事是什麼？
　» 什麼東西即將不保？

　　接下來先好好檢視這三個要素，看它們如何依序發揮作用，幫我們解答問題。

這是屬於誰的故事？

　　大家都知道故事需要一個主要的角色，也就是主角。就算是所謂的「群戲」（Ensemble Pieces，有好幾個角色同時擔任主角的故事），通常也會有一個較有分量的角色。這沒必要討論，對吧？但作家們通常不知道的是：**在故事裡，讀者的感覺會被主角的感覺牽動**。閱讀故事是一種發自內心的經驗。我們會把自己當成主角，對其遭遇有所感受，感覺到他所感覺的一切。否則我們就沒有切入點，沒有一個觀點可以幫助我們去觀察、評價、並且體驗作者把我們丟進去的那個世界。

　　簡而言之，沒有主角的話，一切都變成中立的；然而，如同稍後將在本書第 3 章中所看到的：**故事裡沒有所謂中立這一回事（真實人生也是一樣）**。這意味我們必須儘快跟主角碰面──最好在第一段就看見他。

當下發生的這件事是什麼？

　　我們有充分的理由主張：作者必須讓某件事發生在故事的第一頁，一件足以影響主角的事，而且這件事能夠讓我們一窺故事的「全局」。就像美國小說家約翰・厄文（John Irving）曾說過：「如果可能的話，請用第一句話就把整個故事說出來。」你覺得他在說大話嗎？嗯，沒有關係。但這的確是一個值得試著去達成的目標。

　　大局能告訴我們，在整個故事裡，主角一直想要解決的問題是什麼。例如，在古典浪漫喜劇裡的問題是：「男孩能夠擄獲女孩的芳心嗎？」這個問題就變成我們用來檢視故事裡每一件事的標準。這件事能促使他接近她嗎？這件事是否讓他的機會變小了？還有一個常見

026   Wired for Story:
The Writer's Guide to Using Brain Science to
Hook Readers from the Very First Sentence

的問題是，她真的是他的天命真女嗎？

接下來的就是讀者們想從第一頁就看見的第三件事，在與前述兩者的配合下，它構成了一種極度重要的迫切感。

什麼東西即將不保？

什麼東西決定了成功與否？衝突點在哪裡？**衝突是故事的源頭活水**——這又是一件看起來根本就不用多想的事。但有一個對我們有所幫助的細節常被大家忽略了。這裡說的不是每一個衝突，而是「與主角追尋的目標有關係」的衝突。從故事的第一句話開始，讀者們就會化身為獵犬，不留情面地試著探查出主角的什麼即將不保、以及這對主角會產生什麼衝擊。當然，此刻讀者們還不太確定主角的目標為何，但這就是他們藉由追問上述三個問題而想知道的。重點是，從第一頁開始，你就必須讓讀者們看出主角即將不保的是什麼。

給大腦一個追尋的脈絡

上述三者有可能同時出現在故事的第一頁嗎？當然囉。文學理論大師史丹利·費許（Stanley Fish）曾於 2007 年在《紐約時報》發表過一篇短評，正好可以用來回答這個問題。某次他在機場趕搭飛機，當時他只剩下幾分鐘的時間，卻發現手邊沒有東西可以讀。他決定衝進書店，然後光靠書的第一句話來挑書。結果獲選的是美國推理小說家伊莉莎白·喬治（Elizabeth George）所寫的《他開槍殺她前發生了什麼事？》（*What Came Before He Shot Her*）：

「喬爾·坎貝爾當時十一歲，後來之所以會犯下謀殺案，都要從這一次他搭乘巴士的遭遇說起。」

想想看，這個句子的確回答了上述的三個問題。

» 這是屬於誰的故事？喬爾・坎貝爾的故事。

» 當下發生的這件事是什麼？他正在一輛巴士上，這件事將會促成他犯下一樁命案。（這就是所謂的「一切與表面上看來不一樣的東西就是故事」！）

» 什麼東西即將不保？喬爾的性命，別人的命，天知道還有其他誰的命。

誰能不繼續往下讀？喬爾即將捲入一件命案，而這件事不但讓讀者對這本書有了初步的了解，也提供了一個脈絡——一個讓讀者能評量發生在「他開槍殺她前」的事情有多重要的判準，以及在情緒上有何意義。

這是很重要的。因為在第一句話之後，讀者們即將目睹勇敢、卻不幸貧窮的喬爾在倫敦貧民區的種種遭遇，而剛剛提到的凶案，要到 600 多頁後才會出現。但在這個過程中，**讀者們會用故事的第一句話來看待每一件事，評估它跟接下來即將發生的事有何關係**，心裡會總是想著：「喬爾是不是因為『這件事』而走向殺人的不歸路？」並分析為什麼主角的每一個人生轉折，都會把他推向那一件不可避免的凶案。

更有趣的事情在於，如果沒有開宗明義的那一句話，《他開槍殺她前發生了什麼事？》這本書所呈現出來的故事面貌就會大不相同，而讀者們會看見事件接連發生，但卻並不清楚最後會導向什麼結果。不管作者寫得有多棒（的確很棒），仍是無法達成一樣的吸睛效果。為什麼？

就像神經精神病學家理查・瑞斯塔克（Richard Restak）在自己的

028　Wired for Story:
The Writer's Guide to Using Brain Science to
Hook Readers from the Very First Sentence

書中說的：「**大腦總是會用一個特定脈絡來評斷一切。**」有脈絡才有意義，而大腦天生就有追尋意義的傾向。畢竟，如果故事模擬的情境可以幫助大腦取得一些有用的資訊，好讓我們有辦法去面對現實生活中的相似情境，我們的確是需要知道那情境是「怎麼一回事」。

小說家喬治讓我們窺見故事的全局，我們也因此有了一個判準，得以用來解讀主角喬爾的所有遭遇有何意義。這種判準就像數學的證明題一樣：根據一個規則就能推導出結果。就像讀者根據判準就能預期哪些事會導致最後的結局。這點對於努力不懈的作家來說特別有用，因為故事的判準能無情地指出那些沒有意義的故事段落，作家可以藉此看出某些故事段落其實無論如何都應該是要被刪除的東西。

無聊的部分

「**把真實人生裡無聊的部分刪除掉，就是故事了。**」這是美國編劇與小說家埃爾莫・倫納德（Elmore Leonard）的名言。所謂無聊的部分，就是那些與主角追求目標的過程完全沒有關係、沒有影響力的東西。不管是次要情節、氣候、時空背景、甚至語調，**故事的每一個細節都應該能夠明確影響讀者們渴望求得答案的問題：「主角能達成他的目標嗎？在過程中他必須付出什麼代價？最後這將會如何改變他？**」我們之所以被故事吸引、不斷往下讀，是因為在多巴胺的作用下，我們會有一股「想要知道接下來發生什麼事」的強烈慾望。除此之外，沒有什麼是重要的。

但是，難道不該把文字寫得漂亮一點？再加上一些詩意的意象嗎？或許你會發出這樣的疑問。

在這整本書裡面，你將會看到我打破許多迷思，讓大家知道為什

麼許多寫作的規則其實都是空洞無比，只會讓人誤入歧途，無法導正方向。下面這個迷思就是我們首先要面對的：

迷思：漂亮的文字戰勝一切。
事實：好的故事戰勝漂亮的文字，無一例外。

很多人都認為：想要寫出一個成功的故事，就必須學會把文字寫得漂亮點，但實際上這可說是對作家們最具殺傷力的觀念之一。誰能駁倒這種觀念？畢竟它聽起來是如此的合理而明顯。如果不是這樣，那會是怎樣？難不成該學會把文字寫得糟糕一點？諷刺的是，**如果你的確「懂得說故事」，就算文字差一些，殺傷力會遠比你所想像的還小。**

這個問題跟許多其他關於寫作的迷思一樣，全都是忽略了重點。**所謂把文字寫得漂亮一點的意思是：能夠用華麗的語言與鮮明的意象來寫故事，讓對話聽起來像是真的，暗喻充滿洞見，角色有趣無比，而且持續用許多栩栩如生的感官印象來點綴故事。**

聽起來很棒，不是嗎？如果沒有這些東西，誰想看小說？

《達文西密碼》（*The Da Vinci Code*）這本小說為何會有數以百萬的讀者呢？因為它從第一頁開始，讀者就渴望知道接下來會發生什麼事，而這就是最重要的。**故事必須有辦法讓讀者在看了第一句話之後，就產生一種想要繼續往下看的迫切感。**除此之外，不管是迷人的角色、精采的對話、生動的意象，或者美妙的文字，都只是點綴而已。

我不是要貶低漂亮的文字。我跟大家一樣喜歡雕琢出來的美妙文字。但別搞錯了：學會「把文字寫得漂亮一點」跟學會「寫故事」可

032   Wired for Story:
The Writer's Guide to Using Brain Science to
Hook Readers from the Very First Sentence

你是不是能讓讀者窺見「全局」，讓他們掌握最為重要的判準？唯有透過「全局」，讀者才能評斷與掌握每一個場景的意義，然後把每件事串在一起，預見後果。如果讀者不知道故事的發展方向，怎麼知道它是否有進展？

02

如何把火力集中在
重點上？

神經科學這樣說：
當大腦全神貫注在某件事物上時，
它會自動把所有不必要的訊息都過濾掉。

讀者的腦袋需要的是：
為了吸引讀者大腦的注意力，
寫進故事裡的東西應該要是讀者必須知道的。

034 Wired for Story:
The Writer's Guide to Using Brain Science to
Hook Readers from the Very First Sentence

"
「堅持聚焦在重點上。」
　　——英國小說家、劇作家毛姆（W. Somerset Maugham）
"

　　與作家相較，行銷人員、政治人物、以及電視上的福音傳道人更懂故事，這是一個令人感到窘困的想法。但我之所以會這樣說，是因為這些人的工作內容本來就起始於作家們通常不會去想的東西：他們的故事想要傳達什麼訊息。以此認知為基礎，他們編造的故事就會以每一句話、每一個意象、以及每一個細節來直接傳達訊息。

　　看看你家裡。你可能是一個看到什麼就買什麼的人（甚至連寵物狗你都買了），就算沒有想要買什麼，還是會有人用巧妙的故事說服你把東西買下來。這並非因為你是個很容易被操弄的人，而是因為一**個好故事會先被你大腦的下意識層次給接收**，行銷人員希望能把這故事轉換成你的意識層次所能接受的訊息，例如：雖然夜已深，但我想我應該可以吃個大麥克。天啊！她看起來好開心，不知道我的醫生能不能幫我開那種藥？如果能跟那個傢伙喝點啤酒應該很有趣，我想我會投他一票。

　　很可怕吧？

　　所以作家大可以善用這種力量，好好接受這個與原有觀念相反的**事實：能夠為故事下定義的元素，與寫作根本沒有多少關係**。潛藏在故事背後的，是知名語言學家威廉·拉波夫（William Labov）所謂的「評價」，因為它讓讀者有辦法去評估故事中各個事件的意義，我們姑且稱之為「那又怎樣」元素（the "so what" factor）。

　　這元素讓讀者能抓住故事重點，在它的指引下，讀者才能掌握故

事中每個事件有何重要性。簡單來講，它讓讀者們知道重點何在。研究文學的學者布萊恩‧博伊德（Brian Boyd）就適切指出：如果一個故事沒有參照點，讀者們將沒有辦法判斷資訊重要與否，導致他們產生這樣的疑問：「重點到底是在眼睛的顏色還是襪子的顏色？是鼻子的形狀還是鞋子的形狀？還是人名裡面的音節數量？」

　　身為作家，第一要務就是把火力集中在你的重點上。好消息是，只有少數幾件事能夠減少你重寫的時間，而這就是其中之一。為什麼？因為從一開始，你就有辦法為自己的故事做一件大腦下意識也會自動幫你做的事：把不必要且令人分心的資訊過濾掉。

　　為此，本章即將探究的包括：為什麼把主角內心的問題、故事的主題與情節串在一起，可以讓故事不失焦？主題的真意為何，它如何定義你的故事？在哪些狀況下，故事情節會妨礙你？接著會測試所有原則的對錯，我將會用它們來分析一部文學經典：《亂世佳人》（Gone with the Wind）。

故事不只是事件的總和

　　作者在故事裡進行種種設計的目的，從頭到尾都是為了要回答一個能囊括整個故事的問題。讀者的本能知道這一點，所以希望故事的每個字、每一行、每一位角色、每個意象，以及每一個行動，都可以幫助他們接近答案。

　　羅密歐與茱麗葉會一起私奔嗎？《亂世佳人》的郝思嘉能及時發現白瑞德是她的天命真子、避免錯過時機嗎？我們對電影《大國民》（Citizen Kane）的主角肯恩是否有足夠的了解、藉以搞懂他臨終前說的「Rosebud」到底是什麼意思嗎？（肯恩臨終前只說了「Rosebud」

036 Wired for Story:
The Writer's Guide to Using Brain Science to
Hook Readers from the Very First Sentence

這個字，字面是「玫瑰花蕾」之意，但具有強烈的象徵意義，因為編劇沒有說清楚，變成眾說紛紜的影史典故。）

所以說，到底寫故事是怎麼一回事？要為寫故事下定義看來簡單，幾乎可以說完全不用動腦筋，但事實證明它常常令人費解，幾乎把我們給搞瘋。**儘管我們想把故事寫好，但是敘述故事的過程卻常變得曲曲折折，花太多時間在小路裡漫無目的地閒逛。所以儘管故事裡有很多趣事，但它們終究沒有意義。**作者並未在故事裡提問，更別說解答了。故事裡由於充滿了種種讀者不需要知道的東西，因此而失了焦，以至於它無法成為真正的故事，只是一堆事件的總和。

欠缺焦點的故事通常沒有任何重點。聽起來很不可思議吧？但是我可以跟大家說，每當我在閱讀故事初稿時，要是有人問我：「那故事寫的是什麼？」我常常只是回一句：「寫了 300 頁。」就像某位編輯曾說過：「如果你不能用幾句話概述你的書，那你就該『改寫整本書』，直到你能辦得到為止。」

我同意這說法。多年來，我讀過許多詢問的信件、劇情摘要，還有無數的故事初稿與劇本，這教會了我一件事：**如果作者不能用一兩個顯然有焦點且引人入勝的句子總結自己的故事，很可能這個故事本身就是沒有焦點，也不引人入勝。**這是我費了好大一番工夫才學到的教訓。

每當我讀到故事看起來挺不錯的摘要，但摘要內容雜亂無章，而且有一點欠缺條理時，我總是心想：「能夠寫出好故事的人，不見得能夠寫出一篇好摘要。」我會讀故事初稿和摘要，但是沒有幾本能讓我讀很久，因為摘要通常就是故事本身的寫照：故事也是寫得雜亂無章、欠缺條理。

脫離常軌的故事通常會出現下面幾個徵兆：

» 我們搞不清楚主角是誰，所以無法評斷故事中所有事件的重要性
  或含意。

» 我們知道主角是誰，但他似乎沒有目標，所以我們不知道故事的
  重點或故事會往哪個方向發展。

» 我們知道主角的目標為何，但是沒有任何線索可以告訴我們「主
  角被迫必須解決的內心問題是什麼」，所以故事給人一種膚淺而
  單調的感覺。

» 我們知道主角是誰，也知道他的目標與內心問題為何，但是主角
  突然間得到自己想要的東西，任意改變心意，或者是被巴士撞
  到，如今看來主角好像換了一個人。

» 我們知道主角的目標為何，但故事裡的事件似乎不會影響主角，
  或這些事件無法看出他是否會達到目標。

» 就算主角的確受到事件的影響，但影響的方式無法令人信服，如
  此一來不但主角顯得不夠真實，我們根本也搞不懂他的行為有何
  意義，因此不可能預期他接下來要做什麼。

　　以上問題對讀者的大腦會造成同樣的效果：大腦不再像剛開始閱
讀時那樣分泌多巴胺，而且腦中有某部分持續感覺到「原本預期的收
穫」與「真正吸收到的資訊」之間有所落差，所以感到不悅。簡言之，
讀者會有一種挫折感。這證明作者並未聚焦在他創作的故事的本質；
儘管故事的文字寫得漂亮極了，還是會令人覺得沒有方向，無法投入
故事的情境裡。就算讀者不是神經科學家，也能知道接下來會發生什
麼，總之他們不會繼續往下看，就是這麼一回事。

038　Wired for Story:
The Writer's Guide to Using Brain Science to
Hook Readers from the Very First Sentence

「焦點」的關鍵地位

有些故事初稿之所以不能成功，正是因為沒有「焦點」。**沒有焦點，讀者就無法判斷故事中所有元素的意義**，由於我們人類會基於本能而不斷地尋找意義，因此結果可想而知：故事沒有焦點就等於欠缺一個判準。

所謂的焦點到底是什麼？它是故事三大元素的總和，在三大元素的通力合作下故事才能成形，它們是：「主角內心的問題」、「主題」與「情節」。「主角內心的問題」的這個元素可以被視為故事的源頭，它是來自於上一章提到的某個東西：故事的問題，也就是主角的目標。但別忘了我之前說過的：**故事的重點不在於主角有沒有達到目的，是在於他為了達到這個目的而必須克服心理障礙的內在歷程**。這是故事往下發展的動力。我稱之為「主角內心的問題」。

至於第二個元素「主題」，它涉及的則是故事對於人性的看法。通常來講，**主題取決於不同角色之間的互動方式**，在故事的世界裡，什麼是可能、什麼是不可能，都要靠它來定義。接著讀者將能從故事中看出「主角在歷經千辛萬苦後能否成功」，這端視作者想表現的主題是什麼，而不是取決於主角有多厲害。

第三個要素是「情節」，所謂情節是指：在主角追求其目的的過程中，不斷逼迫他面對內心問題的那些事件——儘管他總是試著要去迴避那個問題。

這三大要素集合在一起發揮功效，故事才會有焦點，把故事的焦點告訴讀者們，讓他們得以詮釋一件件接踵而來的事件，預期故事的走向。這一點十分關鍵，因為「**人類心智存在的目的，就是要用來預測接下來會發生什麼事**」，這可說是「人腦的存在理由」：讓我們盡

可能以符合人性的方式在這世界活得久一點。

我們喜歡追根究底，不喜歡不明就裡的感覺。對作家而言，焦點也是最重要的事：有了前兩個要素（主角的內心問題與主題），讀者才有辦法斷定接下來的事件（情節）會朝什麼方向發展。

故事三大元素如何發揮「焦點」的功能呢？它們一方面能夠設定故事的範圍，另一方面則是聚焦在主角生活中的某個面向。畢竟，故事角色的生活跟我們沒什麼兩樣：每天的 24 小時也都是吃飯、睡覺、與保險公司爭執、為了網路掛掉而感到懊惱、坐在電視機前打發時間、還要花時間回想跟牙醫到底是約在週二還是週四。你會把這些東西都擺進故事裡嗎？當然不會。你會精心挑選跟故事問題有關的事件，讓主角遭逢各式各樣艱難的挑戰（這就構成了情結），逼使他挺身實踐自己的信念，讓他嚐一嚐痛苦的人生初體驗。

如果做到這一點，讀者就能獲得一個具體的參考架構，據此評斷故事中發生的每一件事。每當我們的真實生活遭遇棘手的情境時，我們的大腦也是用這種方式來處理各種資訊。如同神經科學家安東尼奧・達馬西歐說明的，我們就是以此種模式來進行文學創作：

> 假設你坐在一家餐廳裡跟你的兄弟喝咖啡，他想要跟你討論爸媽遺產的問題，還有該怎麼處理你們那個行徑向來很詭異的同父異母姊妹。用好萊塢的術語來說，你是個「活在當下」的人，但此刻因為你的大腦接受了各種資訊，還有豐富的想像力也發揮了作用，你除了待在自家兄弟身邊，腦海裡也浮現了各種你沒有遇見過的人物與未曾經歷過的情境⋯你繁忙不已，出現在人生各個插曲中的，有時是過去的事件，有時是未來。但是你——你的那個「自我」不曾消失過。

040   Wired for Story:
The Writer's Guide to Using Brain Science to
Hook Readers from the Very First Sentence

*你大腦裡的一切與某個單一的參照架構始終是緊密相連的。儘管你把注意力投射到某個遙遠的事件上，這個聯繫仍然存在。你的焦點始終沒有跑掉。*意識就像是高倍速望遠鏡一樣，它是人腦最了不起的成就之一，一種人類專屬的特性⋯這種意識的運作模式可見於許多小說、電影與音樂作品裡⋯。〔作者註：斜體的部分是我標示的。〕

　　引文中提到與大腦一切有著緊密聯繫的單一參照架構就是所謂的「焦點」，在以上的例子裡，指得就是遺產問題會對餐廳裡的那個人產生的種種影響。如果這是個故事，為了安然度過此一棘手情境，餐廳裡的那個人就有一個必須先試著去解決的內心問題。他能做到嗎？問題的答案取決於故事的主題是什麼。

「主題」到底是什麼東西？

　　常有人討論主題是什麼，還有它表現的方式，後者甚至可以衍生出一些令人費解的討論，像是如果想表達「逝去的純真」的這個主題，可以利用人造奶油來達到暗喻的目的。所幸，事實上主題可以被濃縮為以下極為簡單的兩個要點：

» 關於「身為人類該遵守什麼行為準則」的這個問題，故事提供了什麼解答？

» 從故事可以看出人類如何面對他們無法控制的情況？

　　從角色的種種行徑可以看出故事呈現的是什麼主題，還有作者對於人性的各個面向有何看法，例如忠誠、猜疑、勇氣與情愛等等。但是，關於主題的真正祕密是：沒有任何故事主題是普遍的——也就是

說，主題所探討的不會是「情愛本身」，而是「作者對情愛的某個特定看法」。例如，愛情故事可以是甜蜜而抒情的，是透露人性本善的訊息，但愛情故事也可能是醜陋而尖銳的，是反映人性的激烈與詭詐，而憤世嫉俗與充滿操弄意味的愛情故事則是反映：如果可能的話，你最好不要談戀愛。

　　如果在寫故事前就知道自己想表達什麼主題，這會對你有所幫助，因為藉此可以事先設定好筆下角色面對各種故事情境時的反應，你為他們創造的那個世界將決定他們會有寬大、粗魯還是縱容的表現，而這將影響故事問題的解決之道，因為主角在故事發展的過程中，究竟會用什麼方式反抗自己的處境，全都取決於此。

　　若故事氛圍充滿愛意，主角就會發現自己只要稍微進取一點就會尋獲真愛；如果主角置身於一個人情冷淡的故事裡，他就會覺得自己跟其他人都無法和睦相處；如果故事殘酷無比，你的主角就會發現自己最後嫁給了人魔漢尼拔。

你的重點是什麼？

　　主題通常反映出故事所傳達的訊息，每一個作者都想透過故事傳達訊息，而且從第一頁就開始了，但這不表示一定要用那訊息來對讀者進行疲勞轟炸。

　　想想看廣告是怎麼一回事。我們向來都很清楚：廣告企圖的就是要我們購買產品；儘管如此，它的目標還是希望能在神不知鬼不覺的狀況下對我們灌輸非常具體的觀念。

　　如同理查・馬士威（Richard Maxwell）與勞勃・狄克曼（Robert Dickman）兩位企業顧問在《好故事無往不利》（*The Elements of*

Persuasion）一書中說的：「只要是像我們這種業界人士，事業的成功
與否總是取決於是否能夠說服他人，存活的關鍵則是在於是否能在一
片混亂的局勢中突圍而出，搞定買賣。好消息是，搞定買賣的祕訣從
來沒有改變過──也就是你必須有一個好故事。」

　　寫故事時如果知道重點的話，就可以幫你從混亂的局勢中突圍而
出。

　　我不是說你應該跟廣告公司的高層主管一樣精於算計，也不是說
故事的目的永遠就是那麼直接。重點是，**這就是為什麼作家通常需要
停下來思考自己想要傳達的訊息為何，還有故事的重點是什麼。這是
很關鍵的，因為從讀者打開書本的那一秒開始，大腦的下意識層次就
已經想知道這本書是否能讓他們的生活好過一點、把事情看得透徹一
點、或者多一點識人之明。**

　　所以你為何不花一點點時間自問：「我希望讀者在放下書本時能
夠開始思考什麼？我想透過故事傳達什麼訊息？我希望帶給讀者怎
樣的全新世界觀？」

別讓故事只有空洞的情節

　　在能夠合力發揮聚焦效果的三大要素裡，作者通常只注意其中之
一：情節，這一點也不令人意外。因為根據定義，情節這個要素是用
來表達另外兩個要素的媒介，而此兩要素本來就容易被人忽略。問題
在於，如果沒有它們的話，情節就只不過是個空架子而已，即使故事
裡有許多事件發生，但它們實際上並未影響任何人，特別是讀者。藉
此我要提出另一個需要予以打破的迷思：

迷思：故事的重點就在於情節。
事實：故事的重點在於情節如何影響主角。

　　儘管先前已經隱約提過了，但把這一點講清楚還是有所幫助：情節並不等於故事。情節能逼迫主角去面對那些讓他無法達成目標的內心問題，這就是情節促成故事往下發展的方式。主角在故事中遭受的待遇以及回應的方式，則可以反映出主題。所以說到底，**故事的重點是主角在情節發展的過程中被迫學到了什麼**。請隨時牢記這個要點，因為如果光看情節本身，你可能以為自己了解故事的重點是什麼，但實際上並不是那麼一回事。

　　電影《破綻》（*Fracture*）是用來說明這一點的最佳範例，因為它跟許多其他電影一樣，是包含了各種故事概念的實例。**電影是以故事為導向，通常比文字更為簡單且直截了當**（而且人們看過同一部電影的機率遠比讀過同一本書還要高）。《破綻》的主角威利・畢強一直到電影開演 17 分鐘後才出現。在那之前，觀眾都以為主角是泰德・克洛佛──電影開始沒幾分鐘就犯下殺妻罪行的冷血凶手。我們認為故事的重點在於克洛佛是否會因此鋃鐺入獄，事實上從電影情節看來就是這麼一回事。

　　但這並非故事重點。《破綻》的重點在於畢強──我們想看看這個即將離開公職、轉任知名法律事務所閒缺的檢察官，最後是否會違背自己的正直本性，還是他會為正義奮戰、繼續待在地檢署（就此與名利雙收的美夢說再見）。電影的情節（克洛佛犯案與受審的過程）只是畢強的道德試金石。所以畢強雖然一直到電影開始快 20 分鐘才現身，然而在那一刻之前所發生的一切，都只是要讓他接受考驗的故事元素而已。

044 Wired for Story:
The Writer's Guide to Using Brain Science to
Hook Readers from the Very First Sentence

換言之，即使主角並未出現在故事的第一頁，也必須讓讀者清楚地看出主角現身前所發生的一切會對他產生什麼影響，以及他最後如何安然脫身。我不是說你必須讓讀者一開始就能看出這一點。他們怎麼看出來的？以《破綻》為例，直到畢強出場前，觀眾根本不知道克洛佛不是故事的重點，但電影的編劇們知道，所以克洛佛的所作所為會被編劇拿來考驗畢強的決心（這裡說的並不是一般意義下的考驗，而是一個非常具體、聚焦在某一點上的難關）。

克洛佛工於心計，他的每一步棋都足以挑戰畢強對自己以及對這個世界的認知，讓畢強對自己在世上的定位產生質疑。在情節發展的過程中，畢強原本充滿自信與自以為是的個性，因為克洛佛的種種作為而出現了許多「破綻」，但藉此也彰顯出這個角色中更有意義、更有勇氣的一面。

對於人性，《破綻》的看法是什麼？正直的本性終究遠比財富還要重要，儘管正直的人可能暫時無法用名車代步。但是編劇用什麼方式傳達這個訊息呢？他們使用的是一個逼真且緊湊的情節，在畢強反抗命運的過程中，我們已經深深地融入了他這個角色。至此我們已經大致看得出主角在情節發展過程中的種種掙扎，這也是稍後即將詳述的部分。

主題：通往普遍真理的關鍵

「主題」潛藏在「情節」的背後，它能呈現出作者對人類處境的看法，它同時也是故事想要表達的普遍真理。所謂的普遍真理，指的是一種能讓我們產生共鳴的感覺、情感或者真諦。例如，「真愛具有一種赤裸裸的力量」，就是每個人、或者幾乎每個人都能體會的普遍

真理，不論主角是《北非諜影》裡的酒館老闆、海裡的小美人魚，或是亞瑟王的某個圓桌武士，全都能表達出此一主題。

　　普遍真理很重要，但諷刺的是，只有透過「具體的情節」我們才能體會它，這也是我將在第 6 章深入探掘的重點。由於抽象的普遍真理太過廣泛，已遠遠超過我們能夠理解的範圍。只有透過有血有肉的故事，我們才能體驗一個個的普遍真理、對它們有所感。

　　曾榮獲普立茲獎的小說《奧麗芙‧基特里奇》（Olive Kitteridge）就是一個簡單的絕佳範例。小說主題訴說的是人們如何承受生命中的種種損失，作者伊麗莎白‧史卓特（Elizabeth Strout）曾說，她希望能讓讀者們「對人類的韌性感到訝異不已」。在下面這段引文裡，我們看到一個平凡無奇的時刻觸發了一段回憶，而這回憶之所以扣人心弦，我敢說是因為它涉及一種大家都曾有過、卻很少人能用言語形容的經驗：

　　　　對於先前自己沒有離開亨利，她感到很高興。她從來沒有過像她丈夫這麼忠心而寬容的朋友。

　　　　不過，此時她站在兒子身邊等紅綠燈，想起了在過去的風風雨雨中，她也曾數度感受到內心有一股深刻的寂寞感，因此在幾年前，某次牙醫幫她補牙，伸手用柔軟的手指輕輕移動她的下巴時，她深深地體會到一股幾乎可以說是令人揪心的溫柔與寬厚感受，她差點因為內心的渴望而發出呻吟聲，但已經熱淚盈眶。

　　在她清晰的回憶中，牙醫因為工作的關係不經意地在她的下巴摸了一把，一股「存在主義式」的無可言喻的孤寂感湧上心頭，而讀者們好像自己也曾經歷過似的，完全能體會那種感覺。之所以會這樣，

046　Wired for Story:
The Writer's Guide to Using Brain Science to
Hook Readers from the Very First Sentence

是因為我們的大腦的確經歷過了，我將會在第 4 章把這一點講清楚。

　　史卓特把故事聚焦在生命中的種種損失與人類的韌性，因此她可以隨意揀選主角奧麗芙一生的某個時刻，藉此讓讀者了解奧麗芙的世界觀，同時以極為生動的方式簡略地呈現：身為人類必須付出的代價。

主題與語調：重點不是「說了什麼」，而是「怎麼說」

　　儘管主題是故事裡最具影響力的元素，但它也是最難讓人看清的。在上面的引文裡，我們完全看不出史卓特想要表達的主題是什麼，不是嗎？她沒有明講，沒有提及，但故事還是的確有主題存在。這就跟語調一樣，「語調」所傳達的訊息通常比「話語」本身還多。不過，有時候語調所傳達的其實剛好與話語本身相反，任何曾經有過多年戀愛對象的人都知道這一點。

　　「故事的語調」可以反映出你對各個角色的看法，也有助於定義你為他們創造出來的那個世界。**語調通常就是故事呈現主題的方式，**它就像是你提供給讀者們的一面情緒菱鏡，你希望他們透過這面菱鏡欣賞你的故事，就像電影裡的音樂一樣。這也是一種讓故事焦點更為清楚的方式，還能更顯著地呈現讀者們必須知道的一切。

　　例如，愛情小說的語調讓我們知道，儘管一定有大事會出差錯，但是不會造成太大傷害，所以我們可以輕輕鬆鬆地融入故事裡，並感到安心，因為我們知道愛情有可能可以解決一切的問題，而它也的確解決了。至於像《他開槍殺她前發生了什麼事？》這種小說，儘管語調從第一句話開始並未明講，但已經暗示了全然相反的情況。語調可以營造出某種氛圍，讓我們有所感覺。作者可以決定要用哪一種語調，而感受到氛圍的，則是讀者。

換言之，你的主題決定了語調，而語調則進一步決定了讀者感受到的氛圍。讀者除了感覺得到「什麼可能」與「什麼不可能」在故事的世界裡發生，還能感覺到潛藏的氛圍，這必須回到先前已經提到的：主題能反映出你想透過故事傳達的訊息——關鍵在「反映」這兩個字。因為儘管主題很關鍵，但絕不能直截了當地把它說出來，而是要用暗示的。

任何電影或小說，如果把主題擺在第一順位，故事淪為其次，那就違反了寫作的首要規則：「用呈現的，不要用講述的。」（不過，人們常常誤解此一規則，這將在本書第 7 章裡討論。）

你應該透過故事來呈現主題，而不是用主題來講述你的故事。我特別要強調這一點，是因為主題其實不太會說故事，如果你不好好看管它（主題）的話，它會直接把「觀念」灌輸給讀者們，而不只是把「證據」呈現在他們眼前，任其自行決定。如果不約束你的主題，它會變成一個惡霸，一個自以為無所不知的傢伙。有誰喜歡接受觀念、聽命行事呢？因此人們才會那麼容易就被逆向思維給操弄。

我的意思是，如果你熱衷於傳達訊息，那你就更應該把傳達訊息的任務交給你的故事。就像 20 世紀英國小說家易夫林・華歐（Evelyn Waugh）說的：「**所有的文學作品都會用暗示的方式呈現道德標準與批判，越不著痕跡越好。**」

你走進書店時是否曾告訴自己：「我想要買的，是一本以『求生存』為主題的書，它能告訴我，大災難只會把某些人而不是所有人變得更厲害。」或者：「我很想弄一本好書來讀，而它的主題是『人性的缺陷造就了社會的缺陷』。」還是：「此刻我的心情非常適合閱讀一本以暗喻的方式來論述拉丁美洲的書。」我想你不曾如此。但是在你離開書店時，難道就一定不會帶走《亂世佳人》、《蒼蠅王》（*Lord of the Flies*)與《百年孤寂》(*One Hundred Years of Solitude*)這三本小說？並非如此。（如果你追問這三本書的作者其主題為何，他們可能會給你以上三個答案。）

　　且慢，難道這三本書裡沒有別的主題嗎？可能有。事實上，只要在網路上找一找，就會發現眾說紛紜，大家對每一本書的主題都自有一套看法——其中有些看法就算不會激怒原作者，至少也會讓他們聽得目瞪口呆。不過，那些主題大多是次要的。我們談論的是最重要的主題——那些由身為作者的人親自挑選出來的主題，而不是由學者穿鑿附會出來的，其目的只是為了讓研究生們在小型討論會上認真地辯個不停。

以經典名著做練習：《亂世佳人》

　　焦點可以幫助定義故事的要點，藉此建立一個用來過濾所有不必要資訊的判準，為了更了解這一點，我們來看看上述三本小說裡最容易理解的《亂世佳人》。過去《亂世佳人》曾被某些人貶低為陳腐的通俗劇作品，認為只是作者用來餬口的一本「流行小說」。但是沒有人能否認：它的確有一種讓人想一頁頁往下看的魅力。

　　我要告訴大家一個令人震驚的事實：《亂世佳人》是奪得 1937 年普立茲獎的小說。而且它也曾是史上最暢銷的小說，直到 1966 年才被《風月泣殘紅》(*Valley of the Dolls*)打破它保持的銷售紀錄，但不知為何，《風月泣殘紅》並未獲得普立茲獎委員會的青睞。

　　首先，我們先仔細看看《亂世佳人》的作者瑪格麗特・米契爾（Margaret Mitchell）在 1936 年與出版商連袂接受訪問時，用來闡述主題的一席話：

如果這本書有主題的話，其主題就是求生存。在大難臨
頭時，為什麼有些人可以撐得過去，而有些人顯然跟他們一
樣有能力、堅強而勇敢，但卻被擊垮？每一個亂世都會有
這種事。有些人能倖存，有些人沒辦法。那些奮戰不懈、最
後獲勝的人身上，到底有哪些特質是挫敗者沒有的？我只
知道那些倖存者們曾經把那種特質稱為「氣概」。所以我創
造出一些有氣概，還有一些沒有氣概的人。

郝思嘉之所以能在逆境中不斷奮鬥、精心盤算、使盡各種手段、
掙扎不已，最後終於熬過亂世，最主要的原因就是她擁有「氣概」的
特質。說得很有道理。不過，難道這就是小說的最重要主題？是不
是因為氣概，所以她才能在禍事接踵而來之餘不斷做出各種回應？
我們可以透過氣概這個要素來觀察故事情節的發展嗎？不管我們能
否為氣概這個神祕要素下定義，它是不是讓故事深深吸引著我們呢？
答案都是肯定的。

我們之所以會不斷往下讀，是因為知道郝思嘉是個意志頑強，有
膽有識，也就是有氣概的女人，因此她不願意屈服於社會的種種束
縛。但是我們很快地發現，豪氣干雲的個性讓她成為一個很能幹的女
人，同時也讓她無視於什麼是對自己最有利的選擇，而稍後我們即將
看出，這就是她的內心問題。我們知道什麼選擇會讓她感到最快樂，
而很快地我們也體會到，這很有可能是她最不願做出的選擇。因此問
題在於：「接下來她會怎麼做？有一天她能夠覺醒、了解自己真正
想要的是什麼嗎？」我們想知道答案，所以不斷往下讀。

但是，貫串《亂世佳人》整本小說的其他主題呢？例如，愛情
的本質、階級結構對人的束縛，當然也還包括 19 世紀社會對男女該

050 Wired for Story:
The Writer's Guide to Using Brain Science to
Hook Readers from the Very First Sentence

扮演的角色所設下的種種限制。難道其中任何一個都不可能是小說的
重要主題嗎？好問題。

我們就用以下的標準來評斷：「**重要的主題**」**必須為我們提供**「**精
確的觀點**」，**好讓我們在觀察主角與其內心問題時，能有具體的洞見；
此外，這個主題必須夠廣泛，如此才能藉其檢視故事中發生的所有事
件（也就是情節）有何意義。**如果我用上述的其他主題來幫《亂世佳
人》做個總結，會得出什麼結論？首先看看「愛情的本質」這個主題：

> 《亂世佳人》以南北戰爭為背景，故事敘述的是一位南
> 方美女所愛非人，錯誤的愛情觀讓她看不出有個男人能夠為
> 她帶來想要的生活。

如果說這本小說只是一個愛情故事的話，其餘一切都只是「背
景」，上面那句總結還不算太糟，但因為小說的範圍非常大，這樣的
總結顯得太過侷限了。好吧，那如果主題是關於「郝思嘉如何打破社
會規範」呢？

> 《亂世佳人》所敘述的，是一位南方美女為了在南北戰
> 爭期間求生存而反抗社會的潮流。

這句話也不算太糟，不過前提是，我們想用概括的方式來描述故
事。但到底是什麼社會潮流？怎麼反抗？如果不講得具體一點的話，
我們就無法真正看清…任何東西。好吧，那「階級結構」的主題呢？

> 《亂世佳人》所敘述的，是南方的傳統階級結構在南北
> 戰爭期間崩解的過程。

聽起來不太像是一本小說，對不對？非故事類書籍很好賣，而且喜歡南北戰爭主題的書迷可說是數以百萬計，這本小說有可能成為一本暢銷書，但是熱銷的情況並不能持續下去，因為讀者們終究會發現這實際上是一本煽情的愛情小說，故事敘述勇氣十足的女主角如何堅決抵抗社會潮流。當然，當讀者發現的時候，即使是最堅定的史書愛好者，也可能不會多說什麼，因為他們只會顧著看書，滿心希望郝思嘉能夠及時清醒，在為時已晚之前趕快發現白瑞德是她的天命真子。

我並不是要說上述幾句結語對讀者們沒有吸引力，但是它們並無法讓人看出《亂世佳人》是一部壯闊而熱情的鉅著，如果不能呈現這一點，它根本就不值一讀。但如果我用作者米契爾說的「氣概」來定義這本小說的主題，就全然不同了：

> 《亂世佳人》所敘述的，是一位任性的南方美女因為擁有大無畏的氣概，而始終排拒唯一能與她匹配的男人；同時，為了在南北戰爭期間求生存，她堅毅地反抗那正在瓦解的社會規範。

這就對了！儘管我對《亂世佳人》一書的描述可能還不夠到位，但是它觸及的內容已經值得一提。想要找出能夠用來定義故事的主題，你大可自問：「這個主題是否能把故事的其他主題結合在一起？」在《亂世佳人》裡，郝思嘉的氣概是最重要的主題，它對其他一切都有正面或負面的影響，與此相關的包括她的愛情、她拒絕被當時的社會規範束縛、還有每當她並未獲得自己想要的一切時，總是希望能以行動來改變現狀。行動？沒錯，這就是情節。

» 《亂世佳人》主角的內心問題與情節

如我們所知，主角必須在情節發展的過程中接受考驗，如果希望向美夢邁進，他就必須克服那些難度越來越高的阻礙。

但是，**情節的功能不只是要讓讀者看到主角是否能美夢成真，也是要迫使主角去面對一開始就讓他無法美夢成真的內心問題**。這個問題有時候被稱為主角的「致命缺陷」──它有可能是一種根深蒂固的恐懼、一個改不掉的錯誤觀念、或是有問題的角色特質，而主角因為此問題始終掙扎不已，如果希望有機會克服最後一道障礙，主角必須先把它解決掉。

諷刺的是，一旦主角克服了障礙，他將會發現真正的成功與他過去所想的大不相同。我們常在浪漫喜劇裡看到這種狀況，而且往往是在男主角苦苦追求的女孩到手後才發現，原來漂亮、高傲且苗條的富家女，根本就不像隔壁那個可愛、討人喜歡、漂亮且纖瘦的中產階級女孩惹人愛憐。

不過這並非郝思嘉的問題。

郝思嘉的致命缺陷是她太過專心了，再加上她那無人能敵的氣概，造就出一個連她自己都看不清的缺點，但我們看得出來。所以我們為她加油，不只是希望她能求生存，也希望她能有足夠的自覺，不要用本末倒置的方式過生活。她辦到了嗎？她幾乎辦到，卻功敗垂成。因此當看完小說時，我們看到白瑞德說他「一點也不在乎」，但我們卻遺憾不已。

» **《亂世佳人》主角的具體目標：郝思嘉真正想要的是什麼？**

且慢，怎覺得這種描述《亂世佳人》的方式還是有所遺漏？當然，不管郝思嘉是否有致命缺陷，她就是想要求生，我們不都是這樣

嗎？我們的確是，因此求生存這件事本身，以及與它相關的一切才會具有普遍性，某種抽象的普遍真理。換言之，這點適用於每個人，它並未呈現出關於郝思嘉的任何東西，並未為故事帶來任何新意。

問題在於：「求生存這件事對郝思嘉而言有何意義？」如果落實到情節，也就是把它擺到故事事件發展的具體層面上來看，這句話的意思就是：「郝思嘉必須獲得什麼才會感覺到自己已經衝破生活的逆境？」答案是她家的莊園：塔拉莊園；它的意義是：土地。

如同她父親早早就對她說過的：「土地是世界上唯一有意義的東西⋯。」土地能夠把我們與過往聯繫在一起，因而造就我們。沒有土地，我們什麼也不是。這成了郝思嘉的基準點，如果想證明自己已經衝破逆境，這就是她必須做到的一件事。

她的想法是對的嗎？土地的確能聯繫我們與我們的過往，並且造就我們嗎？天啊！應該不是吧！這就是為何郝思嘉這個角色有成功，也有悲劇的一面。如此一來，我們才能體諒她為什麼會盲目到看不見自己想要什麼（這一切都是因為她的致命缺陷），而不會被她惹惱，甚至為她感到挫折、痛苦萬分。

如果你讓讀者看見故事主角之所以會盲目的理由，那麼讀者對冥頑不靈的角色的接受度往往高得令人訝異。類似故事的重點往往就在這裡：「**為什麼其他所有人都能看得那麼清楚，偏偏主角卻始終如此盲目？**」事實上，有時候會發出「唉喲」一聲驚嘆的其實是讀者，而非故事主角。直到頓悟的時刻，讀者才會發現：不只是主角不會改變，而且主角盲目的缺陷為自己帶來極大的損失。

要是把這一點應用到郝思嘉身上，我們可以在上面的描述加上一個子句：

　　《亂世佳人》所敘述的，是一位任性的南方美女因為擁

054   Wired for Story:
The Writer's Guide to Using Brain Science to
Hook Readers from the Very First Sentence

有大無畏的氣概,而始終排拒唯一能與她匹配的男人;同時,為了在南北戰爭期間求生存,她堅毅地反抗那正在瓦解的社會規範,而她求生的方式,是設法保住被她誤認為最重要的東西:她家的塔拉莊園。

各位,找到重點了吧?這真是一段寫得不錯的迷你版大綱。我們把主題(即「憑藉著氣概求生存」)與郝思嘉的內心問題結合在一起,然後用兩者來檢視作者在故事情節中為她安排的重重阻礙。將主題、郝思嘉的內在問題與情節綜合在一起之後,我們把一本 1,024 頁的小說予以濃縮,找出它的本質。儘管句子很長,我們還是用幾句話就做出了總結,從中可以清楚看出整本書的要點。

如何好好掌控故事的發展

就算你已經把故事寫完了,以上簡便的練習方法還是可以幫你精確定義故事的要點;如果你還沒開始寫,或者只寫到了某個階段,這方法的效用更好。**如果你知道故事的焦點何在,就有辦法為自己的故事做一件大腦下意識也會自動幫你做的事:把無關而且不重要的東西過濾掉**。你可以用這種方式來檢視故事的每一個轉折與角色的反應,看它們是否與故事有關。

我不是主張一旦開始動筆後,就不能改變故事主題、故事的問題,或者不能讓故事情節與原先預期的有截然不同的發展。但是如果的確改變了,你就能立刻發現,並且為故事進行相應的調整,這就是為什麼你應該把一切都想清楚的另一個理由。這該從何說起呢?因為你已經事先掌握了故事的走向,如今可以利用你掌握的資訊重新規劃故事走向。

別忘了，**當故事半途改變了焦點，不僅意味著它會朝不同的方向
發展，也意味著你先前所寫的一切必須有所改變**。否則，那將會像你
搭上了開往紐約的飛機，最後它卻在辛辛那提市降落。你不僅已經迷
失方向，就連行李箱裡的衣服也都帶錯了。好消息是，由於你熟知原
有的故事走向（在第 5 章將會深入探討），自然就會了解你該做哪些
改變。

這個做法會讓你的讀者感到很高興。因為他們其實都懷抱著一個
信念而不自知：只有讀者必須知道的東西才應該被寫進故事裡。而且
你最不希望發生的事，就是讓讀者不斷看到非必要的資訊，打亂了你
原有的好故事。

056   Wired for Story:
The Writer's Guide to Using Brain Science to
Hook Readers from the Very First Sentence

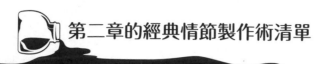 第二章的經典情節製作術清單

你知道故事的「要點」是什麼嗎？

你希望讀者看完故事後能產生什麼想法？你希望他們的世界觀有何改變？

你知道故事對於「人性的看法」是什麼嗎？

故事是讀者了解這個故事的方式，所以不管故事的作者是有意或無意，都應該讓讀者了解身為人類的意義。你的故事想傳達的訊息是什麼呢？

「主角的內心問題」、「主題」與「情節」，三者能一起發揮效用、解決「故事的問題」嗎？

你怎麼分辨得出來？你可以自問：主角在故事裡的遭遇能反映出故事的主題嗎？情節的每一個轉折都能迫使主角去面對自己的內心問題——也就是那阻擋著他的事嗎？

「情節」與「主題」能夠始終與「故事的問題」維持緊密聯繫嗎？

切記，故事的問題會一直模模糊糊地留在讀者心中，因此每一個呈現故事主題的事件，都應該能讓讀者持續記得那個問題。

你能夠用一小段文字來總結故事嗎？

想要做到這一點，首先你可以自問：形塑故事情節的主題是什麼？用我們分析《亂世佳人》的方式來練習分析你自己的故事。過程也許是痛苦的，但終究對你有好處。

03 有 fu 才是王道

神經科學這樣說：
情感決定一切事物的意義，
如果沒有感覺，我們等於是沒有了意識。

讀者的腦袋需要的是：
所有的故事都必須以情感為基礎，
如果沒有感覺，我們等於是沒有把故事讀進去。

058　Wired for Story:
The Writer's Guide to Using Brain Science to
Hook Readers from the Very First Sentence

> "
> 「的確，感覺不只是重要而已，它們是最重要的。」
> ——哈佛大學心理學教授丹尼爾．吉伯特（Daniel Gilbert）
> 《快樂為什麼不幸福》（Stumbling on Happiness）作者
> "

　　在成長過程中，我們已經學會相信一件事：理性與情感是兩個極端，而理性總是扮演堅強的白臉角色，情感則是陰鬱的黑臉。我們先不去討論男人是否比較理性，女人比較感性的問題。我們認為，理性能夠洞悉世界的原貌，而感性則像是不講理的流氓，總想毀掉理性所看到的一切。就這樣。

　　但事實上呢？專事神經科學的作家喬納．雷勒說：「**如果沒有情感，理性也不會存在。**」聽見沒有，柏拉圖！一個令人悲傷的真實故事可以證明這一點，更可悲的是，故事主角是一個不會悲傷的人，因為他失去了感受悲傷情緒的能力。

　　艾略特是安東尼奧．達馬西歐的病人，在某次切除腦部良性腫瘤的手術中，他失去了一小部分的大腦前額葉皮質。生病前，艾略特是大企業的高層主管，擁有一個快樂且生氣蓬勃的大家庭。在他認識達馬西歐之後，生活中的一切美好事物卻開始漸漸離他而去。

　　經過檢測，艾略特的智商百分等級高達 97，記憶的表現很好，面對問題時也能想得出各種解決方式。問題是，他做不了決定——他不知道該選擇哪種顏色的原子筆，不知道自己該做的到底是老闆希望他去做的要務，還是把辦公室文件夾按照字母分類的這種小事。

　　為什麼會如此呢？達馬西歐發現，因為大腦受損，艾略特失去了情緒的感受，所以變成一個態度超然、在生活中沒有任何偏好的人。但這難道不是一件好事嗎？既然情緒影響不了艾略特的判斷，

他應該可以依循理性做任何決定，不是嗎？我想大家都知道這會有什麼後果。沒有情感的話，每一個選項對我們的影響力都一樣：每一個在我們眼裡都是相同的。

認知科學家史迪芬・平克說：「**情感是一種能夠為大腦設定最高目標的機制。**」顯然除此之外，情感還包括其他所有目標，就連早餐要吃什麼的這種小事也一樣。沒有情感，艾略特無從判斷什麼是重要的、什麼不重要、什麼有關係、什麼沒關係。

同樣的道理也適用於故事。**如果讀者感覺不到什麼有所謂、什麼無所謂，那麼有沒有把故事讀完也就無所謂了。**對作家來說，問題在於要怎麼讓讀者有感覺？答案很簡單：從主角下手。

在這一章裡面，我們將探究的是如何巧妙地運用一個最重要、卻常被忽略的故事元素，就是要讓讀者知道「故事主角對於發生在自己身上的事有何內心感受」。我將解密的包括有：如何利用「第一人稱」或「第三人稱」的敘述視角來傳達思想？在故事中插入身為作者的你的意見有什麼缺點？我還要告訴大家，「肢體語言」從來不會說謊，同時重新思考一句專橫而老舊的諺語：「寫你知道的東西就好。」

主角：「你感覺得到我嗎？」

當我們完全融入故事時，會進入忘我的狀態。我們會成為主角，感覺到他所感覺的一切，想要的，害怕的也都跟他一樣，如同我們即將在下一章看到的，**主角的想法就反映在我們的思維裡。**不管是小說或電影都適用這個道理。

我還記得自己在大學時，曾在看完一部凱瑟琳・赫本（Katharine Hepburn）的老電影後走路回家。直到我看見自己在一面黑色商店櫥

060　Wired for Story:
The Writer's Guide to Using Brain Science to
Hook Readers from the Very First Sentence

窗玻璃上的倒影時，我才發現自己受到的影響有多深。在那一刻之前，我都把自己當成凱瑟琳・赫本。或者更精確地說，是把自己當成《假日》（*Holiday*）這部電影裡琳達・塞頓的這個角色。然後，突然間我又變回我自己，這當然就意味著卡萊・葛倫（Cary Grant）扮演的角色並沒有在等我上船、一起航向精采的未來。

但至少在那美妙的幾分鐘裡，當我走在夏達克大道時，我是透過琳達・塞頓的眼光來看這個世界的。那是一種內心的體驗，感覺起來像是得到禮物：因為我的世界觀改變了。《假日》裡的琳達跟我一樣，都是家裡的害群之馬。她反抗傳統，不計代價，儘管她在知名的閣樓裡住了好幾年，最後終於成為一個勝利者。也許我也可以。返家路上，我感覺到自己的腳步變得比出門到電影院時還要輕快。

在那之後，我曾看過許多無法賜給我相似禮物的故事初稿，因為作者們都犯了一個很常見的錯誤，導致讀者無法對故事主角產生共鳴。作者們誤以為故事就只是故事裡發生的種種事件。但是我們已經知道，真正的故事是那些事件對主角產生的影響，以及主角後來所做的那些事。

這意味著：**故事裡發生的一切能激起什麼樣的感情漣漪、具有什麼意義，端視主角受到什麼影響。**如果主角沒受到影響，就算是生死交關或羅馬帝國衰亡這種大事，也就完全無關緊要了。你知道嗎？無關緊要的事會讓讀者感到無聊。如果一件事無關緊要，它不只毫不相關，還會妨礙我們掌握重點。

因此在你筆下的每一個場景中，都必須在「當下」就讓讀者看見並了解「主角對於各種事件的反應是什麼」。這必須是一種具體且個人的反應，並且會影響到稍後主角是否能達成目標。**你不能只是讓主角表達毫無感情的客觀評論。**

　　神經科學家發現，**我們體驗到的一切都會自動夾帶著情感，而這是讀者們憑藉本能就知道的**。為什麼呢？因為我們的大腦訊息就是這樣組成的，就像電腦訊息由 0 與 1 組成一樣，而且其基礎是由一個問題所構成：「這是否會傷害我，或是對我有幫助嗎？」我們的自我認知既豐富又優雅，既複雜又多變，它的每一個面向以及我們的世界觀裡，都潛藏著前述的那一個粗鄙問題。

　　正如達馬西歐所說：「我們在意識層次對任何議題形成的所有看法，向來都夾帶著『情感與其引發的感覺』所組成的和諧綜合體。」如果我們沒有感覺，我們就像死人一樣。一個沒有任何偏好的主角與機器人無異。

如何讓讀者把自己當成故事主角？

　　當故事主角的行為能反映出他的內心情緒時，讀者才會把自己當成主角，對他的遭遇有所感受，感覺到他所感覺的一切，並在閱讀故事的過程中，始終保持這種狀態。

　　但我並不是說讀者感覺不到其他角色的感覺。不過說到底，其他角色的行為、思想與感覺有何意義，還是取決於那一切對主角有何影響。畢竟故事是屬於主角的，所以讀者要如何評估故事中的一切人、事、物，全都取決於它們對主角有何影響。能夠推動故事往前發展的，終究是主角的行動、反應與決定，而不是那些扮演催化角色的外在事件。

　　下列三種方式可以用來呈現故事的主角對外在事件的反應：

1、　**訴諸於外在表現**：佛瑞德遲到了；蘇緊張得四處踱步，用腳尖亂踢。好痛。她用一隻腳跳來跳去，像個水手一樣咒罵，希望沒

062 Wired for Story:
The Writer's Guide to Using Brain Science to
Hook Readers from the Very First Sentence

有弄壞腳上的紅色趾甲油，那可是佛瑞德的最愛啊。

2、**訴諸於讀者的直觀**：我們知道蘇深愛佛瑞德，所以當我們發現他之所以遲到，是因為他正在跟蘇的閨中密友瓊安約會時，我們立刻就可以感受蘇即將體會到的痛苦，儘管此刻她甚至不知道佛瑞德認識瓊安。

3、**訴諸於主角的內心想法**：當蘇介紹佛瑞德與瓊安兩人相識時，她立刻感覺到他們倆之間一定有什麼。看著他們假裝對方是陌生人，蘇已經開始精心盤算要用什麼可怕的手段毀掉他們倆。

當我們透過主角的視角來觀察故事裡發生的事件時，意味我們看得出他怎樣評估自身的遭遇，我們等於是用主角的雙眼來看待整個世界。因此我們不只是看到他所看到的，同時也能了解那些事件對他有何意義。換言之，必須讓讀者知道主角對於一切事物的個人看法。

這也是為什麼故事會有一種獨特的力量。用散文寫成的故事之所以與戲劇、電影、真實人生有所不同，是因為它讓讀者有機會進入一個最具吸引力、卻又無法以其他方式進入的領域：別人的內心世界。為了避免你無法掌握這一點的真義，我希望你要記住的是：**人腦之所以會演化，就是為了達到這個目的——看穿其他人的內心世界，進而洞悉其動機、思維，還有真正的想法。**（我將在第4章裡深入探索這一點。）

在現實生活中，關鍵字是「直觀」兩字，電影有靠著視覺與行動傳達思想的強大力量，而戲劇靠的則是對話。儘管現實生活、電影與戲劇都具有不可思議的說服力（特別是現實生活），然而它們終究都留下了讓我們猜想的空間。至於在散文的領域裡，直接陳述出來的思想就是故事的活力所在，因為那些思想直接反映出主角的遭遇對他有

何影響，還有他如何詮釋那些遭遇的意義。

　　這是讀者真正關心的。他們雖然沒說出來，但心裡都有一個基於本能而存在的問題：「如果這種事發生在我身上，會是什麼感覺？我該怎樣反應？」甚或你筆下的主角還可以告訴讀者：他們應該不能有哪些反應。這對讀者來講也是很有用的答案。

　　如果你想讓讀者知道主角覺得自身遭遇有何意義，你應該要為讀者提供哪些線索，讓他們了解主角的想法？也就是說，你要用什麼方式讓讀者知道主角真正的想法是什麼？別忘了，**故事主角所說的話，往往跟他的想法相反**。而這之所以關鍵，另一個原因在於：故事角色對於己身遭遇的反應，通常只是一種內心的反應。例如，沒有說出口的內心獨白、突然浮現的洞見、回憶，或者是頓悟。你要怎麼把它納進故事裡，就取決於你要用「第一人稱」或「第三人稱」的敘述方式來寫故事。一起很快地看看這兩種情況各是怎麼一回事。

「第一人稱」的情節敘述手法

　　乍聽之下，用第一人稱的方式來傳達主角的想法好像是理所當然的。畢竟，主角說的就是自己的故事，一切都反映出他的想法，對吧？的確如此。這就是最棘手的地方。為什麼？因為這意味著：當你用第一人稱說出故事的每一件事時，都必須附帶直接、隱含與有見地的看法。因此，敘事者說的每一件事都夾帶著他自己的意見。他選擇說出來的細節都反映他的心態，讓我們對他以及他的世界觀有所了解。

　　想想看我們從《羅生門》（日本已故名導演黑澤明的作品，以武士遭謀殺的奇案為故事主軸）這部電影看到的效果：如果同一件事有4位目擊證人，最後你將會獲得4種版本截然不同的故事——每個版本都具有可信度。其中只有1個故事是對的，另外3個都錯了嗎？

064   Wired for Story:
The Writer's Guide to Using Brain Science to
Hook Readers from the Very First Sentence

並非如此，因為每個人的世界觀不同，對發生的事件就會有不同看法；他們每個人都覺得某個面向具有說服力，依據己見來解讀那些面向的意義，並且得出不同的結論。

真有所謂「客觀真理」的存在嗎？也許吧。但是因為人類的經驗本來就是主觀的，要怎麼能認識客觀真理？這意味著：**如果你使用第一人稱的敘述方式，每一個敘事者的說法都會夾帶主觀的意義**──光是要選擇哪一些細節來講述故事，就已經是主觀的了。

如果用「第三人稱」敘述方式來寫故事，對事物的看法會有何不同？差別就在「距離」。在第三人稱的故事裡，每當讀者想要評估全知敘事者（也就是作者）說的那些事有何意義時，就必須以他們對主角的了解為根據。

例如，如果泰德決定買一張全新的螢光橘絲絨沙發，給金姐一個驚喜，這件事本身並不涉及任何價值判斷。但如果我們知道金姐深愛自己的那一張舊沙發，而且討厭橘色，姑且不論她是否喜歡絲絨布料，我們就已經知道她看到新沙發時會有什麼感覺──但她有可能不會對泰德說真話。

就另一方面來說，**如果是用第一人稱來敘述，故事就會從頭到尾都夾帶著價值判斷**。這意味敘事者在陳述各種人、事、物時，都會提及自己受到什麼影響。當敘事者要呈現某個小鎮的樣貌、艾德娜穿著什麼衣服去辦公室、瑪德蓮蛋糕有多好吃、或者雷根政府用什麼方式毀了美國時，他不會用客觀的冗長段落來敘述。敘事者的確有可能會說，但他之所以會把那些東西告訴我們，是因為它們對故事會產生具體的影響。也許我們大可以把敘事者當成一個自戀的傢伙（但不是糟糕的自戀狂）。故事裡的一切都與他有關，否則他為什麼要告訴讀者

呢？

　　敘事者的思想會反映在他選擇拿出來敘述的一切事物上，而且他會論斷所提及的一切。但他所做的不只是如此而已。他會直截了當且完整地表達自己的想法，而且當然是關於任何事物的想法。他所說的當然也有可能根本就大錯特錯——**第一人稱故事的敘事者通常都不可靠，因此找出真相可說是閱讀的樂趣之一。**

　　第一人稱敘事者唯一無法告訴我們的，是別人的想法或感覺。所以，如果佛瑞德要談論他跟蘇分手的事，他不會說：「當我跟蘇說我愛上瓊安的時候，她覺得好像有人在她的肚子打了一拳。」而是會說：「當我跟蘇說我愛上瓊安的時候，她的臉色變得一片慘白，好像有人在她的肚子打了一拳。」佛瑞德可以「推斷」或「猜測」蘇的感覺，但他不能用「肯定」的口氣進行直接陳述——除非佛瑞德是那種總以為自己知道別人有什麼感覺的角色，不過在這種狀況下，當佛瑞德說蘇感覺被人打了一拳時，我們得知的應該是佛瑞德的特質，而非蘇實際上有什麼感覺。

　　但是，如果佛瑞德沒有任何感覺呢？我的意思是，如果他死不承認自己的感覺呢？此時即使蘇以暗示口吻說自己知道他跟瓊安的事，而且很快地開始講得越來越白，他也不會有所回應，沒錯吧？

　　這聽起來有點像《第 22 條軍規》（Catch-22）的小說情節在現實生活中成真吧？畢竟，如果你知道自己死不承認自己的感覺，等於就承認了自己有感覺。（在《第 22 條軍規》中，規定發瘋的人才能免除飛行任務，不過要由本人提出申請，但既然能提出申請，就表示你並不是瘋子。）所以，當你用第一人稱（或第三人稱）的敘述方式寫故事時，要怎樣才能傳達那些沒有出現在佛瑞德腦海裡的想法？

066   Wired for Story:
The Writer's Guide to Using Brain Science to
Hook Readers from the Very First Sentence

　　無庸贅言，你一定不希望佛瑞德是個沒有任何想法的人。反之，他死不承認的心態，正是他用來詮釋那些暗示的一種方式。換句話說，他要怎樣把暗示合理化？保持死不承認的心態聽來容易，實際上很困難。那不是一種「腦袋放空」的狀態，而是需要硬撐的。

　　每個人都渴望能保有一種幸福感，而且都很會說服自己，自認幸福。這意味佛瑞德將會花很多工夫去理解故事裡的那些事物，而且對佛瑞德與對讀者來說，它們顯然有截然不同的意義。

　　總而言之，當你用第一人稱寫故事時，應該記住下列幾個要點：

» 敘事者所說的一切必須在某個方面反應其**觀點**。

» 敘事者絕不會說出任何不會對他產生影響的事物。

» 敘事者會論**斷**自己提及的一切。

» 敘事者不會是中立的，他總是有所偏好。

» 敘事者絕不可能把別人的想法或感覺告訴我們。

「第三人稱」的情節敘述手法

　　用第一人稱寫故事的好處之一是：永遠不用擔心讀者搞不清楚你傳達的是誰的想法 。因為讀者看到的任何想法，都是敘事者的。而用第三人稱寫故事卻又是另一回事，特別是因為第三人稱視角還有好幾個不同的版本。我先把最常見的三種羅列如下：

1、**客觀的第三人稱視角**：用客觀的外在立場來敘述故事，會讓作者始終無法引導讀者走入故事角色的內心世界，沒辦法把角色的感覺或想法透露給讀者。只能透過角色的行為，以間接顯示的方式提供資訊給讀者──電影裡也是如此，只不過電影裡有時會有碎

碎唸的冗長旁白。**如果用客觀的第三人稱視角來寫故事，就只能透過「外在的表現」來暗示主角的內心反應**，例如肢體語言、穿什麼衣服、去什麼地方、做什麼事、和誰有聯繫，當然包括他所說的話。

2、**第三人稱的有限視角**（又稱第三人稱的封閉視角）：這種方式很像是用第一人稱寫故事，因為你只知道一個人的想法、感覺與所見所聞，而且那個人通常就是主角。因此，**主角必須出現在每一個場景裡，並且了解發生的一切**，唯一的差別在於，你不能寫「我⋯」，而是必須改為「他⋯」或者「她⋯」。跟第一人稱一樣，除非主角真的大聲說出來，否則無法很確定地把主角的想法或感覺傳達給讀者。

3、**第三人稱的全知視角**：這種故事採用的是一個能看見一切、知道一切、而且傳統上是可靠的客觀敘事者，這位客觀敘事者有辦法深入每一個角色的內心深處，把他們的想法、感覺、有哪些作為、還有哪些計畫都傳達給讀者。難處在於**敘事者必須掌握一切，並且始終隱身在背景裡**。在觀賞木偶表演時，即使只是匆匆瞥見了操控木偶的人，你就再也不會以為木偶身上沒有綁線了。

當你用第三人稱的全知或有限視角寫故事時，你要怎樣傳達想法？從讀者的角度來講，你用來傳達想法的方式與心電感應很接近。**一個故事如果能夠在讀者不知不覺的情況下，把故事角色的想法充分傳達出來，那就是個好故事。**

事實上，我敢說你也許曾讀過幾百本用第三人稱方式寫的書，它們用極其巧妙的方式透露出故事角色的想法，但真的要你寫故事時，

068   Wired for Story:
The Writer's Guide to Using Brain Science to
Hook Readers from the Very First Sentence

你仍然不知道自己該不該用變成斜體或加上雙引號的方式來呈現傳達思想的句子，或者是直接把它們清楚地標示出來。答案是，都不用。不用變成斜體。不用加上雙引號。也不用標示。

　　一旦熟知故事技巧，知道如何帶領讀者走進故事角色的內心世界，讀者就自然而然有辦法分辨出哪些文字是某個角色的內心思緒，哪些又是敘事者的聲音。**讀者早就預設主角會表達各種意見，但是對讀者而言，身為敘事者的你是不存在的**——前提是，你不會把自己的意見寫進故事裡。

　　說故事的那個聲音幾乎永遠是客觀的，這意味著身為全知敘事者的你，在故事裡是個透明人，只負責呈報事實。而你筆下的角色則可以隨心所欲表達意見。當讀者知道自己進入的是誰的內心世界時，也就是說，當讀者知道自己看到的是哪一個角色的觀點時，你根本就不太需要給予提示。我們可以用伊莉莎白‧喬治的《無心的血色》（*Careless in Red*）來說明：

　　　　艾倫說，「凱拉。」

　　　　她不理會他。她決定要吃雞雜飯與四季豆做成的什錦飯，還有麵包布丁。這會花掉她好幾個小時的時間，但她不在意。她需要雞、香腸、明蝦、青辣椒、蛤蠣汁…東西數都數不清。她決定一口氣煮一週的分量。這讓她比較省事，想吃的時候，他們可以挖一點出來用微波爐加熱。你說微波爐這種東西妙不妙？它是不是讓生活變得比較簡單呢？天啊！如果有哪個女孩祈禱，希望自己有個器具能夠拿來把人擺進去，微波爐不就能解決她的問題嗎？倒不是說她想要把人放進去加熱，而是要把人變成截然不同的東西。她心想，她會先把誰塞進去？是她媽媽？爸爸？桑托？還是艾

倫？

這一段寫得很棒，是不是？決定要做什錦飯是一件雞毛蒜皮的小事，但作者喬治利用它來呈現凱拉的內心世界，讓我們看到她心裡思考的是截然不同的事情。我們該注意的是，作者讓我們目睹凱拉進行聯想的過程，從現實中抽離，藉著一個隱喻讓讀者相信，因為微波爐可以把東西變不一樣，所以聽起來好像也可以把人擺進去。

另外必須注意的一點是，光是憑藉著本能，讀者就知道段落裡的那些問題都是凱拉自問的。事實上，就算作者把「她決定」與「她心想」這幾個字拿掉，讀者還是不會搞混。

通常來講，**角色的思維可以用來塑造敘事的聲音及語調，藉此從第一頁就開始營造氛圍**。下面引文來自安妮塔・雪瑞佛（Anita Shreve）的小說《飛行員之妻》（*The Pilot's Wife*）的第二段。到目前為止，讀者看到的就只有主角凱瑟琳在黎明之前醒了過來。

> 她因為房間裡的燈亮了起來而驚醒，不該有燈光的，就像是半夜的急診室一樣。她的腦海裡很快地閃過一個個念頭：瑪蒂。然後是傑克。還是鄰居。或者是車禍。但是瑪蒂在床上睡覺，不是嗎？凱瑟琳親眼看見她上床去的，目送她沿著走廊往下走，走進房門後，結結實實地把門關起來，那力道差一點就足以發出砰的一聲聲響，但終究只夠她表達自己的立場，但卻又不會挨罵。而傑克——傑克在哪裡？她抓抓頭部的兩側，把睡塌的頭髮拉一拉。傑克在——在哪裡？她試著回想他的行程：倫敦。大概在午餐時間就該到家了。她很確定。還是她記錯，而且他又忘記帶鑰匙了？

070   Wired for Story:
The Writer's Guide to Using Brain Science to
Hook Readers from the Very First Sentence

在這引人注意的段落裡，我們該注意的是：每一個事實都帶有特別的意義，它們結合在一起後就會呈現出一個個新的細節。換言之，其中自有寓意。作者直截了當呈現出凱瑟琳這個人的特色：她的家庭生活是怎麼一回事，還有她一邊思索自己所接收到的訊息，一邊努力壓抑自己內心那一股越來越強烈的疑惑情緒，不想承認大事不妙了。推動這一幕情景繼續往下發展的，不只是她單純的思緒本身，還包括她凌亂、零碎且困惑的思維模式。

雪瑞佛給了讀者最少量的提示，但光是靠「她的腦海裡很快地閃過一個個念頭」與「她試著回想他的行程」這些文字，讀者就可以看出思緒的重點，並且塑造出一種鮮活、有說服力、且令人難以抵擋的風格與聲音。

然而，這樣的提示真的有必要嗎？讀者需要你的提醒，才會知道自己已經脫離故事的敘事聲音、走進故事角色的內心世界嗎？不需要。在以下這一小段引自埃爾莫．倫納德的《瘋狂玩家》（*Freaky Deaky*）的文字裡，就看不見任何說明與暗示：

> 蘿蘋看著他喝掉紅酒，又倒了一杯。可憐的小傢伙，他需要一個媽咪。她伸手去摸他的手臂。「馬克？」感覺到他的肌肉緊繃了起來，覺得這是個好跡象。

難道有人認為，是作者倫納德覺得馬克是個需要媽媽的小傢伙，而不是蘿蘋？這段文字裡沒有用到雙引號或斜體，沒有「她覺得」，也沒有「她心想」、「她發現」、或者「她沉思」。引文裡沒有一處標註說這是蘿蘋的意見。為什麼？因為沒有必要。讀者看得懂。就如同我們知道，認為馬克的肌肉緊繃起來是個好跡象的人，也是蘿蘋。但作者倫納德知道：蘿蘋有可能是大錯特錯的──這也是我們會

繼續往下讀的原因之一。我們想要知道到底是怎麼一回事。

　　請注意，**跟第一人稱的敘事方式一樣，第三人稱的角色不能斷言別人有什麼感覺或即將做什麼**。故事裡的角色如同真實人物，只能說出假設。而且通常角色做出的假設可以反映出有關他們的某些事，這點從《無心的血色》的另一段引文可以看得出來，來看看故事裡塞勒文對他那野蠻的孫女坦美有何看法：

　　　　她若有所思地點點頭，而從她臉上的表情他看得出來，
　　她即將會扭曲他的話，用那些話來頂撞他，而似乎她在這方
　　面實在是個高手。

　　作者喬治在這裡表達的，並不是坦美「的確」會扭曲塞勒文的話。而是要說，透過她的臉部表情來評斷的，是塞勒文。從這點可以知道三件事：他很肯定她一定會那麼做；但這件事有可能不會發生；還有，最重要的是，他覺得她總是會誤解他說的一切。既然《無心的血色》是用第三人稱的全知觀點來進行敘事，如果說作者想要向讀者澄清：坦美事實上並未誤解塞勒文，那麼身為作者，喬治可以用下一句話帶領讀者走進坦美的內心世界嗎？

　　不，不行，因為那會犯下所謂的「觀點跳躍」（head hopping）錯誤。

觀點跳躍的違和感

　　不管你用誰的觀點來敘述故事，在每個場景裡，你只能把讀者拉進某一個角色的內心世界裡。因此，既然在前述的《無心的血色》場景開始時，作者喬治透露出來的是塞勒文的內心世界，作者就必須讓

072　Wired for Story:
The Writer's Guide to Using Brain Science to
Hook Readers from the Very First Sentence

敘述停留在那裡。為什麼？因為**在某個場景的故事進行到一半時變換觀點，通常會讓讀者有一種不協調的感覺，會立刻破壞閱讀的流暢度**。例如，下列文字就是如此：

　　安到處踱步，心想傑夫何時會振作起來，跟她說發生了什麼事。難道他終於還是跟他老婆蜜雪兒招認了他們倆的事嗎？他為什看來一副心碎的樣子？她希望是一件好事，但不管她再怎樣想破頭，還是想不出他會為了什麼好事而癱坐在沙發的角落，瞪著那一張她知道需要清洗的破地毯。等到她再也受不了時，她轉身對他說：「傑夫，怎麼了？出了什麼錯嗎？」

　　傑夫心想，她知道了。我可以感覺得到。的確，我已經跟蜜雪兒說出有關她的事。誰知道她只是一笑置之，跟我說：「好啊，你儘管跟那個窩囊廢一起私奔吧。我猜她是那種從來不清理家中地毯的女人。」一直以來我都是個白癡。但是我要怎麼跟安說我們倆已經玩完了？也許我只要坐在這裡瞪著毯子，她就會猜出來。在那方面，女人的第六感都很強，不是嗎？

　　傑夫沒有回答，安的心也跟著一沉。這只意味著一件事：他已經跟蜜雪兒說了，而她又提到那一條髒兮兮的地毯。自從她在三月開了一間清理地毯的公司之後，她就一直很在意這件事。天啊！傑夫真是個白癡！

　　很令人困惑，不是嗎？但為什麼還是會有作家這麼寫？因為他們覺得只有這種方式可以把此場景的重要資訊傳達給讀者。但真是如此嗎？不盡然。事實上，有一種語言是比文字還要有力的。繼續聽我往下說，好嗎？

肢體語言

想像一下：你沿著一條街往下走，轉過街角後，你看見兩條街外面有一個人正緩步往前走。儘管你只看到背影，那有可能是任何人，但你立刻就認出那是你的麻吉。你是怎麼辦到的？從他的步伐。歡迎來到肢體語言的世界。

肢體語言是一種不可能會說謊的語言。如同史迪芬・平克說的：「意圖源自於情緒，而情緒則是會演化出臉部表情與肢體語言。除非你是個熟知斯坦尼斯拉夫斯基表演技法的演員，否則你的臉部與肢體是很難做假的。事實上，它們之所以會演化，可能就是因為它們很難做假。」換言之，肢體語言是人類第一個學會解讀的東西，因為早從石器時代開始，人類就已經知道：**一個人嘀嘀咕咕的話語，跟他心裡的想法有可能是完全不同的兩回事**。

這道理適用於故事的主角身上。在故事裡，作者的目標是要透過肢體語言來傳達角色的真正感覺——特別是當這個角色心口不一、不能說出內心想法的時候。**作者們常犯的錯誤，是用肢體語言來告訴讀者他們已經知道的東西**。如果我們知道安的心裡很難過，為什麼還需要用一個段落來描述她哭泣的模樣？**肢體語言應該傳達的，是讀者還不知道的東西**。

如果肢體語言的功效能發揮到極致，它可以傳達出故事角色內心的真正想法。這就是為什麼當肢體語言與當下的狀況不一致時，才算是發揮最大功效，它可以告訴讀者故事角色不想被人知道的某件事：

安裝出一副非常鎮定的模樣，但右腳卻緊張得抖個不停。

074　Wired for Story:
The Writer's Guide to Using Brain Science to
Hook Readers from the Very First Sentence

…也可以讓讀者知道故事角色的希望破滅了：

安希望傑夫因為終於離開蜜雪兒而感到高興；但是他卻只是坐在那裡，駝著背，悲傷地瞪著那一條髒到令人感到尷尬的地毯。

我們感受得到安的痛苦，因為作者很確定我們已經知道她期待的是什麼──她期待傑夫帶著行李回來，咧嘴微笑。但他卻是皺著眉帶行李回來。除非我們知道安想要的是什麼，同時也知道她後來真正得到的是什麼，不然世上的任何肢體語言都無法傳達任何訊息給我們。這聽起來顯而易見，但令人訝異的是：**作者們常常忘記讓讀者知道「故事角色希望得到什麼」，所以當主角沒有得到時，讀者也不知道主角的期待破滅了。**

記住這一點後，再回頭看看安與傑夫，這次藉著肢體語言來傳達訊息：

最後等到安實在受不了時，她轉身對他說：「傑夫，怎麼了？出了什麼錯嗎？你到底有沒有跟蜜雪兒講我們倆的事？」

傑夫不發一語，癱坐在沙發上的身體陷得更深了，他低頭看著來回踱步的安，她那用力的腳步讓塵土從骯髒的地毯上飛了起來。她看見他瞥了她一眼，但很快又把視線移開，此舉加快了她的腳步。

安的心底一沉；她知道蜜雪兒一定又提到那一條髒兮兮的地毯。否則他為什麼會坐在那裡，只是盯著那一條該死的地毯？真是孬種。可能他正在等著她猜出是怎麼一回事，然後要他去打包行李。她心想，傑夫真是個白癡，沒有他的話，我還會比較好過。

　　在這個版本裡，即使我們沒有看見蜜雪兒到底跟傑夫說了些什麼，但是安的直覺已經足以生動地勾勒出他們的對話。還有，光是看到傑夫的肢體語言，我們是不是就已經徹底明白了他的想法？因為我們知道安想要的是什麼（是傑夫），也知道安發現自己沒辦法得到什麼（得到傑夫），她踱步時的肢體語言透露出她的想法，就像傑夫的肢體語言透露出他對於安的肢體語言有何反應。一切彷彿歷歷在目。

　　肢體語言之所以能發揮效用，是因為我們融入了故事裡，我們知道肢體語言透露出主角的哪一種情緒。若非如此，我們會搞不清楚這一幕到底發生了什麼事。當然，我們會知道此刻他們兩個的關係很緊張，但不知道原因為何。

　　但是，儘管我說了那麼多，你是不是仍然覺得為什麼不能直接跳進故事裡，把他們的感覺告訴讀者們？跳進故事後，給讀者一點提示，跟他們說哪一個角色才是對的，而誰是個渾球。我的意思是，如果讀者會錯意了，怎麼辦？

　　說到這裡，我們必須談談另一個常見的缺陷：**擅加評論。當作者認為讀者一定看不懂故事時，作者常會這麼做。**

讀者不用聽命於你

　　如果你能讓讀者有 fu，相信我，他們就看得出故事裡誰是對的，誰可能錯了。但就另一方面而言，如果你跟讀者直接說出他們該有什麼感覺，他們會覺得自己被霸凌了。這就是為什麼當你想確定自己是否已經呈現出「故事事件對主角的種種影響」時，**你必須抗拒一股想要跳進故事裡的衝動，你不能進一步跟讀者們說他們應該要有什麼想**

076   Wired for Story:
The Writer's Guide to Using Brain Science to
Hook Readers from the Very First Sentence

法或感覺。

　　如果你在幫報紙寫社論，評論是絕對沒問題的（你還記得報紙是什麼吧），因為社論的重點，就是要跟讀者說出「你相信他們應該有什麼想法或感覺」。至於在故事裡，如果你跟讀者說他們該有什麼感覺，不只會惹惱他們，還會讓他們立刻不想繼續往下看。**你的目標應該是讓讀者自己去體驗故事，而不是為讀者做解釋，或者引導他們做出一個具體而不可改變的結論。**

　　就連驚嘆號這種表面上看來沒什麼壞處的東西也不該使用。驚嘆號通常會讓人分心！的確如此！更糟的是，驚嘆號會讓讀者從故事裡的世界抽離出來，因為你對他們下了一個明白的指令，而不是把一切交給故事，任由故事去引發讀者的本能反應。

　　如果你希望讀者認為約翰是個壞蛋，你就讓他做壞事給讀者看。這跟真實生活沒什麼兩樣：想像一下你的同事薇琪跟你提起她的隔壁鄰居，一個你不曾見過的傢伙。她說：「那個約翰啊，他真是個渾球！我從沒見過像他那樣以自我為中心、做事不經大腦的人。」在這例子裡，儘管的確符合約翰這個人的本色，不過因為你不認識他，你不知道薇琪是根據什麼來斷定他，所以你無法判斷她的說法是不是真的。

　　但是你一直聽著薇琪嘮嘮叨叨個不停，她只顧說約翰有多糟糕，而且聽起來有一點尖酸刻薄，所以你開始心想，她到底是對約翰做了什麼，他才會變得如此卑鄙。當然了，這跟薇琪所期待的效果是剛好相反的。

　　然而如果薇琪跟你說，約翰會偷他祖母的東西，為了通過火車的車廂，會硬生生地把人給擠開，還會在老闆的咖啡裡吐口水；此時你不但會同意她，你甚至有可能會比她更討厭約翰。

　　不管你的故事角色有多討人厭或多美好，你都不該評斷他們。你只要盡可能用清楚與客觀的方式把發生的事寫出來就好，呈現出主角受到了什麼影響，然後趕快走人。諷刺的是，你越不跟讀者說他們應該要有什麼感覺，讀者越有可能感受得到你希望他們感受的。**你只要讓讀者覺得他們能有自己的想法，他們就會受你控制**。所以，故事裡的全知敘事者不應該講下面這一段話：

　　　　艾蜜莉說：「我不覺得我有辦法嫁給你耶，山姆。」她的口氣就像是一個眼睛長在頭上的賤貨，那種覺得男人似乎都配不上她的女人。

　　的確，如果故事是以山姆這個悽苦的主角來當第一人稱敘事者，這種口氣就精確無比了。但是，如果這段話出自作者的嘴巴，他可能在不經意間已經透露太多關於自己的事。我不是要嚇你，這可以說是預料中的事。如同深知如何與魔鬼共舞的德國文豪歌德（Johann Wolfgang van Goethe）所說：「不管有意或無意，每個作者都會用某種方式在作品裡表現他自己 。」這意味著或許我們該重新檢視這個由來已久的鐵則：「寫你知道的東西。」

迷思：寫你知道的東西。
事實：寫你所知道的情感世界。

　　如果你的主角曾是一個會吹小號的神經外科醫生，如今變成了一個駐紮在南極的中情局探員，的確你最好能了解一下他懂得的那些事。不過就更廣泛的意義來講，與其說「寫你知道的事實」，不如說「寫你知道的感情世界」，也就是說，你必須知道哪些東西能夠感動人心。

Wired for Story:
The Writer's Guide to Using Brain Science to
Hook Readers from the Very First Sentence

「寫你真正知道的東西」是一個危險的遊戲，因為我們天生就常常默默地假定別人跟我們有一樣的知識與信仰。這種傾向被奇普·希思與丹·希思（Chip and Dan Heath）這對傳播理論學者兄弟檔稱為「知識的詛咒」。他們解釋道：「一旦我們知道了某個事物，我們就很難想像不知道它的時候是什麼感覺。我們的知識『詛咒』了我們。這令我們很難與他人分享知識，因為我們沒有辦法立刻用過去那種聆聽者的心態去體諒對方。」

當作者的下意識假定讀者知道那些作者自己覺得津津有味的事物、甚至假定讀者對它們感興趣時，就容易寫出品質參差不齊的故事。一方面，作者對於自己了解的主題實在太熟了，所以會把一些東西給省略掉，但那些卻是讀者不懂的。另一方面，作者很有可能會把心思一股腦地放在細節上，想要呈現出「事物的真實樣貌」，以致忽略了故事本身。不知為何，律師似乎就常常會做這種事。

多年來，我讀過太多故事初稿，只要作者開始把有關法律的一切細節呈現在故事裡，故事的發展就會戛然而止──好像是作者認為，要是把某個關於法理的要點忽略掉的話，就會被讀者告似的。

同樣有問題的是另一個常見的錯誤觀念：只要某件事「的確發生了」，就是「可信的」（其實應該說是合理的）。如果能記住馬克·吐溫（Mark Twain）的簡潔觀察心得，相信對寫故事會很有幫助的：「難怪事實比小說還要奇怪。小說是必須合理的。」

要怎樣讓自己寫的東西合理？你該做的是：把你對「人性」與「人類互動方式」的了解寫進故事裡，並且不斷地從「情感」與「心理」的角度去呈現每一個事件背後的緣由。但是在開始寫故事之前，是不是有必要先把事理研究得透徹無比？當然不用。就像小說家唐納德·

溫德姆（Donald Windham）的雋語：「我不同意『寫你知道的東西』這個忠告。」寫你必須知道的就好了，而且要先努力了解它。

說到了解，聰明如你只需要我最後的一點點暗示就會懂：文字越複雜，能傳達的感情越少。事實上，**複雜文字只會令人隱約感覺作者在炫耀文采**，道理就如此簡單。不管是剛出道的作家，或是「國家書卷獎」得主，往往很容易忘掉這一點。

「國家書卷獎」得主強納森‧法蘭岑（Jonathan Franzen）接到一封讀者的來信，可以證明我所言不差，他說：「信的一開頭，她列出 30 個我某本小說裡的花俏字眼與詞彙，像是 diurnality 與 antipodes，或者 electropointillist Santa Claus faces，接著她提出一個令人敬畏的問題：『你的小說是寫給誰看的？一定不是那些只想要享受一本好書的普通人。』」（diurnality 原指晝伏夜出的動物行為，在法蘭岑的小說《修正》裡指的是白晝；antipodes 原指正好相反的人、事、物，在此指「對蹠點」，即地球另一邊相對應的點；electropointillist Santa Claus faces 則是指天上繁星亮晶晶，好像一幅幅通了電的點彩畫，畫的是聖誕老人的臉。）

我們都只是普通人，而且我們從故事裡享受到的經驗一點都不無聊，是一種本能的體驗。這種本能讓我們有辦法暫時脫離真實生活，融入故事角色裡，體驗別人的生活是怎麼過的。複雜的文字？諷刺的是，它們會構成障礙，讓讀者分心，無法吸收本來應該要看的故事。

080 Wired for Story:
The Writer's Guide to Using Brain Science to
Hook Readers from the Very First Sentence

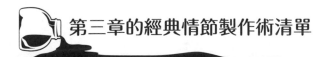 第三章的經典情節製作術清單

你的角色對故事裡發生的一切都有反應，而且那些反應的方式是你的讀者馬上可以看懂的嗎？

讀者可以看出哪些事件導致故事角色做出哪些反應嗎？讀者知道故事角色期待什麼，因此不管角色的希望是否被實現，讀者全都看得出來嗎？還有，如果這個角色並未出現在某個場景裡，讀者是否看得出該場景裡發生的事，即將會對這個角色產生什麼影響嗎？

如果你用第一人稱的敘事方式寫故事，你能不能透過敘事者的觀點來評斷故事的一切人、事、物？

切記，第一人稱敘事者絕不會提到任何與故事無關、以及任何他自己沒有個人看法的東西。

你寫的是故事而非社論，所以你是否能做到不要把自己的評論擺在故事裡？

你越是想要傳達某個訊息，你就越該把這個工作交給你的故事。閱讀的樂趣在於我們自己去想出故事的終極訊息為何。而寫作的樂趣則是在於以神不知、鬼不覺的手法進行巧妙安排，讓讀者接受你想要傳達的訊息。

你透過肢體語言呈現出來的是讀者本來就不知道的東西嗎？

把肢體語言當作一種「呈現」的手法，一種你提供給讀者的暗示，讓他們知道事實跟表象不一樣。

04

故事主角
真心企盼的是什麼？

神經科學這樣說：
我們的所作所為都有目標，
而我們最大的目標就是搞清楚別人最想做什麼，
這能促使我們達成自己的目標。

讀者的腦袋需要的是：
沒有目標的主角，無法讓讀者感同身受，
沒有清楚目標的主角不用搞清楚任何東西，
所以也不知道自己在故事裡要做什麼。

082　Wired for Story:
The Writer's Guide to Using Brain Science to
Hook Readers from the Very First Sentence

> 「人腦最擅長且似乎天生就該去做的一件事，就是把自己放進社
> 會的脈絡裡去思考。」
>
> ——麥可．葛詹尼加（Michael Gazzaniga）
> 美國心理學家、認知神經科學奠基者之一

在有書本可以閱讀前，人類就已經學會像看書一樣檢視彼此。到現在還會，而且是每天的每一分鐘都做。本能告訴我們，每個人都有自己最想做的事，我們總希望能確定「別人最想做的事」不會妨礙到我們自己——不管是用暴力或非暴力的方式妨礙。我們希望對方能夠用寬厚、有同理心的方式對待我們，最好還能給我們一些甜頭。

有趣的是，我們可以注意到，「最想做的事」這幾個字本身就具有負面的含意，明顯包含了權謀的味道，呈現人性中帶有欺瞞、操弄與狡詐的面向。事實上，所謂「最想做的事」就是目標——我們可以從全然客觀的角度來看待它，而它是我們為了求生所亟需的。

史迪芬‧平克曾把理智的人生定義為：「利用對事理的知識來克服障礙，達到目標。」聽起來幾乎就像是故事的定義，不是嗎？同樣有趣的是，不管是在真實人生或在故事裡，最常見的障礙就是「搞清楚別人心裡真正的想法是什麼」。無疑的，這就是為什麼神經科學家會在最近發現，人類大腦裡有一種可能很像 X 光眼鏡的東西：鏡像神經元（mirror neurons）。

神經科學家馬可‧雅可波尼（Marco Iacoboni）是這項研究的先驅，他宣稱，每當我們看見別人做某件事，接著我們也做一樣的事情時，我們的鏡像神經元就會活化起來。這不只是為了要用身體去體會

別人做的那件事，真正的目標在於要「了解」那件事。如同麥可・葛詹尼加說明的，多虧了鏡像神經元：「我們不只能了解某人正拿著一支棒棒糖，同時我們也知道，他有可能把糖吃掉、把它放口袋或丟掉，如果我們運氣不錯的話，也許他會把糖拿給我們。」

鏡像神經元讓我們能去體會別人的經驗是怎麼一回事，好像那件事幾乎就是發生在我們身上，進而「推論出其他人知道什麼，藉此精確地解釋他人的慾望與意圖」。但令人驚訝的是，**我們不只會模仿其他人，也會模仿故事裡的角色。**

在最近的一項研究中，參與實驗者一邊閱讀短篇故事，一邊接受腦部的功能性磁振造影（fMRI）檢測，結果顯示，當實驗者讀到故事裡某個件事時，大腦活化起來的那個區域，就是他們在真實生活中體驗到那件事時大腦會有反應的區域。沒錯，如果你看過刺激的小說，此刻一定點頭如搗蒜，同時心想：「哼，這種事居然還要靠大腦的掃描結果才能證明嗎？」

針對故事對人體的影響，這項研究報告的共同作者傑佛瑞・扎克斯（Jeffrey M. Zacks）說：「**近來心理學家與神經科學家已經逐漸得出一個結論：當我們看一個故事、同時也看懂時，我們等於是在大腦裡把故事的事件模擬了一次。**」但是這個研究的涵義遠比結論還要深刻。

如同該報告的第一作者妮可・史畢爾（Nicole Speer）所說：「根據我們的研究發現，**閱讀絕對不是一種被動的行為。**讀者會在大腦裡模擬從故事看到的每一個新情境。**大腦從文本裡吸收到關於行動與知覺的細節**，並把它們跟過去經驗中吸收到的個人知識整合在一起。大腦用來模擬這些資料的區域，與真實生活中進行、想像、或觀察相似活動時會有反應的區域非常接近。」

簡而言之，**每當我們在閱讀故事時，我們的確會融入故事的角色裡，跟他們有一樣的感覺，有一樣的體驗。我們的感覺是全然以一個東西為依據：角色的目標**；而接下來他會怎樣評斷其他角色的行為，也是以此目標為依歸。如果我們不知道故事角色要的是什麼，就不會了解他用哪種方式、為什麼要做、還有做了什麼以求達成目標。如同平克強調的：沒有了目標，一切都沒有意義。

這觀念的確令人醍醐灌頂，不是嗎？在這一章裡，我們的目標就是要聚焦在「如何定義故事主角的目標」，因為故事中的一切事物有何意義都要由它來決定。我們即將檢視「內在目標」與「外在目標」的差異，這兩者常常是不一致的；其次，將要說明主角之所以會有這兩種目標，都是因為他有一個「尚待解決的核心問題」；最後，我將告訴你如何用「外在阻礙」來為難主角，藉此增加戲劇性，卻又不會阻止故事的發展。

每個人都有目標

鏡像神經元讓我們能夠體驗到主角的一切作為，有作為就意味他有目標。好消息是，每個人都有目標——不管是真人、故事裡的角色、還是有現實根據的虛構人物，即便是那些想要保持現狀，不希望有一丁點改變的人，也算是有目標。而事實上，這可是一項最嚴峻的挑戰。就算你選擇一直躺在按摩椅上、緊閉雙眼、抑或搗住耳朵，嘴裡發出嗡嗡作響也一樣，在世事不斷變遷的環境裡，想要保持不變絕非易事。

有一個更好的消息是，故事主角心中企盼的，將會決定他對遭遇所做出的反應。已故美國總統艾森豪就深知成功的故事應該具備什麼條件：「不管在人生或在戰爭中，抑或在任何情境裡，如果我們想要

成功的話，一定要先找到一個最重要的目標，並且在考量其他一切時，都要配合那個目標。」

　　在故事情節的層面上，你必須讓其他一切的考量屈就於主角的外在目標。聽起來很容易，但困難之處在於，主角的外在目標必須屈就於內在問題——也就是那個讓他不斷掙扎、無法輕易達到外在目標的問題。接下來在本書許多地方都會發現，真正能夠吸引讀者的，就是主角的內心掙扎（不管他自己是否已經意識到問題所在）。真正能驅動故事發展的問題是：就情感層面而言，主角必須付出多少代價才能達成那個目標？

　　我們就用一個淺顯易懂的例子來說明吧。在電影《終極警探第一集》（*Die Hard*）裡，約翰‧麥克連的目標是什麼？是要阻止假裝成恐怖分子的搶匪殺掉在中臣企業大樓裡參加聖誕派對的每一個人？是殺死漢斯‧古魯伯？還是活著看到黎明？當然，這一切都是他想做到的事。但是從電影的第一幕，我們就看得一清二楚，雖然他跟老婆荷莉已經分居，不過他仍想重獲她的芳心。所以故事裡發生的一切，都迫使麥克連去面對導致老婆離開他的問題，並且把問題解決掉，同時赤腳在布滿碎玻璃的地板上奔跑，一邊躲避機關槍的掃射，一邊跳進 50 層樓高的電梯井裡。

沒有目標，就什麼都沒有

　　如果你沒有為故事主角設定一個「強烈而深刻的需求」，並且讓主角相信，透過一個追求的過程，他才能滿足那個需求，那麼接下來故事裡發生的一切會變得可有可無、不會有所關聯、也沒有意義。如果主角不知道自己想要什麼，不知道自己的問題是什麼，故事會變得

像葛楚・史坦因（Gertrude Stein）的名言一樣：「那裡什麼都沒有。」
（好啦，我就直說了，葛楚所謂的那裡，指的是加州的奧克蘭市。）
沒有目標，你就欠缺一個「可以用來評斷主角冒險歷程」的判準，也
沒有一個「可以用來斷定這一切有何意義」的脈絡。

　　因此，讀者就無法預見接下來會發生哪些環環相扣的事件，也就
是，不會有故事。就像不懂足球規則的人在欣賞球賽一樣，不懂怎樣
才算是得分了，甚至不知道那是一場球賽。想像一下，你看到的只是
一個叫漢克的大個子，他穿著帶有護墊的人工纖維制服，一個扁扁長
長、橢圓狀的東西傳到了他手裡（你根本就不知道那是一顆美式足
球）。突然間，一大群也穿著人工纖維制服的彪形大漢往他衝過去。
接下來呢？他該往右衝，還是往左跑，把手上那個東西丟給穿紅色
制服的傢伙嗎？還是把它埋起來？

　　如果你不知道目標為何，一切都變得沒有規則。整件事沒有意
義，沒有東西可以遵循，任誰也沒辦法預測接下來會怎樣。讀者之所
以會被吸引住，就是因為他們的預期心理讓故事的發展充滿一種令人
如痴如醉的動能，所以如果沒有預期，讀者就不會繼續往下讀。

當故事元素結合在一起之後，能構成什麼？

　　在進行更深入的討論前，必須先記住一件事。身為讀者時，我們
把這件事牢記在心，但是開始寫故事後，卻容易忘了它：讀者總是假
設故事裡敘述的一切，絕對都是他們有必要知道的。讀者的假設是，
如果他們沒有必要知道，作者就不會把寶貴的時間浪費在敘述那些東
西上面。因此讀者相信，故事裡的每一個資訊、每一件事、每一個觀
察都很重要（包括主角的家鄉風貌、主角使用了多少髮膠、還有他腳
上那雙鞋有多破爛），而且都會影響故事的發展，或者是幫助他們了

解故事事件的意義。

如果讀者到最後發現那些東西根本就不重要，可能會有兩種後果：要不是對故事失去興趣，就是會試著去虛構出它們的重要性或意義。不過，這只是讀者把他們對故事失去興趣的時間給延後而已，到時候他們會更感懊惱，因為他們為了搞清楚作者在講什麼，已經花費了很多工夫，但事實上，作者寫的一切根本就沒有意義。

若你能認清主角真正企盼的是什麼，還有為了達到目標，他必須克服什麼內在問題，你就能用有自信的方式來塑造他追求目標的歷程，因為你知道有一個堅固的架構可以引導你。例如，汪姐企盼的是愛，所以她的目標是找到完美的男友，或者，如果不是男友的話，就是一隻漂亮的黃金獵犬，最好會玩你丟我撿的遊戲。於是這變成了故事唯一的最重要目標。

而我想你應該也猜到故事問題是什麼了：汪姐能夠在人類或者其他動物身上找到愛嗎？從讀者開始讀小說時，他們就會一直尋找這個資訊。有了這個資訊，他們才知道主角對自身的遭遇會有何反應。所以，當塞斯用愛慕的眼神看著汪姐時，我們就知道她會芳心竊喜，而如果他不是那麼渴求真愛，汪姐一定會把他當成一個容易動情的笨蛋。

當然還有一個重點是我們沒講到的。我們仍然不知道她的內在問題為何。切記，**故事的功能不只是要呈現人生，而是要穿越表象，解讀人生**。故事應該說明的是主角對事件的解讀，而他解讀出來的意義，可不是那麼容易就可以從真實生活中了解的。對此，英國小說家朱利安‧拔恩斯（Julian Barnes）曾說過一句簡要的雋語：「書裡面會這樣寫：她會這麼做是因為…。不過在真實人生中只看到：她這麼

088　Wired for Story:
The Writer's Guide to Using Brain Science to
Hook Readers from the Very First Sentence

做了。書籍會把事理解釋給你聽，在真實人生裡，你卻只看得到發生了什麼事。」

　　就此而論，作者該解釋一下「為什麼」主角會那樣企盼，這對他有何意義，為了達到那目標，他必須付出什麼。讀者會藉此來決定是否要繼續往下讀。認知心理學教授兼小說家凱斯‧奧特利（Keith Oatley）的看法是：「我們透過文學作品感覺到那些無辜受害者的痛苦，那些失敗者的懊惱，或那些勝利者的喜悅，但我們是在一個安全的空間中獲得這些體驗的。⋯我們可以提升自己在情感方面的理解力。我們可以加強體會別人的能力，提升同理心，而這在日常生活中，因為與別人太疏遠或者對方敵意太強，有可能是辦不到的。如此一來，也許在我們回到現實生活後，我們就更能理解別人的種種作為。」

　　用更簡單的方式說來，容我引用電影《大國民》開頭的一句話，就像那個憤怒的新聞短片製作人的激憤陳詞：「這世界上最棒的一件事，莫過於找出人類種種行徑背後的原因。」因為，如此我們就能預測自己何時該全力以赴、何時該放棄、何時該找個地方躲起來。

　　所以，如果光是知道汪妲渴望有個男朋友，是不夠的。我們還必須知道：在她達成目標之前，她必須克服什麼內在問題，還有為什麼會有這個問題。因為她不可能某天一覺醒來後，突然發現自己如果再不找個男友，就會活不下去。而且，千萬不要用「我朋友蘇珊就是這樣」之類的老套說辭來跟我爭辯。切記，**在真實人生裡能夠逃避的那些事，在故事中是不能不去面對的。**相信我，你朋友蘇珊之所以會那樣，一定有個充分的理由，姑且不管她有沒有意識到。

　　這點非常重要，所以我想要再次強調：沒有人做事是不需要理由的，不管我們自己是否能意識到理由為何。沒有任何事是無中生有的，同時你也不能用「只是因為⋯」這種說法來解釋任何事，特別是

在故事裡。**故事的重點就在探掘「理由」與「深層的內心問題」——**也就是在真實生活中，讓你的老友蘇珊掙扎不已、卻又說不出口的問題。否則，故事裡還有什麼可供讀者參考、幫助他們安度人生的方針？

　　主角的真正目標即便只是由一個隨機的外在事件所觸發的，但其實那個真正目標在他內心卻已經醞釀了許多年，儘管他有可能是在被觸發的那一刻才意識到。主角之所以會有目標，是因為那個目標對他的內心而言有重大意義，而不只是因為達成那個目標後，會對他有什麼外在影響。

　　例如，諾姆之所以想要 100 萬，不只是因為那筆錢到手後他可以立刻衝去血拚、買回各種又酷又炫的東西。他想要那筆錢，是因為他這輩子都深信多金才能證明自己是個男人——儘管他當然不會跟任何人承認這一點，包括他自己。然而，這才是驅動其行為的理由。演員常常自問：「我的動機何在？」我們大可以說，這個問題的答案就是故事主角的慾望來源。就如我們所知：**故事的核心並不在其中的事件，而是在於那些事件對主角而言有何意義。**

以賣座電影做練習：《風雲人物》

　　我們來談一談《風雲人物》（*It's a Wonderful Life*）這部電影吧。這是一部深受大眾喜愛、即使捨不得花錢上電影院去看，也可能曾看過的電影。從一開始我們就看得出來，主角喬治・貝禮的目標就是要離開貝佛瀑布這個小鎮。為什麼？因為一如他跟父親說的，一想到自己的餘生即將被困在一張破爛辦公桌前，他就想自殺。他想要做重要的事，一件會讓人們記得的大事。

090　Wired for Story:
The Writer's Guide to Using Brain Science to
Hook Readers from the Very First Sentence

　　簡而言之，喬治認為待在貝佛瀑布就是個廢物，意即如果他待在那裡，不管他做了什麼，都不可能是個成功人士，這就是令他掙扎不已的「內在問題」。因此，他有一個離開家鄉的強烈動機。他所有行為背後都潛藏著這個情緒。所以每次他離開家鄉的計畫受到阻礙時，都會令他感到難過不已。

　　同樣的道理，導致喬治一直待在貝佛瀑布的，也不是發生在他身上的那些「外在事件」──不是因為他父親去世，不是因為他弟弟不想要接管貝禮家族的房貸事業，也不是因為銀行的危機。令喬治無法離開的是「內在因素」：因為他為人正直。儘管他很想離開，但卻走不了，因為他知道其他人仰仗他的幫助。

　　因此，驅使他對自身遭遇做出那些「外在反應」的，是他「內心的掙扎」。那是導致他做出種種抉擇的原因。我們該注意的是，這一切都與我們從神經科學所學到的一件事有關：**人腦天生就會把自己擺到社會的脈絡裡去思考。**喬治的動機不是那些「外在事件」，而是他想照顧他人的責任感，還有他對自己的看法。

　　當然了，喬治獲得的最大回報也是「內在的」。丟掉的 8 千美元到底跑到哪裡去了，真正知道答案的只有那個詭計失敗的乖戾老傢伙波特，而且最後也沒有人能證明喬治的確沒有虧空那一筆錢，不過這都不重要。請回想一下：當電影結束時，其實大家都知道，喬治的確有可能吞了那筆錢，然後把錢埋在他出資蓋的貝禮社區裡。重點是，即使真是如此也沒關係。

　　因為就情節層面而言，大家都願意袒護喬治其實並不是很重要，重要的是他獲得的真正回報：他「內心」知道自己做的一切讓步，其實沒有毀了他的人生──事實上，反省過後，喬治發現那些讓步造就了他的人生。更重要的是，在所有人找上門、要對他伸出援手之前，

喬治就已經頓悟到這一點。就算那晚大家把他扭送到監獄去，一路上他也會覺得自己是很快樂的人。

最後大家沒有那樣做，電影裡的其他角色以同樣的方式反應：他們送給喬治的真正禮物也是內在的。的確，就情節的層面而言，大家給他的是錢，讓他免去牢獄之災。但是大家真正給他的，是無條件的愛——雖然這聽起來有點假。他一輩子的作為都以正直的人格為準則。當貝佛瀑布的所有居民知道喬治大難臨頭時，他們也是用正直的方式對待他。如同比利叔叔跟他說的，當瑪莉告訴大夥兒他遇上了麻煩，大家根本沒問是怎麼一回事；大家只顧著從口袋掏錢，然後問有什麼忙可以幫。

法國小說家普魯斯特（Proust）曾說過：「真正能令你有所發現的旅程…不是造訪你不熟悉的地方，而是要用新的眼光來觀察事物。」喬治‧貝禮就是如此：他用全新的眼光回顧自己的一生，獲得了與自己的期待截然不同的發現。藉此他也領悟到一個通常會由主角發現的道理：外在目標與內在目標往往是不一致的。

達到內在目標後，請重新檢視外在目標

通常，主角的外在目標會隨著故事的發展而有所改變，事實上，讀者通常會為此而歡呼（還記得郝思嘉的例子嗎）。在《風雲人物》裡，喬治的內在目標是改變外面的世界；他的外在目標是離開貝佛瀑布、興建橋梁與摩天大樓、「做大事」。他深信這些目標是一致的。

接下來，電影呈現出來的，則是他的外在目標處處受阻，同時他沒有做大事，而是「做對的事」。到最後，他就是藉此達成自己的內在目標，許多人的生活因他而改變，他也藉此領悟到他實際上達成了自己的外在目標。他的確做了大事，而且那些事遠比興建摩天大樓還

要重要與持久。因此，透過達成他的內在目標，他重新定義了外在目標；令人高興的是，他發現自己已經達成了那個目標。

直到此刻，喬治還是深信，唯有達成外在目標才能達成其內在目標。從現實生活看來，這種情況很少發生。有多少人會認為：「如果我能減重 10 磅（外在目標），我的人生就會變完美，我會很快樂（內在目標）？」就算你真的相信，達成外在目標，內在目標會隨之達成，你認為這實在太划算了，於是便減肥減了 10 磅（而且用的是最困難的方式，沒有動用到束腰、胃間隔手術或抽脂等手法）。

此刻你卻發現，啊！你的人生還是不完美，而且你甚至變得比以前還不快樂，因為至少當你還是個胖子時，你可以幻想自己減肥後會有多棒。此時你才發現自己原來的假設是個謬誤，開始心想，你到底需要什麼才能變快樂。**藉著定義主角的外在與內在目標，然後把它們兩相對照，通常可以創造出足以推動整個故事發展的「外在張力」與「內在衝突」。**

真正的內心問題：主角是他自己最大的敵人

主角為了達成外在目標，必須克服什麼？這問題的答案通常是非常直截了當的：他必須克服那些出現在情節發展過程中，讓他始終無法成功的外在障礙。然而，若是主角為了達到內在目標呢？阻礙他達成內在目標的是什麼？從「以毒攻毒」的角度看來，會阻擋他的總是那些內在的障礙，而且通常是一些經年累月的情緒與心理問題。而這就是主角的內心問題。

我說的是那種會在內心發出細微聲音的恐懼情緒，也就是每次在面對障礙時，會浮現在耳際的問題：「你以為你自己在幹嘛？」那種

聲音令人越來越沒信心，障礙的難度也隨之提升，到最後主角停滯不前，沒有辦法克服最後的一道障礙——只要那聲音始終在他耳際嘮叨個不停，他就辦不到。儘管在現實生活中，我們大可吞一顆百憂解，看著問題漸漸消散退去，不去正視它，但是故事主角卻必須用老派的方式來面對：保持清醒，自己去解決問題。

　　身為作者，你該怎樣為主角創造出內在障礙？你只需自問：為什麼主角會感到害怕？具體來說，他到底害怕什麼，以致無法達成目標？說到這裡，我猜你應該已經知道答案可能不是「他害怕失去真愛」、「他害怕破產」，或者「他怕死」這一類的答案。儘管就情節的角度而言，那些的確就是他害怕的。唉，那些事是所有人都害怕的。那些都是普遍的一般性問題，所以未能傳達更多資訊給讀者。因此，儘管你寫了一個還不錯的開頭，但那也只是開頭而已。

　　跟主角的目標一樣，他的恐懼一定是源自生活經驗，並且與其密切相關，這是即將在本書第 5 章深入探討的。現在我們先談一談最明顯的一種恐懼：怕死。如果你心裡正在想：「拜託喔，那還需要解釋嗎？」我不怪你。會如此想是人之常情，而且你也不用經過「學習」才知道，你每天最不想碰見的事，就是一腳踏進未知的幽冥之界。

　　這想法沒什麼不對，我不會跟你爭辯。但我想先把這問題擱置，因為這並非重點。重要的問題是，「此刻」對主角而言，死亡這件事的意義為何？例如，如果他死掉了，有哪些「此刻」非常需要他的人就無法獲得他幫助了？他有什麼在母親墳邊立誓要達成的目標就無法達成了？他有什麼心之所繫的承諾就此無法做到？他必須活到黎明過後才能夠導正什麼錯誤？如果你能回答這些問題，你才算是了解死亡對於你筆下主角有何意義，而不只是「葛屁」而已。

一切都要回歸到這兩個問題：故事裡的事件對主角有何意義？他真正的目標是什麼？知道這一點的話，你就可以幫主角設定一個「具體」的目標，而不是一個跟大家都一樣的「膚淺」目標──也就是「一般性」的目標。

如果是這樣，為什麼我們還是常看到作家為主角設定一些一般性的問題？可悲的是，這通常是因為他們被故事書寫的最大迷思之一給誤導了：

迷思：把外在的問題寫進故事裡，就可以增加故事的戲劇性。
事實：外在問題的確可以增加戲劇性，但前提是，那些問題是主角為了克服內在問題而必須去面對的。

古往今來的許多作家都以為：主角必須解決許多外在問題，如此就能增強故事的戲劇性。這個迷思常常誤導他們，而且有一個偶然間讓此迷思始終未被破解的原因是，過去不知道有多少人提出各種版本的「英雄的旅程」，而這種故事結構的模式剛好就規定了「故事裡的某個時間點必須發生某種事件」。正因如此，作家們才會把構思焦點擺在「情節」上，以為「設想故事裡的種種事件」比較重要──殊不知，焦點應該是「主角們」、以及「主角們遭遇那些外在事件時的心路歷程」。

這種寫故事的方式是「由裡到外」：在故事旅程中，作者把主角丟進阻礙其向前的種種戲劇化情境裡；作者這麼做的理由僅僅是因為：某個模式規定在某個時間點，他們應該這麼做，而不是因為他們自己構思出一個環環相扣且越來越刺激的劇情，逼使主角去面對其內心問題。因此這些戲劇化的事件並不是源自於故事本身，而是源自於一種表面化且按部就班的公式化故事結構。

　　如果你想創造出環環相扣且具有說服力的阻礙，你必須先確保主角從第一頁開始所面對的一切——不管是他的內心感覺或者外在遭遇，都是源自於他必須去解決的問題。這能幫助你避免一個很常見的陷阱：利用一個一般性的「困境」來創造主角的目標。

　　我曾讀過無數的故事手稿，它們的起頭都讓人覺得希望無窮，是個可以好好發展劇情的亂局，例如：主角的丈夫剛剛離她而去；主角在開車上班途中遇到大地震；主角錯過了從碼頭回到遊艇的機會，如今被困在委內瑞拉，而且全身上下的東西只有一身的比基尼泳衣與涼鞋。這些都是好的開頭。

　　問題在於，這些作者之所以會如此安排，只是因為他們想把主角丟進困境裡，看看接下來會發生什麼事，而不是因為他們的主角有個「一直以來都沒有被滿足的需求」，在他們脫困後就能被滿足。因此，主角的「目標」只不過就是要脫離意外陷入的困境而已。如此一來，焦點還是在「問題」上面，而不是在「主角本身」。主角的確遭遇了一些事，但他所受到的只是非常表面的影響而已。

　　我們不知道主角渴求什麼、害怕什麼、或者需要什麼，只知道他有一個極暫時性的需求：要儘快擺脫這個狀況——所以我們無法預期他對眼前發生的一切會有什麼反應，只能從一般的角度去設想他會做什麼。親愛的朋友們，我可以告訴你，那實在很無聊。為什麼？因為我們就是一般人，非常清楚自己會有什麼反應。如果是這樣的話，故事還有什麼懸疑可言？**我們之所以要閱讀故事，是希望從中看到一些我們不知道的東西。**所以我們壓根兒就不在乎一般人會怎麼反應，但卻很急切地想要知道主角的反應為何——只要我們先知道箇中緣由的話。

096　Wired for Story:
The Writer's Guide to Using Brain Science to
Hook Readers from the Very First Sentence

　　如果你能清楚掌握故事主角為什麼會懷抱某個特定目標、或者害怕某個事務，你就等於掌握了具體的情節方針。以那份主角的丈夫一開始就離開她的失敗故事手稿為例，它故事是這樣的：在毫無防備的情況下，黛比的丈夫瑞克突然離家出走，但她只是打起精神，繼續過日子而已，沒有任何怨尤（這實在是太糟了，因為，就算她只是尖刻地抱怨一下下，至少也要給我們「一點線索」去設想她婚姻的狀況，還有她是怎樣的一個人，接下來或許會有何反應）。

　　糟糕的是，因為看不出導致黛比婚姻破裂的真正問題，我們會覺得黛比實在適應得太好，她也因此引不起我們的任何興趣。事實上，正因為她的調適能力這麼好，讀者會立刻想到兩個問題：到底為什麼瑞克會離開她？當初她為什麼會嫁給這樣一個窩囊廢？諷刺的是，雖然這可能是作者讓我們深入了解黛比的「唯一」機會，但因為它沒有繼續朝這方向發展，所以就只是被當成一個單一事件：一種牽強的劇情安排。

　　所以，黛比的故事就真的沒救了嗎？也不見得。我們這就試著來改寫黛比的困境，好嗎？

以改寫失敗手稿做練習

　　首先要交代黛比的「背景故事」（backstory；我將在下一章更深入探討這個概念）。如果說，黛比不願結束這一樁失敗的婚姻，是因為她沒有勇氣對別人承認，甚至不敢告訴自己：她深怕沒有辦法自己一個人過活？如此一來，黛比的目標就不只是要擺脫一個困境而已，而是要試著解決一個「在陷入困境之前就已經存在」的問題（不管那個問題是不是讓她陷入困境的原因）。

　　現在我們已經擴充了故事的開場：當黛比的丈夫離她而去時，她

被迫去檢視自己到底能不能自力更生，而這個問題是她一直以來最害怕去面對的。這個問題比原有的更大且更引人入勝，而且它能夠引發一連串值得探究的後續問題：

» 什麼原因導致黛比害怕她無法自力更生？
» 當初她是因為害怕無法自力更生而與瑞克結婚的嗎？
» 如今她的心情漸趨平靜了嗎？
» 她之所以會結婚，是因為如此一來就不用證明自己是否能自力更生嗎？
» 黛比是否因為這種恐懼而讓她的人格帶有一點「消極反抗」的特色，所以瑞克離開她並不是像一開始看到的那樣全都是他的錯？
» 事實上，是不是因為黛比每天都要面對失敗婚姻的紛紛擾擾，才會一直被婚姻綁住，因為這讓她沒有辦法專心面對自己內心最強烈的恐懼？
難道你不想繼續往下看，找出這些問題的答案嗎？

等一等，現在已經勾勒出黛比的目標與恐懼了，但難道我們只能寫：「1967 年，黛比誕生於一個小農舍裡…」，還是能夠以別的方式開啟故事？切記，不用試著想在第一頁就一股腦地把所有關於黛比的事和困境都告訴讀者，而是只要試著暗示讀者，讓他們覺得有很多東西可以去了解。你的目標是讓讀者「感覺」自己好像認識她似的，更重要的是，讓她成為一個吸引人的角色，讀者會因而想知道接下來她會有什麼際遇。這意味著我們必須儘快讓讀者看出兩件事：她即將遭逢種種鉅變，而且一切都跟表面上看來的不一樣。我們就來試試吧：
黛比把手上紙袋裡裝的沉重雜貨放下，將鑰匙插進鎖頭裡，做好進屋子的心理準備。其實瑞克並沒有打過她──如

098   Wired for Story:
The Writer's Guide to Using Brain Science to
Hook Readers from the Very First Sentence

果真有那麼糟糕，她早就離開他了。此刻已經六點，所以她
知道他應該在家。電視應該是開著的。而且他一樣還是把她
當空氣，讓她難過無比。她告訴自己，他實在很可惡，但她
的心跳還是加快了，這令她感到很生氣。今天又是另一個單
調的日子。買東西、洗衣服，然後做運動，好像那是一件很
重要的事似的。她發現，從那天早上瑞克繃著臉去上班之
後，直到現在她才發現自己有感覺。她聽見一輛車開離家門
口車道的聲音。她還聞到有些落葉從秋天以來就一直被壓在
前院角落的一塊防水布下面，已經開始有了腐臭味。她嘆口
氣，轉動鑰匙，指尖感覺到微微震動。門板滑開，她走進一
片寂靜的屋裡。

　　屋子是空的。瑞克不在。傢俱也都不在。屋裡一片空蕩
蕩，只有壁爐架上面擺了一個白色信封，信封上整整齊齊地
打著她的名字。

　　你看得出這段文字裡有多少東西是關於黛比的背景故事？例如，
「其實瑞克並沒有打過她」、「如果真有那麼糟糕，她早就離開他
了」，這些都透露出一個訊息：黛比認為，儘管一直以來瑞克都對她
不太好，但因為沒有打她，她覺得自己還撐得下去（這意味著黛比是
一個很會將事情給合理化的人）。

　　至於「買東西、洗衣服，然後做運動，好像那是一件很重要的事
似的」，這句話代表就算她能保持好身形，對她也沒有任何好處——
也許瑞克根本就不注意她？「她告訴自己，他實在很可惡，但她的心
跳還是加快了，這令她感到很生氣」，這句話的含意就再明顯不過了；
不過，為什麼她會因為心跳加快而感到生氣？這一點可能還是有含
混不清之處，為讀者留下想像空間。

接下來這句話等於是呼應了她的情緒：「她發現，從那天早上瑞克繃著臉去上班之後，直到現在她才發現自己有感覺」，這讓我們稍稍能看出，至少從黛比的角度看來，瑞克是個怎樣的人。接下來，黛比所聽見與聞到的，並不是那種感官隨意察覺到的細節，兩者都有特定的弦外之音：我們即將發現瑞克離開了她。所以「她聽見一輛車開離家門口車道的聲音」，這句話暗示著也許車裡的是瑞克？

至於「她還聞到有些落葉從秋天以來就一直被壓在前院角落的一塊防水布下面，已經開始有了腐臭味」，這句話則暗喻瑞克與黛比兩人的婚姻，也是一樣被擺在那裡，任其腐壞。最後，就像我們在第3章討論過的，你該注意的是，儘管這個故事是用第三人稱來書寫，但顯然我們進入了黛比的內心世界，透過她的觀點來觀察一切。

接下來，黛比的故事會怎麼發展，似乎就很清楚了：這故事的主角是個充滿內心衝突的女人，丈夫對她已沒興趣，而且很可能正要到他處另尋芳草。或者你可以質問，真的是這樣嗎？因為到目前為止，我們只看見黛比提供的說法。瑞克的說法呢？有沒有可能黛比必須克服的問題之一，是她永遠搞不清楚瑞克真正重視的是什麼呢？

主角間的誤解：只有讀者知道真相

有很多故事就是建立在這種誤解上，而且會產生誤解的原因是，黛比並不會讀心術，她透過大腦中的鏡像神經元接收訊息，她在詮釋那些訊息時所根據的，則是她自己對於這個世界的了解，還有她把自己當成瑞克，想像當那些話從她嘴裡說出來時，是什麼意思。有些人的言行聽起來對我們會構成傷害，於是我們就受傷了。但是，有時候那種能傷人的言行雖然促成了情節的發展，到最後我們卻發現其本意跟主角所設想的根本就完全相反。

100   Wired for Story:
       The Writer's Guide to Using Brain Science to
       Hook Readers from the Very First Sentence

小說家珍妮・納許（Jennie Nash）那本充滿洞見的《疲憊的心》（*The Threadbare Heart*），就是一本以誤解來建構情節的小說。主角莉莉已經嫁給湯姆超過 25 年。他們的婚姻幸福美滿，莉莉相信她非常了解湯姆，兩人的關係堅固無比。然後，故事進行到小說第 5 頁的時候，覺得生活安全穩固又快樂的莉莉決定冒險吃一點巧克力，儘管她知道這也許會引發痛起來要人命的偏頭痛。

湯姆發現了，質問她在做什麼，她要他別擔心，如果頭痛的話，後果由她自己來承擔。他怒不可遏，直接了當地跟她說，如果她頭痛的話，必須承擔後果的人其實是他，而且一直以來都是如此，說完後他就用力跺腳走了出去，留下震驚不已的莉莉。突然間，她不再確定自己是否跟以前想像的那樣了解湯姆，這個世界比以往感覺起來危險多了。

讀者立刻就感受到莉莉的不安情緒。接下來 4 頁都是這樣。然後到了第 9 頁，我們看見湯姆也在反省剛剛那件事：

> 多年來，他總是必須面對莉莉的頭痛問題，而且也沒抱怨過。但是到了最近這幾次，她痛到令他感到害怕。他想像過莉莉的頭痛問題每況愈下，痛到她無法承受。這令他想到她是否可能會就此死去，留他獨活。這可不是他想要承受的事。

透過這個故事案例，我們可以清楚地看出，在知道某件事的「真正理由」後，我們對這件事的了解也會有 180 度的大轉變（這正是讀者想要看到的資訊）。湯姆之所以會發脾氣，實際的理由根本就不是表面上看起來的那麼一回事。湯姆不是因為莉莉冒著頭痛的風險而生氣，是因為他如此愛她，所以無法忍受任何可能會把她帶離他身邊的事——包括她的頭痛問題。

　　諷刺的是，跟莉莉自己設想的一樣，她的確很了解湯姆，但如今她已不是那麼確定了。她再也不知道丈夫有多愛她，但是我們知道。所以當她在整個故事中因此而掙扎不已時，由於我們知道湯姆實際上有多愛她，才能據此判斷故事進展到了什麼地步。我們之所以能判斷，不只是因為我們知道莉莉想要的是什麼，還了解什麼是湯姆最重視的。

　　一個故事之所以會令人感到讚嘆不已，就是因為它能以誤解的方式讓我們瞥見別人的希望與恐懼。因此看故事絕對不只是一種娛樂而已。我們很難去了解別人希望我們做什麼。甚至我們也很難去了解自己真正想要的是什麼（除非你想要的只是再吃一份加鹽的焦糖巧克力）。故事不但讓我們有機會去了解別人的想法——這是每個人都亟需的一種練習，也讓我們能洞見自己的真正想法。

102   Wired for Story:
The Writer's Guide to Using Brain Science to
Hook Readers from the Very First Sentence

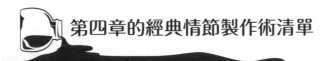 第四章的經典情節製作術清單

你知道故事主角真正想要的是什麼嗎？

主角最強烈的欲求為何？什麼是他看重的，他的存在理由是什麼？

你知道為什麼故事主角會有那種欲求嗎？

具體來講，達成目標對主角而言有何意義？你知道為什麼嗎？簡而言之，他的動機為何？

你知道故事主角的外在目標是什麼嗎？

在其慾望驅使下，主角想要達成什麼具體目標？切記，不要只是把主角丟進一個一般人都會遭遇的「困境」、藉此看他會怎麼做。別忘了，你一定要讓他在達成目標的同時，也滿足一個長期的需求或慾望。而且在這過程中，逼迫主角去面對他內心深處的恐懼。

你知道故事主角的內在目標是什麼嗎？

如果想知道這個問題的答案，其中一種方式是請你自問：對主角來說，達到「外在目標」的意義為何？你覺得達到外在目標會影響他對自己的看法嗎？主角覺得這件事反映出他的什麼特質？他的想法是對的嗎？還是他的內在目標與外在目標有所衝突？

你的故事主角為了要達成目標，被迫得去面對長期存在的問題或恐懼情緒嗎？

為了達成目標，主角必須面對什麼不為人知的恐懼？他有什麼深信不疑的信仰會遭到質疑嗎？有什麼是他一輩子都在逃避的，但如今卻必須直接面對，或者直接豎白旗投降的？

05 探掘主角的內心問題

神經科學這樣說：
我們看不見世界的真實面貌，
只看得見我們認定的模樣。

讀者的腦袋需要的是：
作家必須精確掌握故事主角的世界觀何時開始、
以及為什麼會出錯。

106　　Wired for Story:
The Writer's Guide to Using Brain Science to
Hook Readers from the Very First Sentence

> 「我的人生充滿了可怕的不幸事件，但它們大多不曾真正發生過。」
>
> ──法國啓蒙主義運動哲學家蒙田（Michel de Montaigne）

　　5 歲時，我閉上眼睛，然後開始認真思考：「現在，我是不是變成隱形人了？」畢竟我看不見任何東西，所以別人怎麼會看得見我？沒有錯，這是我的結論：我的確消失了。這實在太有道理了，而且我感到興奮又痛快。我覺得自己好聰明。這有什麼問題呢？凱瑟琳・舒爾茲（Kathryn Schulz）是位記者，自詡為「犯錯學家」（wrongologist）的她曾在著作《犯錯的價值》（*Being Wrong*）一書中寫下這樣的雋語：「人們犯錯時總覺得自己是對的。」

　　我花了好幾天的時間計畫怎樣才能閉著眼睛走進廚房，不但不能撞到任何東西，最好還能偷偷「借」幾片餅乾出來。結果，等我把手伸進餅乾罐的時候，我媽問我在搞什麼鬼，直到那一刻我才打開眼睛，看到眼前的一切，也看見自己的錯。

　　當我們錯的時候，總會錯看世界的人事物，而有所遺漏。我們常常犯錯，其中一個原因可能在於「為了求生存」，**我們天生就會對眼前所見的一切下結論，不管我們是否掌握了全盤的真相，或對真相一無所知。還有一個原因是，大腦的下意識層次總是會熟練地形成一些讓我們默默接受的信念，而後我們的世界就受到這些信念的重組與宰制。**

　　儘管這種說法聽起來沒什麼建設性，但我們犯的錯通常不能歸咎於我們自己，至少不是「明知故犯」，通常我們都沒有任何頭緒。根

據神經心理學家賈斯汀・巴瑞特（Justin Barrett）表示：被大腦默默接受的「非反思」信念可說是一種預設模式，總是偷偷地為我們塑造記憶與經驗。

結果，每當有個錯誤的「默認信念」形成時（例如：「每個人都是自私自利的，所以當一個人待你越好，你就越加知道他其實是想騙你。」），我們總是毫不猶豫地誤解發生在我們身上的每一件事：這個地方怎麼每個人都那麼好？我最好小心一點。可怕的是，我們壓根不知道自己抱持這種信念，直到某件事證明我們是錯的，突然間，我們的默認信念才會接受大腦的檢驗，至此我們要不是必須摒棄這種信念，要不就是必須花點心思找理由來解釋它。

故事通常就是在這種時刻展開的：長期以來一直被故事主角接受的信念即將被質疑了。有時候，就是在那個「長期被接受的信念」的阻礙下，主角才沒有辦法獲得他真正想要的東西；有時候，正因為那個信念，他才沒有辦法為所當為；有時候，他則是必須先質疑此信念，才能在為時已晚之前，擺脫自己身處的困境。但是，別誤會了。我的意思是，**錯誤的信念可說是讓主角掙扎不已的一個「內心問題」，它讓故事得以繼續往下發展**。事實上，在情節巧妙的安排下，主角往往會一步步被逼往困境裡，迫使他必須面對問題，或是收拾行囊回家去，別無其他選擇。

在一連串事件的誘導與哄騙下，他必須重新檢視自己的過去，而且在反省後，過去會在他眼裡呈現出不同的面貌或感覺。現實生活裡亦是如此，當下發生的事件總會不斷刺激我們去重新評估自己的過去，過去的事件因而「讓我們產生更為強烈的情緒…而事實也有了全新的含意」。英國詩人艾略特（T.S. Eliot）的一句話非常適合用來說明這種狀況：「探索的歷程總會在開始的地方結束，到時候我們才算

108   Wired for Story:
The Writer's Guide to Using Brain Science to
Hook Readers from the Very First Sentence

真正見識了那個地方的風貌。」

　　這讓我們聯想到一個棘手的問題：「寫故事時，最好從哪裡開始寫？」答案不是「故事的開頭」，不是「第一頁」，也不是「在我的書桌前」。最好開始的地方不是在第一頁──故事中那可憐且純真的主角出現之處──正確的時間點遠早於此，也遠早於「主角因為內心問題造成世界觀的偏差、進而第一次嚐到苦果」之時。

　　我在這一章要處理的是一個作家們常常避而不談的概念：**在開始說故事前，就應該要先認識你筆下的角色。**我將要談的是，如果能擬個大綱，對故事角色先有個概略的了解，這會為你帶來什麼重要的好處，還有什麼微不足道的缺點？（在此我是不是也犯下了「插入意見」的錯誤？）為什麼對作家來說，能先幫角色寫一段「有焦點的小傳」是很重要的事？（而且令人感到高興的是，這通常就已經描繪出角色的輪廓了。）還有，如果你把「小傳」寫得太詳細，為何不乾脆就別寫了，以免適得其反？最後，為避免讓我說的東西淪為概念式的討論，我還是會舉個例子來說明該怎麼做。

如果不知道哪裡出了問題，你就不能解決問題

　　所謂故事，其描繪的就是「故事主角如何面對那些無可迴避的問題，並且加以解決的過程」。這聽起來是最基本的，不是嗎？如果是這樣，那為何又會有人在還不知道主角的真正問題是什麼的時候，就一頭栽進去開始寫故事？通常來講，這種人都是希望自己在開始寫故事之後，能夠漸漸了解故事的問題是什麼。但是，如果你根本就不知道哪裡出了問題，又怎麼能夠寫出一個關於解決問題的故事呢？

　　這就是為什麼在編輯們寫給作者的字條上，最常出現的話會是：

「嗯…你這故事到底是在寫什麼？」其次是：「為什麼是現在？」意思是，為什麼故事是從這個時刻才開始寫起，而不是昨天、明天，或是貝莎婆婆去玩完賓果遊戲回到家的時候？

　　有些作家總是堅稱，如果要他們先把故事大綱擬好、或者先幫角色寫個小傳，自己的創作力將會因而受到嚴重斲傷。但諷刺的是，他們的故事通常從一開始，就必須深入敘述主角過去的某個時刻──也就是主角的世界觀從此刻起開始出錯、同時阻斷了主角達成某種欲求的契機。這類作家不了解的是：**故事本身的「起點」，實際上在比較後面**，也就是要等到「主角的錯誤世界觀」與「主角的欲求經過長期潛伏」這兩者來到一個互相衝突的時間點，此時主角除了採取行動，別無其他選擇。就像在卡通影集版的《變形金剛》（*The Transformer: Beast Machines*）裡，神諭者對柯博文（Optimus Prime）說的話就優雅呈現了這個概念：「未來的種子就潛藏在過去。」

　　然而，這難道就意味著你真的必須先把故事的大綱擬好嗎？聽起來的確像是如此。不過這和世間的所有事情一樣，只是相對的。我們就來看看正反兩面的意見吧。

草擬故事大綱的支持與反對

　　許多很成功的作家堅稱，他們開始寫故事的第一頁時，一定都還沒進入狀況，幾乎還不知道故事會往哪個方向發展。對他們來講，最刺激的就是在書寫的過程中把故事一一揭露出來。如果他們早就把故事想出來了，那麼就沒了刺激感，寫故事也變成多此一舉。

　　例如小說家伊迪絲・華頓（Edith Wharton）就曾經有過這麼一椿逸事（所謂逸事，就是有可能不是真實的故事）：一場大火燒毀了

110   Wired for Story:
The Writer's Guide to Using Brain Science to
Hook Readers from the Very First Sentence

她剛剛完成的故事草稿,她跟編輯說自己不可能把東西重寫出來,因為她已經知道結局了。「作家如果不能讓自己感到驚訝,也就無法讓讀者感到驚訝。」詩人羅伯・佛洛斯特(Robert Frost)的這句話印證了她的看法。偵探小說家羅伯・派克(Robert B. Parker)也說過,當他開始動筆時,往往不知道故事會朝哪個方向發展。

還有另一派說法,像小說家凱瑟琳・安・波特(Katherine Anne Porter)的觀點就與華頓小姐完全相反:「如果我不是已經知道某個故事的結局,我就不會開始寫。」或是像鼎鼎大名的 J.K. 羅琳(J.K. Rowling),早在 1992 年的時候,她就已經仔細構思出 7 本以哈利・波特為主角的小說——就是她開始動筆寫該系列第一本小說的那一年。她說:「我花了很多時間去斟酌那個世界裡的細節,讓它極具深度。我總是會為情節寫一個基本的大綱。」

這兩派說法都對嗎?或者只是證明了:需不需要撰寫故事大綱是因作者而異,全取決於寫作過程中是否有此必要,沒什麼好爭論的?也許吧。但我還是要說,我們可以用另一種角度來看這個問題。有些幸運的傢伙天生就是說故事的高手,就像有些人的音準很棒一樣。就算他們只是把一份洗衣服的清單寫成故事,都能讓你覺得怎麼會如此微妙動人,就連襪子沒有成雙成對分好的這種小事也可以慘得讓你啜泣。如果你是那種作家,你就不需要我了。放手去寫,等著功成名就吧!

對於大多數的作家(包括大多數成功的作家)而言,如果能先把主角過去的經歷想清楚,再開始寫第一頁,這是會很有幫助的(否則他們往往會學到教訓:必須把故事重寫一遍)。特別是,這種方式能夠幫作家避開兩大陷阱:

1、**如果沒有先打好草稿，大部分的故事都會有個共同的問題：故事的進展不順。**怎麼可能會順利呢？如果沒有以主角的內心問題、以及他長期以來的欲求為根據，事先構思出這兩者的衝突過程與最後結果，情節就會漫無章法，場景一個個出現，卻不知所終。因此，當作者開始要修訂故事時，他必須在，嗯…第二頁，就要加上一個重要的東西。加上去之後，接下來的一切可能會變得跟原稿大不相同。基本上這就是業界所謂的「徹底改寫」（page-one rewrite），差不多等於是重新寫一個故事了。

2、許多作家都會這麼想：「有什麼大不了的，我本來就知道故事需要重寫。反正大家都說這是寫作過程中的重要部分。」的確如此。但就此狀況而言，我們必須面對一個更嚴重的問題：要承認自己的故事原稿寫得爛透了，實在是極為困難的一件事。這就是那種「很難讓人開口認錯」的錯誤，當出現這種錯誤時，我們總會花很多時間去把它合理化。

   若想加入新的東西進去，前提是一定要讓它們能夠融入既有的原稿中，因為我們總是會下意識地忠於「已經寫出來的東西」，而不是忠於「故事本身」。諷刺的是，所謂「新的」草稿，通常會寫得更糟——在原稿裡面原本就很無聊的東西，到了改寫版還是很無聊，而且會被改寫得更沒道理。

　　我是否已經說服你，讓你覺得或許該為故事擬個大綱呢？很好。但是，先不要把大綱想成是「以羅馬數字進行編號的條列式大綱」，更糟糕的是那種以為可以拿來創造出各種故事的「角色問題清單」（character questionnaires；先列出一連串和故事角色有關的背景問題，然後根據答案來創造角色）。我保證，草擬大綱可說是一種以「直觀」

112　　Wired for Story:
The Writer's Guide to Using Brain Science to
Hook Readers from the Very First Sentence

與「創意」為依據，且具有啟發性的過程。而且，通常來講，大綱應
該要寫得比你原先想像的還短得多。我們來看看理由何在。

**迷思：只要幫故事的角色們寫個完整的小傳，你就可以徹底
瞭解他們。**
**事實：故事角色們的小傳，其內容應該嚴格聚焦在與故事有
關的資訊上。**

　　當我們在討論如何認識故事角色時，有時候的的確確會出現「資
訊過多」的問題。我所說的資訊過多，指的並不是故事裡有太多關於
個人的細節。把大量的個人細節寫進故事裡是件好事，但是如果細節
與故事不相干，那就不好了。但還是常有人跟作家說，為了要深入了
解他們的故事角色，他們必須要先填寫一份比小說內容還要長的問題
清單，並回答以下這類問題（我必須要跟大家說，這些問題可不是我
自己擬的喔）：

» 他喜歡自己的中名（middle name：在西方的人名，夾在姓氏與
　名字中間，通常是用來紀念某人的名字）嗎？
» 如果他躺在自家後院曬太陽，他會先把哪一種毛巾鋪在地上？
» 有哪個房間是他最喜歡的嗎？
» 哪一種顏色會喚起他最強烈的記憶？
» 他有胎記嗎？
» 他會蒐集看起來像整套的瓷器嗎？
» 如果他有胎記的話，胎記的形狀看起來可能像中國嗎？（好吧，
　我承認這個問題是我自己掰的。）
» 他對於安樂死的看法是什麼？

　　儘管這些問題的答案可能很有趣，但也有可能跟你的故事沒有任何關係。同樣道理，就算你寫了一個從生到死的完整小傳，它也有可能與故事無關。**把不需要的資訊從故事裡刪除，可說是故事寫作的一大重點**，但在角色的小傳中，可能就充滿了那一類的資訊。麻煩的是，如果把角色的小傳寫得太長，它會變得無所不包，而諷刺的是，同時也會混淆了你所需要的資訊。

　　我要提供的祕訣是：**你所需要的，只有那些與故事有關的資訊。**如果你的故事與某個問題有關，那麼你所需要的，則只有那些從第一頁開始就會被大書特書的問題根源。這意味，如果貝蒂是個豎琴演奏名家的這個事實無關乎或不影響故事本身，你就不需要特別記下她在學藝的那幾年過得有多慘。因為，如果你記了，你很有可能就必須去煩惱，該把這件事擺在故事的哪個部分，而為此浪費時間（但事實上，你根本就不該把它擺進去）。

　　或者更糟糕的是，為了讓貝蒂有機會展現琴藝，你還得加寫一段在假日舉辦辦公室派對的次要情節，但因為這跟你正在講的故事根本就沒有關係，反而完全阻礙了故事的進展。雪上加霜的是，關於豎琴的問題並未在此就能終止，它還是在讀者心裡縈繞著，讓他們心想：「天啊！她會演奏豎琴的這件事，到底會引發什麼後果？」

　　這就是為什麼當你在幫主角撰寫小傳時，你該精確指出這兩件事：**是什麼往事導致主角的世界觀出了錯，進而引發他的內心問題，令他無法達到目標？還有，是什麼事情促使他想要達成那個目標？**有時候這兩件事是一樣的。

　　例如，在電影《風雲人物》裡，能夠說明一切的時刻，就是喬治的父親被波特痛斥的那個時候，這讓喬治深信，如果他繼續留在貝佛瀑布，他就不能功成名就（在此他的世界觀出了錯）；由於他受到了

這個刺激,才開始想要成為他父親無法成為的成功人士,而方式就是到別處去闖出一番事業。在接下來的情節發展中,他才被迫重新檢視自己的世界觀,逐漸發現自己的想法錯了,自己設定的外在目標也不對。

儘管在許多故事裡,我們實際上並不會看見這個「足以說明一切」的場景,但每當主角因為這個場景所造成的災難而掙扎不已、人生受到打擊時,我們總是能知道此場景的存在。甚至它有可能完全沒有被提及,只是透過主角的行動來暗示曾經有那麼一件事。所以雖然讀者沒有看見,卻能感覺到它的影響,因為身為作者的你非常了解那個場景,所以才能把它跟主角的所作所為都串在一起。

當你在撰寫主角的小傳時,你的目標是要把這些「重要的時刻」找出來,並且搞清楚它所引發的一連串事件——而事件的最高潮就是主角遭遇的困境,也是故事的焦點。在你做到了之後,如果你還是很想要幫你的主角寫一個很有深度且無所不包的小傳,我也不能阻止你。但是我要先警告你:如果你不小心點,這些豐富無比但卻與故事無關的細節,就很有可能會在你不知不覺中被你寫進故事裡。好消息是,如果你能善用本書提供的技巧,你就可以在這些豐盛的細節扼殺故事的生命前,把它們剔除掉。

不過我還是要說,等到你幫故事角色寫了一篇篇有焦點的小傳後,你很可能會發現,自己實在很想一頭栽進故事裡。切忌這個目標,同時,每當你想要從主角的往事裡去找出「足以說明一切的時刻」時,若能記住以下的兩個「應該」與兩個「不該」,將會很有幫助的。

創作時的兩個「應該」與兩個「不該」

1、你應該記住一個顯而易見、卻也很容易忘記的真理：應該把故事的焦點擺在某個正在改變的東西上。故事裡的人、事、物在開始時是某個樣貌，到結束時又是另一種樣貌，這就是所謂的「故事曲線」（story arc）。故事總是在「過去」與「未來」之間的空間裡展開情節。它記錄了所有事件匯聚在一起的刺激時刻，一時間讓讀者誤以為故事真的可能有好幾個發展走向。

當你在撰寫故事角色的小傳時，該被寫在小傳裡的，是那些發生在「過去」的特定事件，因為它們的往下繼續發展，最後才能出現所有事件都匯聚在一起的那個時刻。列出這些事件後，你就可以把它們所提供的資訊融入故事裡，讓讀者了解故事主角在「改變前」是什麼模樣。同樣的道理，蝴蝶本身也許真的很漂亮，但有趣的地方在於，它曾經是一隻毛毛蟲。如果沒有「過去」，讀者就沒有一個準繩可以評斷主角在過去與未來之間有多少進步。

2、當你需要深入探掘故事角色的內心世界時，你不該感到不安。不要因為你想顧及禮節而有所保留。如果你有個構想，就儘管進入他們的內心世界，發掘他們的問題，這就是你的故事重點。拿一些令人尷尬的問題質問他們，而且最好是與他們個人越切身相關越好。找出他們內心的善與惡，特別是醜陋骯髒的面向，還有那些他們只想保留在心裡的祕密。不要有任何限制。不要忽略他們的缺陷，而是要清楚掌握他們的每個缺陷，拿出一個高倍數放大鏡來檢視這些缺陷是否與他們的內心問題及目標有關。

身為作者，你的目標是要讓他們成為有各種特性、完完整整且有血有肉的角色，他們和我們一樣必須面對多舛的命運、在混亂中勉強求生。故事的本質就在揭露那些真實生活中我們不會大聲說出來的事理。儘管感覺很殘酷，但正因為如此，當你在嘆絕故事

116   Wired for Story:
The Writer's Guide to Using Brain Science to
Hook Readers from the Very First Sentence

角色的過去時，不能容許他們有一點隱私，或有任何保留。的確，他們也許還是會要求保有隱私，也許會隱藏一些事，甚至對你說謊。但如果你任由他們保留任何東西，任由他們躲躲閃閃，你寫出來的故事就不會是真相。別欺騙你自己，而且讀者會看得出來。

讀者的人生閱歷豐富，而且他們總是用既有的知識去了解別人（不管是真人或虛構人物），所以當他們開始閱讀故事時，已經非常清楚你將把他們帶往何方。他們不就是因為這樣才會開始看故事的嗎？故事如果偏掉了，他們會察覺得到，然後失去興趣，放下故事，打開電視來看。

3、**你不該嘗試想要把故事角色的小傳寫得完美無缺**。好消息是，當你在創作故事角色的小傳時，你可以按照時間的順序，以直白甚至單調的方式書寫。或者，如果你喜歡的話，也可以跳來跳去寫。這完全由你決定。此外，你也不用擔心第一句話是否能抓住讀者的心，或擔心用了太多的形容詞，怕寫得不夠好。你只需要對內容感興趣就好，完全不必在意呈現內容的方式為何——諷刺的是，用這種方式通常可以寫出傑作。有可能是因為，如此一來就可以暫時把編輯的耳提面命拋諸腦後，他們的聲音通常聽來惡劣且偽善，往往對你充滿質疑⋯就像當年斷定你絕對不會出人頭地的那位小學老師，哈哈！

4、**你應該幫每一個故事的要角撰寫一篇小傳，就算小傳的大多數內容都不會出現在故事裡也沒關係**。在寫故事的過程中，這通常是最重要的部分，因為小傳可以呈現出故事角色一切作為背後的動機，為其賦予意義。美國小說家史考特・費茲傑羅（F. Scott

Fitzgerald）說，「**角色即行動**」，他的意思就是：我們的所作所為反映出我們的特質。理由在於，就像麥可・葛詹尼加說的：「我們的行動通常可以反映出自己的反射性直觀思維或信念」。

在故事裡，通常會看到主角逐漸明白自己行動背後的真正動機為何，此刻他如果不是因為覺得「自己其實比原先自以為的還要好」而感到慶幸，就是他開始修正錯誤了，因為發現自己比原先自以為的還要糟。

練習草擬故事大綱：用一個熟女的戀情當主題

該說的都說完了，接下來就讓我們設法動手草擬幾個密切相關的故事角色小傳，這些步驟具有的神奇功效是，能幫我們建構出一個故事大綱的雛型。

» 前提

大部分的作家會以某個前提來開啟故事，就像大家常說的：「如果…的話，接下來會發生什麼事？」誘使你構思出一個前提的，可能會是任何東西：你現實生活中的遭遇、你在看報紙時蹦出來的一個想法、甚至只是一個白日夢，或是你去看了電影。男主角是個逐漸步入「馬齒徒長」之年的演員（意思就是，年紀大到可能連牙齒都是假牙了），但女主角則是才剛換完牙沒多久（意思是，年紀小到足以當他的孫女）。

在回家路上，你感到憤恨不平。為什麼老男人配上嫩女就是常態，但是當年紀較大的女人跟嫩男在一起時，就只能拍出《哈洛與茂德》（*Harold and Maude*，敘述女大男小的戀情，男主角才 18 歲，女主角則是 79 歲的老太婆）這種電影，與這部片相較，影集《熟女當

118　Wired for Story:
The Writer's Guide to Using Brain Science to
Hook Readers from the Very First Sentence

道》（*Cougar Town*，女主角是喜歡與 20 幾歲年輕男生廝混的 40 歲熟女）根本就是小巫見大巫。

　　當然了，如果妳不是快要 40 歲的熟女，可能不會感到困擾，或者如果妳的確是個熟女，讓妳入迷卻又不敢說出口的，不是身為主角的那個老男人，而是飾演他兒子卡爾的年輕演員，那妳也可能不在乎。光是幻想就足以讓妳臉紅心跳。不過接下來妳卻想到了：妳最多也不過才比卡爾大個 13、14 歲，但電影中男女主角的年齡差距卻至少是這個數字的兩倍。這樣公平嗎？既然妳沒有辦法改變現實生活（畢竟，所謂的「事事如意」只會在白日夢裡成真而已），那麼妳就只剩下一個絕對不會失敗的選項：寫一個故事。

　　所以，妳想出了故事最初步的前提：如果一個快要 40 歲的熟女認識了一個年輕男演員，並偷偷暗戀他，後來兩人陷入熱戀，接下來會發生什麼事？別笑。這是有可能的。問題在於過程是怎麼一回事。還有，我們不會用到偷偷跟監、催眠，或外星人心電感應之類的橋段。你要寫的是一個正正經經的兩情相悅的故事。這意味我們必須找出能呈現故事的適當方式。

» 請你自問，為什麼？

　　表面上看來，這個故事述說的是一個 40 歲熟女怎樣讓一個 26 歲的電影明星愛上她，**但故事真正的重點是什麼？**讓電影明星愛上她對她來講有何意義？就算她只是要試試看而已，她必須先解決什麼「內心問題」？為了找出解答，我們必須繼續問一些稍微深入的問題。一旦她談起戀愛後，生活到底會變成什麼模樣？假設她有個男朋友，那麼男友的特色將有助於我們初步了解她的內心問題。如果是個人很好但卻無趣的未婚夫，一天到晚催著要結婚呢？而且，如果

說她完全沒有考慮要結婚，就太糟糕了。為什麼呢？因為他是個「安全」的人選。這意味著她是個不想冒險的人嗎？當然囉。

所以這一則故事的真正重點，是女主角被迫在兩種未來之間進行選擇：一邊是安全而舒適的未來，另一邊則是充滿可能性且刺激無比、但是沒有保障的未來，而在這過程中，她也克服了不敢冒險的問題。

「一個40歲的女人能讓一個嫩男愛上她嗎？」這是故事的**前提**，現在可以把它變成一個**主題**：「當一個畢生未曾冒過險的女人放手一搏，把舒適的人生拋諸腦後時，會發生什麼事？」意思是，除非願意冒險去面對未知的磨難，否則下半輩子注定無法擺脫目前正在承受的磨難。現在，讓我們稍微把它修正一下。這一切跟「人性」有何關係呢？我們姑且這樣說吧：「當你鼓起勇氣冒險時，好事就會降臨你身上，就算它們可能並非你原來所預期的那種好事。」很好，這下我們已經大略知道主角她會有什麼遭遇了。

我們已經完成主角的小傳與故事大綱了嗎？還沒。我們怎麼知道？呃，只要閉上你的雙眼就好。你看到了什麼？沒有太多東西吧，所以接下來要進行另一個只需要一道步驟就可以完成的檢測。

» 如何區分故事中的「普遍元素」與「具體元素」？

不能夠出現在你腦海裡的，就是故事的普遍元素。你看得見的，就是具體元素。如同我即將在第6章深入探討的，你必須能夠看見它。所謂普遍元素，它傳達的最多不過就是一個死板板的客觀概念，它還沒有進入故事的脈絡裡。具體元素則是那個客觀概念的落實，讓它有一個可以變得栩栩如生的脈絡。兩者的差別很大。

》細節

我們還是必須繼續深入探掘細節。我們姑且稱故事的女主角為蕾伊，她過的是什麼樣的生活？她有小孩嗎？她的確有。那麼蕾伊離婚了嗎？唉呦，別讓前夫在她身邊礙手礙腳的。就假設蕾伊是個寡婦好了。她有工作嗎？沒有。她丈夫湯姆的遺產夠她過活了。等一等，那麼她的生活中有任何「目標」與「衝突」嗎？她的生活死氣沉沉。我們需要的可不是抽象的主題，而是「具體的情節」。所以說，如果她的「內心問題」在於她不喜歡冒險，那在她過去的生活裡，有什麼能反映這一點的？還有，到底是什麼東西造成了她的「偏差世界觀」？

我們就這樣安排吧。蕾伊想要當畫家。她媽媽是個畫家，蕾伊從小就在母親身邊學畫。當年大家都在她媽媽的畫作旁讚嘆不已，她覺得好了不起，但她沒有注意到：不曾有人提議跟媽媽買畫。直到有一天，蕾伊不小心聽見媽媽的摯友與一個鄰居在聊天，他們說大家都覺得那些畫作很糟糕，只是怕傷了她媽媽的心，所以才不忍說出口。蕾伊覺得這實在太屈辱了，她想媽媽如果知道真相，一定會崩潰。如果她是她媽媽，一定會的。

所以，除了親友之外，她不曾把自己的畫作展示給任何人看。她認為自己有天分。至少她希望如此。這是支持她繼續作畫的動力。但她害怕的是，如果她把畫作拿給專業人士看，有可能會發現自己最厲害的天分跟她媽一樣：自欺欺人。儘管如此，她發誓再過不久，她就會把自己的畫作拿去給住家附近的畫商看看。（哈哈，目標出現了！）但不是今天。過去 10 年來，她一直都是這麼盤算著。到目前為止我們進行得還挺順利的吧？

我們重新檢視一遍。蕾伊的「內心問題」是害怕冒險。因此她不

願意把畫作拿給別人看，這可說是一種「既存問題」。而且，因為這是個「具體的問題」，讀者會認為，她有可能會試著去克服它（意思是，這件事是讀者可以主動預期的）。

接著來看看蕾伊的女兒，她叫克柔伊。為什麼我們需要她呢？到目前還看不出理由。跟所有的次要情節一樣，問題在於克柔伊的存在會對主要的故事情節產生什麼影響？她有助於故事的發展嗎？也許我們應該要讓克柔伊的次要情節與蕾伊的某個次要情節相互呼應。

我將在第 11 章深入討論次要情節的問題，在這裡，我們只要知道這點就夠了：**不能只是讓故事的次要情節與主要情節一一對應，因為那樣就太多餘了**（會顯得無聊）。**次要情節的功能在於：它可以展現出「回答故事問題」的另一種方式，而且這通常對主角是有好處的——如此一來可以讓主角有所警覺，或促成他的改變。**

所以我們不如就這樣安排：克柔伊現年 16 歲，她會演奏薩克斯風，她吹得很好，好到「茱莉亞音樂學院」願意提供入學許可與全額獎學金給她。但是因為她們住在南卡羅來納州的查爾斯頓，距離音樂學院實在太遠了。這讓蕾伊有了幾個正當的理由可以要求克柔伊應該待在家裡，把高中唸完，而不是在高三輟學，搬到一個無親無故的陌生城市。此外，儘管克柔伊是薩克斯風高手，她也不一定能成功，而且樂手的人生總是難以預測。當然了，克柔伊是很想去，不過蕾伊會鬆口說好嗎？

好吧，我們安排了一個與主要情節相應的次要情節。還有另一個東西：一個在深入探究角色的背景故事時，總在尋找的東西，也就是一個「當下的衝突」。特別是那種在某個時間點會爆發的衝突。例如，我們假設克柔伊有一週的時間可以回覆茱莉亞音樂學院說她是否要去

就讀。很好。接下來好戲上場了。

現在我們再來看看蕾伊的亡夫湯姆。當她認識年輕演員卡爾時，她的這段舊情能夠反映出什麼，或是提供什麼資訊？嗯，我們可以想想看：既然卡爾比蕾伊年輕多了，何不把湯姆的年紀設定成比蕾伊大很多？這是個很棒的選擇。這意味著，蕾伊知道即使雙方年紀差距很大，還是可以談感情。不過她當然也知道，如果是女方比較年輕的話，就能減緩雙方年紀相仿時可能會遭遇的風險。

接下來，我們要看看是什麼造成「對立的力量」，也就是除了蕾伊的內心問題之外，還有什麼阻礙著她？先從社會規範開始談起——這種規範讓人在看到小伙子對老女人投懷送抱時，總會在竊笑之餘假設那小子要的一定是錢。或者更糟糕的是，她是個「如狼似虎」的熟女，我們立刻就會聯想到一臉濃妝豔抹、注射過膠原蛋白的豐唇、還有抽過脂的腹部，一副想把人吃下去的模樣。

故事的幾個元素都包含了這種不用明說的態度，其中包括蕾伊的內心世界。「別人會怎麼說？」她打從心底發出這個疑問。看看當年大家是怎樣對她媽媽說三道四的，而且她還只有畫作可以讓人批評而已。

這已經是一股足以造成對立的力量了嗎？還不是。它仍然太過含糊且抽象。當然，這個問題會反映在某些角色對待蕾伊與卡爾的方式上，但還是太過「概念化」。閉上雙眼，你還是看不見任何東西。**我們要安排出一個較為「具體」的阻礙，一件能浮現在我們腦海中的事情。**

我們一定要讓蕾伊陷入一個必須二擇一的現實處境中，最好是一

件如果她與卡爾在一起的話，就會受到影響的事——這下她的男友該出場了，也就是運氣不好的大好人威爾，他一直催蕾伊嫁給他。蕾伊也不知道為何自己還沒答應。威爾一定可以當個好繼父，不會四處閒晃，更不會想要掌控她。不過，他本來就認為有很多傳統的事是蕾伊的分內事。這有什麼問題？直到現在為止，她一直是個傳統的女性呀。

但威爾不明白的是，他逼得越緊，她就越加了解自己的人生還有其他的可能性，只要打開那一扇她從來不敢開啟的大門，那些可能性就都在她眼前。不過，她還是要面對同樣的問題：人不是都有追求安穩生活的傾向嗎？而且，威爾不是什麼壞蛋。所以蕾伊答應威爾，在週末前會給他一個答案。又有另一場好戲要上演了。

最後要講的是年輕演員卡爾。他有什麼故事？他的目標為何？他的內心問題呢？先說說他的背景故事吧：我們姑且說，卡爾從 15 歲開始就出名了。他是在聚光燈下長大的。兩天後，一部他主演的電影即將開拍，大家都說電影上映後，他會從大明星變成超級偶像。問題是，他已經開始覺得當有錢的名人好像不是大家說的那樣一回事，而且他覺得自己是個可憐的傢伙。他受夠了走到哪裡都會被認出來。他想要消失個幾天，讓他有機會想一想接下來要怎麼做。他的「目標」與「內心問題」都有了，這是第三齣好戲。

現在我們已經知道故事的三大主角。準備好要開始了嗎？嗯，請你再次閉上眼睛來測試一下。閉上後，你能看到什麼嗎？看不到。我們仍然待在幕後，一切都還不清楚。我們已經掌握了「誰？」與「為什麼？」這兩個問題的答案，但是在行動真正開始前，還要先解決另外兩個問題：「在哪裡？」與「什麼方式？」也就是：「接下來會發生什麼事？」這正是所謂的情節。

124   Wired for Story:
       The Writer's Guide to Using Brain Science to
       Hook Readers from the Very First Sentence

» 接下來會發生什麼事?

現在讓我們跳到另一個層次,想想看蕾伊與卡爾有可能在什麼偶遇下相識。如果說,他們倆都有一個自己覺得很珍貴的地方,會怎麼樣?如果剛好是同一個地方呢?好,這樣可以,但我們必須小心一點。不能只是因為巧合,他們倆就剛好珍視同一個地方,不能因為情節的需要就做這種安排。我們要找出一個「合理的解釋」,才能把他們倆湊在一起。這要求不過分。

如果說,過去在每年的夏天時,卡爾的家人都會來到南卡羅來納州外海一個崎嶇不平的小島,在那裡租一間小屋度假呢?如果那是在他成名前最後一個能好好「做自己」的地方呢?好,沒問題。

我們姑且說,自從蕾伊在大銀幕上第一次看到卡爾後就喜歡上他,當時他還只是個尚未成年的小帥哥,過了很久後才變得像現在一樣有名。這就是為什麼,當她在某處看到卡爾跟家人曾在那個小島上度假後,她純粹因為很有趣而決定去看看那間小屋是不是還可以租來過暑假。結果呢?真的可以。所以,在過去的幾個夏天,蕾伊、克柔伊與威爾也都在那裡度假。現在我們不只從蕾伊與卡爾的往事裡找出能把他們湊在一起的地方,連理由也一樣。

既然我們已經以合乎邏輯的方式回答了「在哪裡?」這個問題,讓卡爾與蕾伊的相遇具有可信度,接下來就輪到「什麼方式?」這個問題。我們不希望讓很多人目瞪口呆地看著他們,至少一開始不會。事實上,最好是讓他們倆能在獨處的狀況下相識。所以我們檢視一下到目前為止對他們倆的了解,看能不能找出答案。

如果,是在夏天接近尾聲的時候呢?蕾伊有一週的時間可以決定要不要嫁給威爾,還有是否要答應讓克柔伊去唸茱莉亞音樂學院。所以,在其他人都回家後,她決定獨自一人待在島上,想想看怎麼做

抉擇。她知道這樣有點危險。島上空無一人，而且九月又是颱風來襲的季節。但是，在走了一輩子的安全道路後，她決定要冒險一下。

我們剛剛是不是也幫卡爾安排了一個期限？再過不久他就該到拍片現場去報到，參與那一部賣座鉅片的演出。但是，跟蕾伊一樣，他也想重新思考自己的未來。他知道在那部電影裡現身後，他的人生就再也不一樣了，所以他需要時間想一想。他需要在一個人獨處的地方思考接下來怎麼辦。有什麼地方比那個能讓他最後一次快樂做自己的地方還棒呢？就是那個小島。畢竟，島上的人都走了。如果他想要闖進童年住過的小屋，會有多難？

請注意，我們的男女主角都面臨時間正在倒數計時的情境。這意味著，我們已經找到故事的起點。他們倆都站在「過去」的懸崖邊，眺望遠方，試著勾勒「未來」的樣貌。這個故事敘述的是他們如何從過去走到未來的歷程。

至今我們已經回答了「為什麼？」、「在哪裡？」、「什麼方式？」、「什麼時候？」與「誰？」這幾個問題。閉上雙眼，你就可以開始看見故事是怎麼開展的。這難道不是完全符合格式，而且井然有序，能讓我們獲得小學老師頒發一顆星星的大綱嗎？可能不是。但憑藉著它，你是否就可以開始寫故事了呢？很有可能。

如今我們的故事有「過去」的這個穩固基礎，而由於一些即將到來的事件，主角被迫必須去面對他們長久以來的恐懼，以及潛藏心中的慾望，並在時限之內解決問題。故事會有一種越來越強烈的急迫感，讀者也會有辦法預期故事接下來可能有什麼發展。

回到我們最開始的前提：如果一個快要 40 歲的熟女認識了一個年輕男演員，她偷偷暗戀他，後來兩人陷入熱戀的話，接下來會發生

126   Wired for Story:
The Writer's Guide to Using Brain Science to
Hook Readers from the Very First Sentence

什麼事？我們知道答案了嗎？不知道。不過我們已經了解到一件更
重要的事：原來這並不是故事的「重點」。故事真正的重點是，蕾伊
是否能克服恐懼，大膽把她的畫作拿給別人看，而且心裡非常清楚，
就算被批評她也不會有事。所以重點是：「你必須接受自己，並且承
擔後果，而你會因此獲得許多好處是無庸置疑的，其中一個好處就是
能尋獲真愛。至少有可能。」

　　我們已經做好靜觀「故事結局」的準備了嗎？是的。你應該看
得出來，就算是你先草擬大綱，還是不會妨礙應該任由故事自行去發
展的本色。你不需要精確地掌握結局為何，你只需要知道在這個過程
裡，故事主角會學到什麼教訓，也就是主角將會有甚麼領悟。如果你
的確擬了一個精確的大綱，把每個場景都規劃出來了呢？

　　如同在第 2 章討論的，**沒有什麼法則規定一定要照著大綱寫。寫
作這件事最刺激的地方就在於：有時候你會發現故事突然自己出現了
轉折，而你也知道，這個新的方向比原先規劃的還要合理。**當然，跟
人世間大多數事情一樣，好運通常會降臨在有所準備的人身上。

　　**就寫故事而言，最好的準備就是先清楚掌握「故事主角的世界
觀」**，更重要的是，你必須知道他的世界觀「在何時出了錯」，還有
「為什麼」。因此，對於故事主角眼裡的世界，還有他會如何詮釋與
回應發生在他身上的事，你也可以搞得一清二楚。唯有如此，你才能
建構出一個情節，**當故事開始後，讓主角不得不重新評估自己過去自
以為非常確定的事，這才是故事的真正重點，**也才能讓讀者為了知道
結局而熬夜，不忍釋卷。

第五章的經典情節製作術清單

當故事開始時，你知道它為何會開始嗎？

你的主角在時限內必須完成什麼事？是什麼迫使他必須採取行動，不管他願意或不願意？

你發現故事主角的恐懼與慾望之根源了嗎？你知道他的內心問題是什麼嗎？

你可以從主角的背景去追溯，找出是哪些具體事件分別引發了他的恐懼與慾望嗎？你知道在故事開始前發生了什麼事，才讓主角有了內心的問題，進而引發其慾望嗎？

你的故事角色們，是否能毫不掩飾地把他們內心深處最不為人知的祕密展現在你眼前？

不是我想要管東管西的，但是如果你讓故事角色有所保留，讀者一定看得出來。相信我。

你在撰寫故事角色的小傳時，寫得夠具體嗎？

當你閉上眼睛，你看得見發生了什麼事嗎？還是你寫的只是個概念而已？如果你看不見發生了什麼事，你就沒有判準可以判斷故事主角是否有所進步。還有，如果沒有「過去」，就沒有未來可言。

你知道故事會往哪個方向發展嗎？

我不是說你在寫第一個字的時候，就必須已經知道故事的結局了

128　Wired for Story:
The Writer's Guide to Using Brain Science to
Hook Readers from the Very First Sentence

（當然，如果你知道的話，也不是一件壞事），但是，除非你對
故事的發展已經有了些頭緒，不然你怎會知道自己是不是從第一
頁就已經播下了讓未來萌芽的種子？

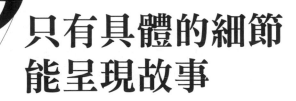

06
只有具體的細節
能呈現故事

神經科學這樣說：
我們不會進行抽象思考；
我們思考時會浮現具體的意象。

讀者的腦袋需要的是：
任何概念的、抽象的或者普遍的東西，
都必須化為可以感知的，
如此才能出現在主角的奮鬥過程裡。

130 Wired for Story:
The Writer's Guide to Using Brain Science to
Hook Readers from the Very First Sentence

> 「對於所有想要趕快動手寫東西、不願受到任何惱人阻礙的年輕作家，我的建議是：出現在你筆下的，不應該是人的概念，而是活生生的人。」
>
> ——美國知名散文家 E.B. 懷特（E.B. White）

等一下，我知道你想說什麼。的確有人專門思考抽象的東西啊。科學家、數學家，像是愛因斯坦這類聰明又認真的人。但他可不是在看了珍・奧斯汀的小說後才想出 $E = MC^2$ 的公式，而是他想起小時候曾想像自己可以騎上一道光束，就能遨遊於時空中。那相對論呢？他只是想像這樣的畫面：如果他往一個電梯井裡面跳下去，然後試著從口袋裡拿出一枚硬幣往下丟，結果會怎樣——不過我想前提是他不能一跳下去後就暈過去或開始嘔吐。愛因斯坦這樣解釋自己的思考過程：「我自己對數學運算並非特別在行，而是我能用意象去想像各種效應、可能性與後果。」

我覺得這聽起來就像構思故事的方式。而且他這句話的關鍵就在於「用意象去想像」。如果我們看不見，就沒有感覺。如同史迪芬・平克說的：「意象不但能驅動情緒，也能驅動理解力。」他認為意象是「極其具體的」。

抽象的概念、通則與概念式的想法難以讓我們有所共鳴。因為我們看不見它們，或者說體驗不到它們，我們必須聚精會神，非常用心地去思考它們——即便如此，這也不是我們大腦喜愛的一件事。我們總是覺得抽象概念很無聊。麥可・葛詹尼加是這麼說的：「儘管你可能全神貫注，但也許還不足以刺激你的意識層次開始發揮作用。你

正在閱讀一篇有關弦理論的文章，你的眼睛很專注，你邊看邊唸，但這一切都沒有傳達到大腦的意識層次裡，也許永遠也傳不進去。」

故事可以把那些令大腦麻木的通則化為具體事物，讓我們能親身體驗。切記，在面對生活中的一切事物時，我們天生就會去評估「這安不安全？」的問題，並且立刻得出答案。因此，故事最重要的功能就是把通則給具體化，讓我們了解其真正意義，以免我們在暗巷中遇到狀況時會不知所措。

而唯一能讓我們了解的方式，就是讓我們「看見」它。如同安東尼奧・達馬西歐說的：「構成大腦意識層次的素材只有一個，就是意象。」神經科學家拉瑪錢德朗（V. S. Ramachandran）也同意此種看法：「人類對於視覺化的意象很在行。人腦之所以會演化出這種能力，是為了創造出內在的心像或關於這世界的模式，讓我們可以預視即將發生的事件，因而不必在真實世界中因捲入那些事去冒險或受懲。」簡單來講，就像我最喜歡說的一句話：「只有具體的細節能呈現故事。」

常常還是有作家以概括的方式來寫故事，好像他們認為光靠概念就能吸引讀者，或者更糟的是，他們誤以為讀者應該靠自己去想像那些具體的細節。因此，我將在這一章節裡明辨具體與概括的區別；還有，為什麼故事常常欠缺具體的元素；作家常常在哪些地方犯下這種錯誤；為什麼把太多細節寫進故事裡和提供太少細節一樣糟糕。最後，常有人說感官的細節自然而然會讓一個故事變得活靈活現，但我想破解這個迷思。

抽象 vs. 具體

2006 年 10 月，全世界將近有 6 千人死於颶風所帶來的洪水中。

趕快告訴我，當你看到這個句子時，你有什麼感覺？我猜這個問題讓你覺得有點困惑。現在，想像一下有一片大水直接沖向一個小男孩，他絕望地緊抓住快要發狂的母親。她試著安撫小男孩，跟他說：「別擔心，寶貝，我在這裡，我不會放開你的。」在大水沖到他們身上前的片刻平靜裡，她感覺到他放鬆了下來，不久他便從她懷裡被沖走了。他的哭喊聲夾雜著各種可怕的聲音，樹木被連根拔起，房屋化為碎裂的木屑，這些變成她下半輩子始終縈繞於心頭的聲音。還有他被沖走時的驚詫表情。好像在對她說：「我相信妳，但妳卻放開了手。」

現在，你有什麼感覺呢？這次你的答案就很清楚了。聽見 6 千個沒名沒姓的人死於一場又一場的大洪水，感覺遠遠比不上看著大水沖走小男孩那樣讓你心痛，不是嗎？我不是說你不會為那些洪水的受害者與遺族感到悲痛。我是說，很有可能當你讀到開頭的那一句話時，你不會有太多感覺。

別擔心。這不是要檢測內心有什麼變態傾向的心理測驗，而是要說明人腦如何處理訊息而已。儘管違背了我們的直覺，但事實上，**即使是最為可怕的重大事件，如果只是用抽象的方式呈現出來，對我們的情緒也不會造成直接的衝擊，讓我們很容易就忽略它，不把它當成一回事**。我們必須停頓下來，開始按照故事的方式去思考，也就是把它具體化，才能對我們的情緒產生衝擊。為什麼會如此？如同達馬西歐說的：「人腦是很聰明但卻極度懶惰的東西。它只要能夠少做一點事，就絕對不會多做，它就像信仰宗教似的遵奉極簡主義哲學。」

　　能讓大腦更感興趣的，可能是某件重要的事，例如今天晚上你老婆為什麼又晚歸了，它可能不會費力去想像——等等，想像什麼？幾年前一場發生在某處的可怕洪水？而且，反正你已經阻止不了那場洪水了，不是嗎？還有，去想像那一場洪水只會讓心情更糟，更何況那個笨蛋老婆已經讓你受夠了，不是嗎？當初你媽不是警告你別娶她，但你有聽進去嗎…啊，你不知道我在說那一場洪水？你一直都沒有在聽我講話嗎？

　　重點在於，如果我請你去思考某件事，你可以決定不照做。但如果我要你去感覺呢？你就會注意我了。「感覺」不是一種反應，感覺讓我們知道什麼是重要的，而我們的思維別無選擇，只能照做。不會影響我們的「事實」，對我們來說就不重要，因為它們要不是「不會直接影響我們」，就是「我們無法想像它們會用什麼方式影響別人」。這足以解釋為何與我們有關的故事會對我們產生深遠的衝擊，而與我們沒有切身相關的抽象概念卻永遠不會有那種效果——儘管這個抽象概念包含的範圍不知道大了幾千倍。

　　事實上，**如果想要表達抽象概念的重點，唯有靠與人有關的具體事實才能傳達出來。**否則，就像郝思嘉說的，我們大可以明天再去想它——既然它不能引起我們在情感上的共鳴，要我們動腦筋去想它，不要說明天了，我們可能永遠都辦不到。

　　我們總是先感覺，才會思考。這就是故事的魔力。如果你有一個「概括」的情境、概念、或前提想要表達出來，總是要先利用故事把它化為與人有關的「具體事實」。以《蘇菲的抉擇》（*Sophie's Choice*）為例，它就是把大屠殺這種可怕且醜陋的大事化為故事，以主角面臨的困境來說明這種事件有何影響。

　　這個故事想要傳達的訊息是，人性有時是如此殘忍、難以理解，

134　　Wired for Story:
The Writer's Guide to Using Brain Science to
Hook Readers from the Very First Sentence

此一事實的影響範圍如此廣大，令人感到極為沉重、棘手且難以忍受，但此一訊息唯有透過電影裡那位有兩個孩子的母親，當她必須決定要犧牲掉哪一個小孩時，才能傳達出來。因為我們融入了蘇菲這個角色，我們才能感覺到電影裡述說的一切是如此難以言喻：包括猶太人遭受的大屠殺、令人說不出口的慘狀、還有她最後的選擇。故事不只是說出了那件事的影響，還讓我們身歷其境。

該怎麼把故事具體化？

如果想要了解什麼是足以破壞故事的概括元素，我們必須先看看一個故事如果用概括方式表現出來的話，會是什麼樣子。答案很簡單：它會變成一句句一般性的陳述，讓人完全看不懂。所謂的一般性陳述，是指普遍的概念、情緒、反應、或事件，它們完全不涉及任何具體事實。

例如，當你說「崔佛度過了一段快樂時光」，但卻沒有說崔佛到底做了哪些事，或者什麼是他認定的「快樂時光」，這就可以說是一般性的陳述。你說，「過去戈楚德總是想要開創屬於自己的一番事業」，但卻沒有說是什麼事業，為什麼她對那個事業感到有興趣，還有為什麼她一直沒有辦到，這就是一般性的陳述。

一般性的概念是個很厲害的惡魔。它們跑到你的故事面前，把百葉窗關起來，讓你的讀者看不見裡面的狀況。如果你想知道當一般性陳述偷偷跑進故事裡，並且掌控一切時有多麼令人抓狂，以下就是個具體的例子：

傑克：凱特，我們在一起工作已經好久了。

凱特：像是有一百萬年了吧。

傑克：我後來開始認為，喔，我該怎麼說呢？ 妳的工

作讓我覺得有一點 je ne sais quoi（法文的「我不知道」，
但用在英文裡的引申義是指：好得令人難以言喻）。

　　凱特：那我想我該謝謝你，傑克。

　　傑克：不幸的是，妳在執行這個計畫時的工作表現卻不
及格。

　　凱特：但是我已經全力以赴了。

　　傑克：我不是質疑妳的努力程度。我質疑的是妳做事時
的方法以及工作進度。難道妳忘了這是本事務所最大的案
子？我們能不能撑下去，就指望它了。我會再給妳幾天時
間，但如果妳的表現還是沒有進步，我就必須把妳調回舊的
工作。

　　凱特：在去年四月發生過那件事之後，我真不敢相信你
居然還會考慮要這麼做。

　　傑克：這就是我的重點！現在，趁我改變決定之前趕
快回去工作吧！

　　顯然，作者想要表達的是，這兩個角色正處於一個激烈衝突的轉
折點上。我們不難想像，當作者的指頭在鍵盤上飛舞時，他想讓凱特
發出一種越來越焦慮的聲音，而傑克的挫折感也慢慢增強。我們的確
感受到他們的焦慮與挫折了，但是卻一點都搞不清楚凱特與傑克兩人
到底在講什麼事。

練習寫出具體的故事：瓦力與珍的糾葛

　　下面也是一個含含糊糊的句子，透過我的分析，你可以看得出何
謂「含糊」：

136   Wired for Story:
The Writer's Guide to Using Brain Science to
Hook Readers from the Very First Sentence

　　珍非常清楚，大家都知道瓦力總是會做些很可怕的事，
所以當他在大夥面前評論她的外觀時，她忍著沒打他。

　　表面上看來，這像是個非常合理的句子，只要下一個句子能回答出它遺留下來的問題的話。不幸的是，接下來的句子通常也是同樣充滿含糊概括性的句子。好好記住這一點，我們來仔細看看這個句子到底遺漏了什麼。

　　我們不只不知道瓦力曾經做過哪些可怕的事，也不知道哪些事會被珍視為可怕的。例如，也許瓦力會抓流浪貓來點火。這就真的很可怕。而這可以說明瓦力的部分特質。或者瓦力總是跟一些誤入歧途的可憐孩子們混在一起，這在珍和她那些神氣活現的同伴眼裡，當然是可怕且不可原諒的。這不但能說明瓦力的部分特質，同時也能讓我們認識珍。

　　還有，假設這件事就發生在「大夥」面前，他們的反應是什麼？呃，我想這取決於他們到底是哪些人。是鋼鐵廠的工人？高中學生？地鐵站裡的陌生人？而且，就算我們清清楚楚地知道他們是誰，我們甚至也猜不出他們對瓦力說出的批評會有什麼反應，因為我們不知道瓦力到底怎樣評論珍。

　　在我們知道瓦力說了些什麼之前，可以先看看「評論」這兩個字。瓦力評論了珍的長相。這裡的評論是指說壞話嗎？或者他只是講了一些想要引人注意的話？我們不知道。我們只知道珍對這件事的反應很大。他是不是問她有沒有變胖？還是他說，如果她不希望他死盯著她的胸部，她就不應該穿一件貼身的低胸 T 恤，胸口還有一排用水鑽拼成的字：「美味多汁」。

　　或者，珍想要揍瓦力只是因為他憑什麼跟她說話？她可是個高

年級的舞會皇后，而他只是穿著不入流的黑手技工。我們不知道真實的情況為何，所以即便我們想要根據自己所接受過的教育來猜測，我們也沒辦法知道自己猜得對不對。所以不管我們想到的什麼，感覺起來都像是瞎子摸象的結果，只能有還算滿意的答案。

「打」（smack）這個字同樣令人感到困惑。珍是不是忍住沒有用力給瓦力一巴掌？或者只是像開玩笑地在他的屁股上輕輕拍一下？或者「smack」這個字其實是親吻的俚語——因為他對她的外觀進行的評論是：「寶貝，妳好漂亮。」而這一句話在她耳裡宛如天籟，因為自從她聽說瓦力會放火燒貓的那一刻開始，她就喜歡上他了，只因那也是她不可告人的嗜好。借用《玩具總動員》裡巴斯光年的話來說，其中的各種可能性「無窮無盡，可以排到外太空去」。因此讀者可能會想出正確答案的機會幾近於零：

> 珍早就知道瓦力總是喜歡在上台介紹自己的嗜好時吃蟲子，如此一來他才能讓同學們個個都嘔吐。所以，當他在整班幼稚園同學面前說她是個膽小鬼時，她決定忍住不朝他的肚子打一拳，以免讓他稱心如意。

概括式敘述的最大問題在於，語意往往模稜兩可，沒有根據。因為它無法說明當下到底發生了什麼具體的事件，我們無法預期有什麼具體的事件可能即將發生。就算大腦會因為多巴胺的分泌而讓我們產生想要繼續往下讀的好奇情緒，也無濟於事。

而且重點是：**概括式的敘述中不會有「具體的結果」，所以故事不會有繼續往下發展的可能。**如果故事裡出現越多含糊的事情，讓讀者感到越來越困惑，直到他們發現就算繼續讀下去也不會獲得答案時，他們就會把故事擺一旁，到冰箱拿點心來吃。

作者為何要把故事寫得含含糊糊？

很少作者會意識到故事被自己寫得含含糊糊。不過，從下面列出的清單可以看出來，有時候他們是故意的。他們之所以會用概括性的方式寫故事，是基於三個主要的理由：

1、**作者對故事的了解極為清楚，以至於他不明白：儘管某個概念對他自己來說很清晰，但在讀者心中卻是模糊不清**。所以當他寫道：「蕾妮看著身穿緊身牛仔褲，留著一頭亂髮，腳上那一雙康威士高筒運動鞋已經破破爛爛的奧斯古，露出會意的微笑。」他絕對不知道這句話為什麼會讓讀者感到疑惑。

所謂的「會意」是什麼意思？那微笑背後有什麼含意？難道是指她知道奧斯古其實是個假掰的傢伙，並非是他自己想假扮的那種誠實型男生？還是指他是她的白馬王子，而今晚她就要跟他告白了？或者是她懷了艾索爾的小孩，但是奧斯古永遠也不會知道這件事？作者沒有想到要把這件事講清楚，因為他自己非常清楚「露出會意的微笑」是什麼意思，所以他就以為讀者也懂。

2、**作者並不了解自己的故事**，所以蕾妮之所以會抬頭對奧斯古露出會意的咧嘴微笑，只是基於情節的需要。如果追問作者，他只會疑惑地看著你說：「等一等，你是說，她還需要一個理由才能露出會意的微笑嗎？」

3、**作者非常了解自己的故事**，他也很清楚自己沒有把會意微笑背後的含意告訴讀者，因為他唯恐說出來之後，就「透露太多了」。我將在第 7 章裡深入探討這種因為誤解而導致的憂慮，到時候會

討論的是「透露」的問題。所以，呃，我也不想在這裡「透露太多了」。

不管是因為作者自己太了解或不了解故事，抑或是故意的，含糊絕對不是個好主意。所以，為了幫助你了解故事裡哪些地方可能會出現含糊的問題，接下來我要聚焦指出的，就是那些常會出錯的地方。

故事不夠具體的六大關鍵點

1、欠缺某個角色做某件事的「具體理由」。跟大多事情一樣，故事一開始可能很有看頭：「荷莉躲入巷子裡，很高興她又避開了山姆，而這不知道已經是第幾次了。」聽起來很棒，對吧？問題是，除非我們看故事看到這裡時就已經知道荷莉為何一直要躲避山姆，否則這段敘述還是失之於單調。

理由有可能是山姆從 1967 年就開始跟蹤她，或者是她一直暗戀他，因此不希望讓他看見自己頭髮亂七八糟的樣子，抑或是她欠他錢。誰知道呢？這些「有可能的具體理由」都可能暗示著不同的情節，每一個都能幫助我們了解當下發生的事情有何意義，讓我們能預期接下來會發生什麼事。沒有具體的理由，我們就沒有頭緒。

2、寫出了暗喻，但卻欠缺這個暗喻所要闡明的「具體事物」。我們會藉由故事與意象來思考，這是我們已經知道的，現在我要再告訴你一個有趣的事實，如同認知語言學家喬治·雷可夫（George Lakoff）指出的：儘管我們也許不知道，**但我們會用暗喻來思考。暗喻是我們的心智「用來表達抽象概念的具體方式」。**

140 Wired for Story:
The Writer's Guide to Using Brain Science to
Hook Readers from the Very First Sentence

信不信由你，光是在 1 分鐘以內，我們就能隨口說出六個暗喻。像是，價格「一飛衝天」；我的心裡「一沉」；時間「耗盡了」。因為暗喻無所不在，以至於我們很少注意到它們。不過，文學的暗喻又是另一回事——它的功能是要為人們提供新的洞見。**使用文學暗喻時不用遮遮掩掩的，因為你本來就應該要讓人知道你用了暗喻**。在此引述亞里斯多德對暗喻的完美定義：暗喻就是「藉屬於另一事物的名稱來指稱某一事物」。

問題是，**有時候作家實在太著迷於創造詞藻華麗又極具闡述功效的暗喻，以至於忘記告訴讀者，他到底是用暗喻來比擬什麼東西**。以下就是個例子：

　　山姆內心深處好像有東西要被撕裂了；他感覺到它從接縫處裂了開來。他的腦海浮現一個圖像，覺得它好像是一顆笨拙青少年的壘球，因為常常使用，以致上面的縫線變得髒髒灰灰的。不過，縫線一旦裂開後，它又會變成別的東西，因為外皮已經剝落，露出一個醜陋而奇怪的東西，你絕對不會相信，一個曾經如此光亮而充滿希望的壘球，裡面居然會是那個樣子。

這一段文字極具闡述功效，不過我們壓根不知道所謂「醜陋而奇怪的東西」到底代表故事裡的什麼，也不知道作者到底想要傳達什麼訊息，我們只知道山姆心裡有一個模糊且不知道是什麼的東西快要跟一顆壘球一樣裂開了。所以這段文字欠缺吸引力。**只有當我們知道暗喻想要闡述的是什麼「具體」的東西時，它才能引起我們的共鳴**。否則，儘管它聽起來像是要跟我們說明一件很重要的事，我們還是只會心想：「我知道這個東西的寓意深遠，但

我不知道它是什麼。」

即使只要片刻的時間，我們也不該費時來解讀某個隱喻，因為它必須讓我們能「一眼看穿」、立刻掌握其意義。還有，不管暗喻有多麼詩情畫意，它都必須能夠為我們提供新訊息以及鮮活的洞見，而不只是覆述我們已經知道的東西。

3、**欠缺某個情境能在主角腦海裡喚起「具體回憶」。**以下是另一個寫得非常好的故事開頭：

> 從山姆把一顆又臭又舊的壘球丟在荷莉身上的那一刻開始，他就知道自己錯了。1967 年的時候，他曾在偉納東加湖夏令營的「笨蛋隊」隊上，經歷了難忘的第十一局球賽，如果當年他有學到教訓就好了——可悲的是，他沒有。

看完後我們開始心想：「等一等，什麼教訓？為什麼令他難忘？」因為我們不知道具體的細節，也就是 1967 年的時候實際上發生了什麼事，我們根本不知道山姆應該從中學到什麼教訓，還有為何那一個教訓也適用於「現在」這件事上面，或這跟山姆與荷莉現在的互動有何關係。因為讀者沒有一個參照點，最多只能猜猜看。令讀者感到更生氣的是，就算要猜，他們也沒辦法知道自己是不是猜對了。更糟的是，既然讀者猜到的機會就像中樂透一樣低，他們就會開始想像一個跟原有故事大不相同的故事。

4、**欠缺某個角色對某個重大事件的「具體反應」。**我們繼續借用荷莉與山姆的故事說明一下：

> 山姆感到很害怕，假使荷莉看到他又跟在後面，口袋裡還裝著那顆壘球，她不只會把兩人那天晚上已經約好的義大

142   Wired for Story:
       The Writer's Guide to Using Brain Science to
       Hook Readers from the Very First Sentence

利麵晚餐約會取消掉,而且她終究會把那一道禁制令拿出來用。他實在太擔心了,以致沒有注意到她停下來綁鞋帶,結果撞到了她。現在她已經知道他一直跟在身後了,這是無法避免的。

　　隔天,山姆去上班時,希望他老闆的心情很好,因為山姆想要問他有關升遷的問題。

這下看完後我們又開始心想:「嘿!等一等,山姆不是在擔心如果荷莉發現他在跟蹤她時,會有什麼後果嗎?他得出了什麼結論?結果怎樣?後續會有什麼影響?他有什麼感覺?至少透露一點訊息吧!什麼都可以!」更糟的是,因為我們知道山姆非常擔心,所以如果他沒有任何反應的話,我們就會開始懷疑他到底是不是血肉之軀。搞不好他是個異形喔!

我知道這個例子看來有點極端,但令人驚詫的是,這是常見的狀況。為什麼?我猜,因為作者顯然已經說出荷莉對山姆來講有多重要了,他以為我們一定知道山姆會有什麼感覺,所以他為什麼還要浪費時間告訴我們?但是,儘管我們的確可以想像在一般狀況下山姆會有什麼反應,不過請跟著我覆述這個重點:**只有具體的細節能呈現故事。**

當故事角色針對某一個事件做出回應時,都必須有一個令讀者可以立刻了解的理由。當然,他們也可能會有一個更為深入的理由,是讀者要到稍後才能全然理解的。事實上,那個「真正的理由」也許是與現在這個表面上看來的理由相反的。

但是,如果你希望讀者能繼續往下看,你絕對不能讓你的角色「沒有任何回應」。特別是,當你已經讓讀者相信某個角色會受

到某件事的深遠影響時，主角就不應該連眼睛都沒眨一下。基於
這個理由，我該重申一遍：**故事的重點並不在於故事裡發生了什
麼事，而是在於角色們有何回應。**

5、**當主角努力試著了解當下的狀況時，沒有把他所想到的各種「具
體可能性」列出來。**在此我們繼續來看看剛才用的那個故事：

荷莉這才發現，多年來山姆一直都在跟蹤她。他到底為
什麼要這麼做，而且那顆壘球又是怎麼一回事？ 她覺得很
納悶，用力想著解答，但是想不出任何可以解釋一切的理
由。

這次我們則是會開始心想：「等一等，你能不能至少跟我說出幾
個可能性？ 荷莉用力想著解答時，她的腦海裡出現了什麼？」
**在主角真正做出回應前，他腦海裡出現的東西其實是一段可以反
映出很多資訊的心路歷程**，這一點從下面的引文就可以看得出
來，且看我們的絕佳範例——伊蓮諾・布朗（Eleanor Brown）所
寫的《莎士比亞三姐妹》（*The Weird Sisters*）：

她記得過去曾有個男友隨口問她一年內讀了幾本書。她
說：「幾百本吧。」

他瞠目結舌地問說：「妳哪來的時間啊？」

她瞇著眼睛，腦海裡浮現一個個可能的答案。因為我不
會用幾個小時的時間坐在電視前面，一邊轉台，一邊抱怨有
線電視台怎麼都沒有節目可以看？ 因為我不會每逢週日就
必須看著球賽轉播，還有賽前與賽後報導，花掉整天的時
間？ 因為我不會每天晚上跟其他公子哥兒一起去喝那種貴
死人的啤酒，同時還要一直比來比去，看誰比較屌？ 因為

144　Wired for Story:
The Writer's Guide to Using Brain Science to
Hook Readers from the Very First Sentence

當我在體育館、火車站與吃午餐的餐廳排隊時，我不會只顧
著抱怨要等那麼久，不會發呆，也不會找地方對著倒影讚嘆
自己有多美？我都在讀書！

　　她只是聳聳肩說：「我也不知道。」
這還需要我多做說明嗎？

6、**某個角色改變主意，但卻欠缺「具體的充分理由」。** 此時，我們
再回頭看剛剛通用的那個故事：

　　荷莉一發現山姆在跟蹤她，她就發誓，如果要從這世界
上挑一件她絕對不會做的事，那就是跟他一起吃義大利麵
了。但是，後來他發簡訊跟她說，水滾了，她有八分鐘的時
間可以到他家，不然麵就要糊了，荷莉經過了一番激烈的內
心掙扎，還是這樣回覆他的簡訊：「好，我喜歡有嚼勁的麵，
五分鐘之內就到。」

現在你總該知道這裡出現了什麼重要的問題吧？「為什麼」荷莉
會改變心意？你不能說，「她就是改變了心意」。讀者想知道
她內心經歷了什麼激烈的掙扎，還有到底是什麼東西在最後改變
了她的決定。

故事裡具體的細節，寫少一點通常比多一點好

　　我不希望你太過投入，讓故事裡充滿了各種具體的細節，好像把
它們當作吃到飽的大餐似地一股腦塞給讀者。在這裡你應該把《風吹
來的瑪莉・包萍》（*Mary Poppins*）的主角瑪莉・包萍那睿智建議給
聽進去：知足是福。如果你寫了太多的具體細節，可能會把讀者給撐

死。

　　我們的大腦一次只能同時接受 7 個以事實為根據的訊息。如果你在提供具體細節時給得又快又多，我們的大腦就會開始封閉起來。例如，你可以把下列這一段文字一口氣記起來嗎？

　　　　珍瞥望著那個黃色房間，很快地映入其眼簾的，包括那一張四柱大床，床上那一條藍綠相間的渦紋花呢被，一張手工搖椅，搭配著那張搖椅的橡木茶几，上面堆了很多書，滿是灰塵，還有一盞大型銅質檯燈，上面裝有幾個閃爍著光芒的火焰造型燈泡，它們像是預示著什麼似的抖動著，一旁有十六個沒有封起來的破爛棕色箱子，最靠門邊那一個裡面裝滿了六〇年代的舊衣服──皮革迷你裙、回教徒穿的露背背心、皺皺的白色及膝長筒漆皮皮靴、黃色的瑪莉・珍皮鞋、喇叭牛仔褲，還有一頂軟趴趴的絨面皮革牛仔帽，而其他十五個箱子裡裝的，則是瑪蒂妲在她漫長人生裡蒐集到的所有東西，而如果有什麼字眼最適合用來形容她的行徑，當然就是「收藏癖」了，所以説…

　　快告訴我，那房間是什麼顏色的？如果你還在想，什麼房間啊？我也不會怪你。我猜啊，你還找不到房間這個詞出現在整段文字的哪個地方。儘管作者自己也許知道為何每一個細節都很重要，但讀者卻沒有頭緒。而且讀者們甚至不能停下來想想看，因為細節源源不絕地出現。所以，等到他們看完整個段落時，不但已經忘了有哪些細節，也忘了故事本身。

　　姑且把每一個細節都當做是一顆蛋。作者不斷把蛋丟給我們，一個接著一個，似乎不知道蛋越來越多，而我們也拿得越來越不穩。所以到了段落的中間時，就是那一盞燈出現的地方，我們手上的蛋已經

146　　Wired for Story:
The Writer's Guide to Using Brain Science to
Hook Readers from the Very First Sentence

超量了。問題是，並不會只有某一顆蛋從我們的手上掉下去，而是所有的蛋都落地砸爛了。

作者給的細節越多，讀者能記住的就越少，這再度證明了，寫故事跟真實人生一樣，「少即是多」。就像大師級爵士樂男歌手東尼・班奈特（Tony Bennett）的例子：當有人問他說，有什麼是現年 80 幾歲的他在寫歌時可以辦到，但是當年卻不行的？他毫不猶豫就回答：「現在我知道有些東西還是不要寫出來比較好。」為什麼要等到你80 幾歲時才領悟這個道理？

但是，一般人都相信，有一種細節是越多越好，就是與感官有關係的細節。許多人都建議作家應該讓故事充滿各式各樣的感官細節，讓故事變得陽光普照，聽得見咔滋聲響，彷彿摸得到、聞得到各種東西，越多的話就越能吸引讀者。

真是如此嗎？

迷思：感官細節讓故事顯得栩栩如生。
事實：除非感官細節能傳達必要的資訊，否則它們將會妨礙故事進展。

細節與任何具體的東西跟其他故事元素一樣，都需要一個「合理的解釋」才能存在於故事裡。對感官細節而言特別是如此。我還記得自己曾讀過一本故事草稿，從第一頁開始，作者就流暢地描述主角在某天清晨開車通過一條靜謐小路的情形：「她的手背感到太陽的暖意，剛剛早餐吃的昂貴草莓讓她口齒留香，還有手掌因為握住方向盤而感到一陣涼意，她高興得身體微微震顫…」不過我大概只記住這些，因為唯一我能想到的，就是自己小睡了一會，而且睡得極其香甜。

不是因為太陽把主角的皮膚照得暖呼呼的，你就必須讓讀者知道。我們也不需要知道主角已經刷過牙，用過牙線，漱口漱了六次，但嘴裡還是留有草莓的餘韻。說到這裡，我想你已經知道你也不用把方向盤的冰涼觸感寫出來了。我們必須知道這些東西的「前提」是：它們能夠提供必要的資訊。

例如，假設這位主角，我們姑且稱之為露西，她喝了一口冰涼醇甜、風味絕佳的香草口味麥芽酒，宛如醍醐灌頂，但誰在意這些啊？除非，喝到最後一口的時候露西昏倒了，因為她有血糖過低的毛病——對了，就是說那件事產生了一個「後果」。如果喝酒這件事能幫助我們進一步了解露西，那就更好了；所以也許作者安排她啜飲麥芽酒，是因為想要把她描述為一個不顧長期健康狀況，只想要及時行樂的享樂主義者。

又或者，一樣令人印象深刻的是，露西喜歡香草的這件事，事實上有弦外之音：儘管辦公室裡的女性行政人員都非常喜愛巧克力，但露西卻獨鍾香草，暗指她並非一般女流之輩，而且認為，那些假設女人喜歡吃巧克力的傢伙，都是討人厭的沙文主義者。讀者也許會心想：「該死的，我敢打賭，露西的衣櫃裡沒有一堆在衝動之餘買來的鞋子，而且她有空時也不會浪費時間去做臉，或者關心最新的名人八卦。」

如同奇普・希思與丹・希思在《創意黏力學》（*Made to Stick*）一書中指出的：**儘管栩栩如生的細節可以增加一本書的可信度，但是它們必須是有意義的，也就是說，它們必須能夠傳達並支持故事的核心概念**。記得先前我曾說過，每一秒大腦可以透過各種感官接收到 1,100 萬個訊息嗎？它們都是感官細節。不過，大腦知道，我們必須摒除其中至少 10,999,960 個訊息。被我們吸收的細節，都是大腦覺得可能會對我們有所影響的。這道理在寫故事時也成立。你的工作是必須把

148   Wired for Story:
The Writer's Guide to Using Brain Science to
Hook Readers from the Very First Sentence

那些不重要的細節過濾掉，如此一來就可以把較大的篇幅留給重要的細節。

通常來講，故事裡出現某個感官細節，必須是基於下列三大理由：

1、它是故事情節中某個因果連鎖的一個環節；例如，露西喝下奶昔後就昏倒了。

2、它能讓我們更了解某個角色；例如，露西是個不知悔改的享樂主義者，她即將惹禍上身。

3、它是個暗喻；例如，露西對於口味的選擇反映出她的世界觀。

此外，**必須讓讀者能意識到每一個感官細節的合理解釋**。就情節的角度來講，這可說是無庸置疑之事：就在品嚐麥芽酒的時候，露西失去意識，跌倒在地板上。這種因果連結是任何人都看得出來的。至於說，如果你想用這件事向讀者傳達她是個享樂主義者的訊息，首先你必須讓讀者知道她有低血糖的毛病，而且非常清楚那看來無害的麥芽酒，其實對她來講有潛在危險。這是作家們在寫故事初稿時常常會忽略掉的一種安排，但是到修改故事時，是可以很容易把它加進去的。

上述第三個理由，也就是把感官細節當作暗喻，是最難操作的一種。因為你沒有任何具體的東西可以促使它奏效，意思是，你不能透過任何身體的行動或對於具體事實的了解來讓它發揮效用。它是否能奏效，完全取決於讀者掌握弦外之音的能力。而讀者是否能掌握，則是取決於作者是否能把整個基礎建立起來，讓讀者可以透過直觀來了解，露西對麥芽酒口味的選擇反映出一個事實：她是個不願隨波逐流的人。

因此，你必須先讓讀者知道，其他的女性行政人員把喜歡巧克力

當成身分認同的一部分，而露西認為這是種令人鬱悶難受的盲從文化：「露西環顧小餐館裡面的女人，她們慢慢地啜飲著巧克力麥芽酒，好像這是一種彼此認同的默契，一種進入某個俱樂部的入場券，不過她並不想跟著一起進去。」於是，啜飲香草口味的麥芽酒，就變成了一種非常勇敢的行徑，這反映出露西的性格：她是個帶有堅強信念的勇敢女性。在透過感官細節提供這個訊息之後，讀者對於露西所做的一切，還有她身處的各種情境，都會因此有不同的理解。

地點、天氣、場景

　　細節的存在必須要有合理的解釋。如果有作家想要主張這個規則其實有例外，他們通常會拿「場景」來當例子。意思是，他會說：「我們至少要讓讀者知道故事發生在哪裡吧？」包括臥室的擺設方式、地板下凹的門廊、院子裡的垂柳，還有高聳的山脈，而又有誰不愛夕陽呢？埃爾莫‧倫納德曾經說過這麼一句精要的話：「試著不要把讀者會忽略的部分寫進故事裡。」

　　有些東西即使不會完全被讀者忽視，至少有一大部分不會受到注意，例如場景、背景以及天氣。為什麼？因為故事寫的是人，還有發生在他們身上的事，以及其反應。儘管故事背景是故事中種種事件的發生地，所以它們當然很重要，但如果你只是描繪場景、發生故事的城鎮，還有天氣，不管寫得有多好，或那些細節本身多有趣，都會阻礙故事的發展。

　　我不是叫你不要在故事裡面提到「這是一棟哥德式建築」、「這是個月黑風高的夜晚」、或「這個城鎮是在 1793 年創立的」。我的意思是，當你提到這些東西時，心裡應該謹記在百老匯流傳多年、由

150   Wired for Story:
The Writer's Guide to Using Brain Science to
Hook Readers from the Very First Sentence

美國劇作家喬治‧考夫曼（George S. Kaufman）留下的格言：「**就算你把場景描繪得再好，觀眾離場時哼的還是歌曲，而非場景。**」如果你想要在故事裡描述雲朵有多麼不祥，城市是多麼充滿生氣，或者白色尖木圍籬有多雅致，你都必須要先有個合理的解釋。

如同史迪芬‧平克說的：「**情緒取決於環境。**想想看，巴士站的候車室與湖邊小屋會讓你有多大的情緒差異。」所以，**如果你大費周章地描繪故事場景，不管是一個房間、一個環境、一頓美食，或主角身上的衣服，你最好是想要透過它們來表達別的訊息。**當你描述某個房間時，你應該是想要透過它來表達房間主人的特性，或者暗示失蹤鑽石的下落，抑或是用它來說明故事發生地點的時代精神——當然，若能包含以上三者就更好了。

我們以無人能及的大師級小說家馬奎斯（Gabriel Garcia Marquez）為例，引用他的作品《愛在瘟疫蔓延時》（*Love in the Time of Cholera*）來說明。下面引文可說是絕佳範例，它說明了作者利用某個房間的描述來傳達角色的特性。在這個段落裡，胡維納爾‧烏爾比諾醫生研究了一下剛剛自殺的好友兼棋友，也就是攝影師傑勒米雅‧德薩因特‧阿莫烏爾的房間。

房間裡，有一具架在輪子上的大型攝影機，就像人們在公園裡使用的那一種，房裡牆壁採用的顏色就像微光下的海洋，是用自家調配的油漆粉刷而成的，牆上照片裡的孩子們都正歷經著人生的重大時刻：第一次領聖餐、身穿兔子裝，或者在慶生。一年又一年，烏爾比諾醫生下午來下西洋棋時，在思索棋步的暫時停頓之際，目睹了牆面漸漸被照片貼滿，而常令他感到震驚與感傷的是，它們看來雖然像是一個胡亂湊成的相片集，但這個城市的未來卻繫於此間，那些不

知姓名的孩子們即將掌管著這個城市，令其腐敗，而到時他
身後的哀樂卻早已如灰飛煙滅。

這個段落說明了烏爾比諾醫生的世界觀，提供了背景故事，同時
巧妙地總結了一個讓你我都掙扎不已的普遍人類景況：有一天，即使
我們都不在了，這世界還是會繼續運行下去，好像連我們都不曾存在
過似的。而這也是我們為什麼要寫故事的理由之一。總比你在一塊岩
石上噴漆塗鴉，寫下「某某某到此一遊」還來得有出息。

如果你想寫一本小說，藉此啟發那些不曾與你謀面的人，讓他們
打電話跟朋友說：「你一定要看看這本書。」你就必須重新檢視自己
的故事，確定你已經把那些會令大腦感到麻木、既模糊又抽象，或者
概括性的東西轉化為極其具體、豐富而可感，同時可以緊緊抓住人心
的東西。

152 Wired for Story:
The Writer's Guide to Using Brain Science to
Hook Readers from the Very First Sentence

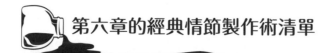 第六章的經典情節製作術清單

你已經把每一個「概括性」的故事元素轉化為「具體」的元素了嗎？

換句話說，這無非是要你「做分內的事」。畢竟，你總不希望讀者用你不樂見的方式，藉著想像把故事的空隙填滿吧？

你檢查過那些因為忽略而導致具體細節常常被遺漏的地方了嗎？

讀者是不是有可能看不到故事主角種種舉動背後的理由、依據、反應、記憶、或可能性？

你的讀者是否能看得見故事中種種暗喻與「真實世界」的具體關聯，即使只是很快地讀過去，也能掌握其意義，並在腦海裡想像它們嗎？

你最不樂見的就是讓讀者必須重讀三、四遍，你必須讓讀者在一開始有辦法想像其關聯，然後再搞清楚那到底是什麼意思。

除了「只是因為⋯」的這種說法，故事裡所有感官細節（也就是故事角色所品嚐、感覺與看到的一切）的存在，是否都有真正的合理解釋？

你必須確定自己使用感官細節的每一個地方，都是依據策略而決定的，其目的是為了讓讀者更了解你的角色、故事，甚或主題。別忘了，如果你的場景描述並不帶有弦外之音的話，你的故事就會變成一則遊記。

07 故事必須追求衝突

神經科學這樣說：
大腦天生就會頑固地抗拒改變，
就連好的改變也不例外。

讀者的腦袋需要的是：
故事的重點是改變，而能夠造成改變的，
只有無法避免的衝突。

154   Wired for Story:
The Writer's Guide to Using Brain Science to
Hook Readers from the Very First Sentence

> 「所有的改變，即使是在我們最渴望的改變來臨時，都有令人感到憂鬱之處，因為改變後我們必須摒棄一部分的自己；為了要進入生命的另一階段，前一個階段的我們就必須先死去。」
>
> ——法國作家、諾貝爾文學獎得主阿納托爾．法郎士 (Anatole France)

　　大腦是不喜歡改變的。假設你是大腦，在過去數百萬年的演化過程裡，你一直只有一個目標：維持一個持續而穩定的平衡狀態。那你還會想要改變嗎？而且，大腦在熟知如何幫人類求生之後，也沒有怠惰，它把目標轉向確保人類在求生之餘，還能度過舒適且富足的生活。只有等到這個目標也達成了，大腦才會開始進入長期的安頓狀態，儘管我們看不到它還在保持警戒，但它能夠隨時排除任何不平衡的狀況，而且通常在我們的意識層次知道前就搞定了。

　　這可以解釋為什麼更換理髮師、走新的路線去上班、或者換一種不同品牌的牙膏，都會令人感到如此不安，因此我們大多會忠於原有的習慣。畢竟，我們的牙齒都還沒有掉，所以它必須持續工作，我們又何必搗亂呢？

　　專事神經科學的作家喬納．雷勒在《大腦決策手冊》（*How We Decide*）一書裡提到：「自信令人感到自在。大腦在非常基礎的層次就已經培養出一種對確定性的好感。」事實上，我們的幸福感有很大一部分就來自於此。這就是為什麼每當我們的各種信念面臨問題的挑戰時，我們都會變得有點暴躁不安。或者，如同社會心理學家提摩西．威爾森（Timothy D. Wilson）所說：「面對帶有威脅性的訊息時，我們每個人都是大師級的硬拗專家，深諳該如何把事情合理化或找藉

口，也會花很多工夫維持自己的幸福感。」

　　我們不喜歡改變，也不喜歡衝突。所以大多數時間我們都會盡力避開兩者。這不是簡單的事，因為，如果要說人生有什麼不變的，就是它總是充滿改變，而衝突是改變的根源。我們常會面臨的衝突包括：要選這個或那個？是我還是你？巧克力或香草口味？

　　聽起來有點無聊，對不對？如同深夜電視購物節目常用的臺詞：「但是，等一下，好康的不只這些！」任何人只要曾經誤買過那種看來閃閃發亮，但根本沒有用的小東西，曾經被充滿魅力的陌生人騙過，曾經做過荒唐的美夢，就都會知道，銅板總是有兩面的：那些不曾見過的新穎事物，閃閃發亮，近在咫尺，但你的手就是拿不到。這些之所以會對我們充滿吸引力，也是出於大腦根深蒂固的天性。

　　在演化的過程中，人類發展成一種勇於冒險的動物。我們不得不如此。如果沒有冒險意識，我們就沒辦法離家去狩獵野生動物，提供逐漸成長的大腦所需之養分，不敢越過山脈，自然也找不到那個長滿綠色植物、足以維持生命的山谷，也沒有膽量接近迷人的陌生女性，讓她們成為你覺得「此生足矣」的理由。

　　於是我們面對一個弔詭的狀況：我們能存活下來，是因為我們敢冒險，但我們的人生目標卻是「為了自保而不願有任何改變」，除非我們非改變不可。難道這不是一種衝突嗎？這又讓我們回到了寫故事這件事。**故事的功能就是要精確表達出我們處理衝突的方式，如果要用一句話來定義衝突，那就是：恐懼與慾望之間的交戰。**

　　難怪自古以來，**衝突始終被視為構成故事的命脈**。我想這應該是每一個小說家都會同意的——不管他們寫的是一本關於殺人蜘蛛的大眾小說，或是主角正殷切企盼著一個象牙色信封的精巧文學小說，小

156　　Wired for Story:
The Writer's Guide to Using Brain Science to
Hook Readers from the Very First Sentence

說的重點就在於當郵差把那信封丟進髒髒的黃銅信箱之後，主角會不
會嘆一口氣。因此，在故事裡創造衝突就變成一件再清楚不過的關鍵
大事，顯而易見，問多了只會令人尷尬。

　　不過，在此我要請你暫且別相信這一說法。我的朋友們，請把衝
突當成一種在背地裡跟你作對的東西。所以在這一章裡，為了與這個
故事元素周旋到底，我將呈現的是：如何從第一句話就開始利用衝突
來營造懸疑的氣氛；我將指出衝突與懸疑常會在哪些地方出現；還有，
如果你始終掩藏著重要的資訊不讓讀者知道，到了後來，當你希望讓
他們恍然大悟時，諷刺的是，通常不能如你所願。

用衝突來了解衝突

　　說到衝突，就算你的讀者不是電影《靈異第六感》（*The Six
Sense*）裡那個有陰陽眼、臉色慘白的小孩，你也應該做到讓他們能看
到「不在眼前的東西」。**為了讓讀者感覺到「事情不是像表面上看起
來那麼簡單」，你必須讓讀者在衝突浮上檯面之前就能感覺到它的存
在。**

　　在什麼情況下，故事裡所發生的一切都能讓讀者產生一種急迫
感？即使一切看起來都好好的，卻還是覺得大難即將臨頭？答案是，
你必須讓故事裡有一種衝突的「可能性」。**故事的張力如果越來越強，
就表示其中充滿了衝突的可能性，這會讓讀者產生一種因為多巴胺分
泌而出現的快感，**而好故事之所以會像這樣讓人上癮，就是因為它能
創造出懸疑的感覺，讓讀者想要一探究竟，知道到底發生了什麼事。

　　然而，把故事化為文字的這件事，與我們真實生活中的本能卻往
往是互相衝突的。就像神經精神病學家理查·瑞斯塔克說的：「因為

我們是社會動物，就像我們需要食物與氧氣才能生存一樣，我們也需要歸屬感。」兩三千年前人類就開始明白，如果想生存，就必須遵奉「三個臭皮匠，勝過一個諸葛亮」的道理，如果有成千上萬個臭皮匠的話，那就更棒了！

因此，人類的一個新目標就此誕生，一個至今全世界的幼稚園老師還在宣揚的道理：眾志成城。這讓我們產生了各式各樣、有些很愉悅、有些絕對不快樂的情緒，進而鼓勵我們好好與人相處。如果你對於「情緒的強大影響力」還有所質疑的話，請看看這個最近的研究結果：透過磁振造影的檢查結果發現，如果你在社會上受到強烈的排斥，你的大腦就會有所反應，而且反應的地方跟身體疼痛時是一樣的。我們的大腦傳達出一個清楚的訊息：衝突讓我們受傷。

這可能就是為什麼我們總是試著儘快排解衝突。我們被迫在小時候就必須了解，在與人相處時發生衝突只會傷害我們自己，而且如果我們在衝突還只是星星之火時就能將其撲滅的話，不只會受到社會的獎賞，大腦也會分泌出令我們感到愉悅的化學物質。就像一首老歌的歌詞所說的：重點在於你必須往好的一面看，不管你做什麼，「千萬別把自己搞得兩面不是人」。

問題是，每一個故事裡總是會出現矛與盾的兩面對決。但是我們很容易下意識地刻意避免這種對決，而且為了遵守這個黃金法則，也絕對不會讓別人遇到這種衝突的場面——很不幸的是，這裡所謂的別人也包括我們的故事主角。

我曾與一個寫了 800 頁小說初稿的作家合作過，這經驗讓我永難忘懷。故事主角是一個叫做布魯諾的傢伙，他原本一貧如洗，後來變成心狠手辣的黑手黨老大，靠不義之財致富。或者說，他本來有可能是個心狠手辣的人，但是從來沒有機會成為這樣的人。他深愛的妻子

158　Wired for Story:
The Writer's Guide to Using Brain Science to
Hook Readers from the Very First Sentence

不曾懷疑過他有情婦，儘管他常常會「到城裡去過夜」，而深愛著他的情婦也不曾威脅說要 Google 一下，看看他老婆是誰。當然，他的生活偶爾含藏著小規模衝突的可能性。

有時布魯諾會走進精心安排的暗殺陷阱裡，有人已經準備好用刀槍與手指虎對付他，如果其他方式都失敗了，還有汽車炸彈，但是每當他正要伸手去握沾有炭疽菌的喇叭鎖鎖頭時，對方的惡棍們就會接獲電話通知，說問題已經解決了，所以他們只是把門打開，熊抱一下布魯諾，然後大家坐下來喝濃縮咖啡，一起享用好吃的義大利脆餅。

作者是個 60 幾歲的成功生意人，他老婆還是他的青梅竹馬，膝下有幾個聰明且很能適應環境的孩子。我問他對真實生活裡的衝突有何感覺。他皺眉說：「我不喜歡。」接著繼續緊張地說：「有誰喜歡衝突？」

的確沒有任何人喜歡衝突（例外的只有那些總是小題大作的人）。而這也就是我們之所以喜歡故事的原因：在故事裡，我們可以體會到在真實生活中刻意避免、找藉口排除掉、懼怕、想要達成，但卻為了各種理由而還沒辦到、或者根本辦不到的一切。我們想知道，如果我們自己，或者像自己一樣的人，當遇到類似的體驗時，會有什麼情緒反應。簡單來講就是這樣：**在真實生活中，我們希望衝突能立刻解決，看故事時我們卻喜歡衝突時間拖長，不斷往上發展，而且時間越長、越人性化越好。**

但是，等一等！我聽見你問說：「如果我們天生就會融入故事裡，主角的遭遇令我們感同身受，我們也能感受到他們在衝突中所體驗的痛苦，那難道我們都是自虐狂嗎？」絕對不是。就像有時候我們只是為別人感到興奮而已，畢竟並非親身去體驗那關鍵時刻，所以跟真正的感受還是有很大的差別。當我們沉醉在故事裡時，我們感同身受的

痛苦其實也就是這麼一回事。

對於主角的遭遇我們的確能感同身受，但可靠的大腦非常清楚，故事裡那可憐傢伙遇到的事情，事實上並未發生在我們身上。所以，儘管我們感覺得到茱麗葉醒來後發現羅密歐已經死在身旁時的苦楚，但我們絕對不會忘記自己的摯愛其實還在戲院裡，待在隔壁座位上安詳地打呼。我的朋友們，這就是故事何以令人感到如此滿意。我們可以體驗到人生的種種麻煩，卻幾乎不用承擔風險。

儘管真實人生的目標並非如此，但在寫故事時，你卻必須擁抱衝突，並且讓它帶有強烈的懸疑效果。現在，我要問一個一字千金的問題：在故事裡，你要怎樣才能讓讀者感覺得到衝突即將來臨，且那種懸疑的感覺持續存在著？

懸疑是衝突的女僕

我們已經知道故事的情節是在「過去」與「未來」之間發展起來的，在過程中種種事件不斷接踵而來。因此，故事所記錄的本來就是某種流變不居的狀態。通常來講，在這個狀態裡，情節發展始終圍繞在主角必須解決的一個問題上，在解決後，他才能從「過去」的這個海邊前往「未來」的那個彼岸。

表面上看來，必定會隨衝突而來的是越來越困難的外在險阻，它們讓主角沒能快速地解決問題、繼續過他的日子、不必承受任何傷害。如果要讓那些險阻有意義，前提是衝突一開始就潛藏在它們的表面下，然後才像種子的嫩芽鑽出土壤吸收陽光一樣，浮上檯面。你不妨把這過程想像成以下畫面：如果把「過去」當成一堵堅實的牆壁，衝突萌芽時就等於它冒出了一道裂縫。造成這道裂縫的理由，通常就是問題的答案。

160   Wired for Story:
The Writer's Guide to Using Brain Science to
Hook Readers from the Very First Sentence

　　為什麼故事要從這個時刻開始？在安妮塔・雪瑞佛的小說《飛行員之妻》裡，女主角凱瑟琳之所以會察覺到出了大事，是因為在黎明前，她聽見一陣帶有凶兆的敲門聲。這一道最開始的裂縫，導致整個灰泥牆面慢慢崩解，也就是凱瑟琳發現丈夫傑克在許多方面變得像個陌生人一樣。然而故事的重點並不在於凱瑟琳的現實處境，是在她試著去了解那些處境的過程，而且她這才發現：過去信以為真的一切，都不是真的。這難道不就是我們天生想要抗拒的改變嗎？凱瑟琳心裡是千百萬個想要相信傑克是完美的丈夫，但是生活中（也就是故事中）發生的一切，卻在有意無意間不斷地破壞她所編織的一個個藉口。

　　故事出現第一個裂縫後，又衍生出成千上百個裂縫，它們就像斷層線似的布滿了主角的世界，毀掉了一切。跟地震一樣，那些裂縫通常都是兩股相反的力量拉扯後造成的，主角夾在中間左右為難。我傾向於把這種對決的力量當成一種「對立」的狀況，故事就是可以用來把這個對立化解掉的舞台。切記，每一個故事裡都會有好幾組的對立，以下是最常見的：

» 主角所相信的與真相之間的對立。
» 主角想要擁有的與他實際上擁有的東西之間的對立。
» 主角想要擁有的東西，與別人指望在他那裡獲得的東西之間的對立。
» 主角與自己的對立。
» 主角的內在目標與外在目標之間的對立。
» 主角的恐懼與主角的目標之間的對立（外在的或內在的目標，抑或兩者皆是）。
» 主角與反派的對立。

» 主角與同情心之間的對立。

我想稍稍把剛才的論點擴大：**故事的情節是在「過去」與「未來」之間的時間裡，以及在兩個「對立」元素之間的空間裡所發展起來的**，在這過程中，主角試著在兩股衝突的力量中游移，試著調和兩者（藉此解決問題）。一旦主角辦到了，這個兩者之間的空間就會消失，故事也隨之結束。同時，這兩個對立的元素看來好像漸行漸遠，而當讀者開始心想，主角到底有沒有辦法把兩者調和在一起時，懸疑的感覺也油然而生。

簡而言之，**故事必須對主角產生各種各樣的衝擊，直到他改變。**記住這一點之後，接著就來看看「對立」是怎樣對一個故事造成深遠影響的。

練習安排故事中的對立：芮妲與馬可的感情戲

在進入故事前，我們先重溫一下大腦是怎樣處理訊息的：

1、如同我們即將在第 10 章探究的，**不管大腦所面對的是什麼，它天生就會從中尋找有意義的模式**，最好能夠透過「模式的重複或改變」來預測接下來會發生什麼事。這意味著，作者的第一要務就是在故事裡建立起可以讓讀者發現的模式。

2、**面對書裡的故事情節時，我們會根據「自身真實或想像的經驗」來設想情節到底可不可信。**因此，我們才能推論得出比故事更多的訊息，或者，如果故事裡沒有可供我們進行推論的訊息時，我們就會感到生氣。

162   Wired for Story:
The Writer's Guide to Using Brain Science to
Hook Readers from the Very First Sentence

3、我們天生就愛解決問題；當我們想出解答時，大腦會釋放一種令我們感到陶醉、會對我們說「幹得好！」的神經傳導質（neurotransmitter）。**故事的樂趣就是在於「發掘真相」**。意思是，寫故事時如果忽略了上述的兩個事實，就不能讓讀者感到快樂。

說了這麼多，不過就是要傳達一個訊息：**讀者比你想像中的還要了解狀況**，所以你就放輕鬆，別擔心自己是否講太多了。有可能你的讀者比故事主角還要早進入狀況，而這應該就是你所企盼的。

馬可的妻子回娘家去探母親的病，是不是等她一回來，喜歡在辦公室裡搞男女關係的他就真的會跟妻子攤牌離婚？就算他那焦慮的情婦芮妲是故事的第一人稱敘事者，讀者還是會比她更了解這件事的可能性有多高。這是好事一件。因為這意味著，讀者之所以感到懸疑，不只是因為他們會去想像故事角色接下來將怎麼做，也是因為發現打包行李走人的居然是芮妲；芮妲心知肚明，馬可不只不會離開他老婆，很有可能他根本就沒有老婆。

因此即使我們站在芮妲這一邊，不過我們最不希望的就是看到她跟馬可在一起，儘管我們能融入她這個角色，且感覺得到她有多想跟馬可在一起。我們反而是希望她在為時已晚之前，終究能夠看清自己根本就不需要馬可，而如果她沒跟他在一起，就實在是謝天謝地了。故事中足以讓讀者屏息等待結果的，是芮妲掙扎的過程，而且事實上是一種內心的掙扎。換言之，故事情節是圍繞著芮妲對自己處境的看法而發展的，不是芮妲的種種遭遇。因此，芮妲的故事裡夾雜著千絲萬縷種種「不同層次的衝突」。我們一起來看看有哪些「對立」充斥其中。

就「外在層面」而言，我們看見了芮妲「想要擁有的」（她想擁有馬可）以及「她實際上擁有的」（馬可給她的承諾）之間的對立。就「內在層面」而言，衝突來自於「芮妲所相信的」（她相信馬可是她的靈魂伴侶）以及「實際的狀況」（馬可是個沒心沒肝的傢伙）之間的對立。從字面上看來，芮妲試著追求並虜獲馬可的心，但作者逐漸透露出來的訊息則是：馬可這個人跟芮妲所想像的很不一樣。這讓讀者有一個「想像空間」可以去預期當芮妲發現真相時會有什麼感覺，還有她會怎麼做。

接著我們會看到故事裡最強烈的一種對立，而且常常也是最重要的：「芮妲想要的」（馬可能夠給她百分之百的愛）與「別人想從她身上得到的」（馬可希望她對於他劈腿的事能睜一隻眼，閉一隻眼）。這意味著，馬可似乎相信芮妲對於人生的要求就只有迎合他的一切欲求，不會問任何問題。她知道這樣的自己在朋友們眼裡有多懦弱，因此有可能她也想試著至少讓朋友們覺得，她能夠符合他們的期望。她發誓她一定會甩掉馬可，只是要找到適當的時機。

結果，這麼一來，她的腦海裡就出現了一個小小的聲音，擔心朋友們對馬可的看法也許是對的。但是因為她意亂情迷，以至於忽略了自己的質疑。啊哈！現在，芮塔心裡也出現「自我矛盾」了，這一點可以從她對馬可一切作為的「內在回應」看得出來。也就是說，她會「找藉口」。這意味著，她說的話常常與她內心實際的想法有所衝突。難道這不是「營造張力」的最佳方式嗎？

接著，我們可以問一個問題：「為什麼有件事對我們所有人來說會那麼清楚，偏偏芮妲自己卻看不出來？」我們必須找出芮妲為何會死命抓住馬可不放的真正理由，而不只是因為馬可總是令她感到心頭有小鹿亂撞。好吧，我們姑且說芮妲內心深處有個理由：就是她怕自

164   Wired for Story:
The Writer's Guide to Using Brain Science to
Hook Readers from the Very First Sentence

己孤零零的。

　　恐懼？這可能是另一個衝突的源頭嗎？也許是芮妲的「目標」與她的「恐懼」之間的對立？並不是。畢竟，恐懼並不會阻止她達成目標，她之所以會對馬可投懷送抱，恐懼反而是理由之一。因為只要她得到馬可，她就永遠不用去面對獨處的恐懼了。

　　到此還沒有形成對立。但話說回來，我們也還沒有深入探掘芮妲的內在目標。根據命運之神（也就是作者）的安排，芮妲的內在目標是希望有個真心誠意的男人，可以原原本本地愛她這個人。馬可聽起來像這種人嗎？不像。這就絕對是個衝突了，而且它反映出一個極佳的經驗法則：

　　　　如果你想知道主角一開始想要的，是否就是他真正的目標，有個方式就是可以自問：如果他想要達成那個目標的話，是否必須面對自己的最大恐懼，並藉此解決他的內在問題？如果答案是否定的，你猜怎樣？那就是假的目標。

　　而你知道這意味著什麼嗎？芮妲的恐懼其實來自於一個非常具說服力的對立：她的「恐懼」與她「真正的目標」之間的對立，而她的目標是有個真心誠意的男人可以愛她。因此，如果她想要活出真我，她就會甩掉馬可，儘管這表示她會變成孤零零的。請注意，這些層次都讓作者能夠利用芮妲害怕獨處的恐懼，來形塑她對自身種種遭遇的反應。因此，不管她自己知不知道，她的外在決定、內心獨白、或者肢體語言，都會在某種程度上反映出她「真正的動機」。當然，芮妲的內心獨白不會像這樣明明白白的：

　　　　唉，馬可真的是個大渾球，但是因為我死也不想孤零零的，就算這雙該死的細高跟鞋讓我的腳痛死了，我最好還是乖乖聽話。

而是會像這樣：

　　當我跟馬可走進院子裡時，我看見鄰居梅寶匆匆走進她的公寓裡，快快把門關上，唯恐家裡的某隻貓溜了出來。她有幾隻貓？八隻，九隻？不過她看來總是那麼悲傷，好像害怕連她的貓都會不喜歡她。我心想，感謝老天爺啊！真感激馬可能用他的結實臂膀摟著我，就算我必須加快腳步跟上他也沒關係，不過穿著細高跟鞋走路還真是不容易啊。

　　讀者如果越瞭解芮妲內心的真正動機，就越清楚為什麼像她這種聰明且通情達理的女人會選擇馬可那種大老粗，也就越希望她跟梅寶一樣，找一隻毛茸茸的小貓來愛就好了。

　　這也讓我們必須看看**故事裡最明顯的衝突來源：反派角色**——這裡的例子是馬可。但是，既然他如此自戀，我們就不要用太多注視的目光來恭維他了，因為讓我們比較感興趣的是芮妲。她是故事宇宙的中心，一切都圍繞著她運轉。所以，當我們要談馬可時，我們關切的是他對她會有何影響。

　　因為馬可就是芮塔必須去克服的重重險阻，所以他必須是個很難纏的傢伙。這是個關鍵處：**反派角色的逼迫有多強烈，主角就會變得有多強大**。讀者在這方面是很刁鑽的，他們會要你證明給他們看，好像每個讀者都是來自密蘇里州——因為它的綽號就叫做「『證明給我看』州」（the "Show Me" state：密蘇里州人以實事求是聞名，對他們白費唇舌沒有用，必須要證明給他們看）。

　　不管你怎麼形容主角有多勇敢都沒有用，他們不會採信的。畢竟，誰都可以自稱勇敢，或者大膽，抑或是個可敬的人。但這證明了什麼嗎？這只能證明說話的人是個牛皮大王，是個無聊的傢伙，而

166　Wired for Story:
The Writer's Guide to Using Brain Science to
Hook Readers from the Very First Sentence

且很可能是個膽小鬼。事實上，真正勇敢的人通常都覺得自己一點也不勇敢。

重點是，**反派必須時時緊抓著主角不放**。這意味著，馬可必須盡力把芮妲綁住，不過你當然不能讓他成為她夢想中的男人。因為芮妲需要的根本不是馬可，而是面對恐懼的勇氣。因此，正因為馬可無情無義，這反而幫了她一把，逼她去面對那過去總是讓她退卻的東西。而這正是讀者所樂見的。

通常是這樣。

還有一個對立也很重要：反派與同情心（或者只是看起來有同情心）的對立。沒有人是壞到骨子裡的，就算像瘋子一樣的壞蛋也不例外。而且，如果真是瘋子的話，他們本來就可以裝出一副同情別人的樣子，但實際上沒有任何感覺。例如，1970 年代的美國殺人魔泰德·邦迪，他們這種連續殺人魔的外表極其迷人，看起來充滿同情心，直到他們拿出膠帶以及鋼鋸的那一刻為止。在這個有關同情心的規則裡，有一個隱含的「可能性」是其中的關鍵。也許，儘管機率不高，但馬可終究還是會改變。

你希望讀者在讀故事時，能有那麼一兩秒的時間心想：「馬可看起來沒有那麼糟糕。」有可能是在芮妲正決定再也不和馬可見面時，你讓讀者出現了這種想法。於是她的態度又軟化了。這樣的狀態維持了一下下，看來好像真的會有好結果出現。接著，當馬可以為四下無人時，他卻又用力踹了梅寶的貓，而讀者這下又心想，哇喔⋯。

這一點為什麼重要？因為，**如果你已經先讓讀者做出結論，就難以維持故事的懸疑感**。就算只是一點點的可能性，也會有很大的效果。如果你的反派角色從頭到尾都沒有出現一絲同情心，不管他是個蛇蠍美女或惡棍，抑或是一個生化人，你為什麼還要讓他出現？他

只要打電話威脅主角就好啦。但是，如果看到來電顯示的號碼，你覺得主角還會接嗎？如果主角得了嚴重的流行感冒，殺人魔泰德·邦迪拿著碗熱騰騰的家常雞湯現身，那不是很有戲嗎？也許他改頭換面了？又或者那碗湯裡面加了砒霜？重點是，讀者不知道。而這就是懸疑啊！

這些對立之所以能產生懸疑感，是因為如果把兩個相對立的慾望、事實或真相擺在一起，本來就會激起衝突。這讓讀者知道自己該注意什麼，以此為準繩，他們可以判斷主角的進步程度，並且清楚地看出衝突點在哪裡。讓我倍感意外的是，常有作家為了掩藏某個懸疑之處，而把很多工夫用在設計巧妙的情節轉折。這意味著我也該「揭露」以下這個迷思了：為什麼作者常常用這個方法來增加懸疑感，但卻往往產生反效果？

迷思：為了吸引讀者，應該先掩藏某些資訊，在關鍵時刻才水落石出。
事實：掩藏資訊通常會破壞故事真正吸引人的地方。

首先該問的是，什麼叫做「水落石出」？所謂水落石出是指，當某件事終於真相大白時，就此改變了讀者對某些事的看法，而通常所謂的某些事，就是指「一切」，它讓一切獲得了解釋。

而所謂「在關鍵時刻水落石出」，則是指在故事快要結束時，出現一件意外的事，就此改變了先前所有事件的意義；像是電影《星際大戰》裡達斯·維達跟路克·天行者說：「我是你爸爸。」或者電影《唐人街》裡愛芙琳·克羅斯·穆雷對傑克·吉帝斯坦承：「她是我妹妹，也是我女兒。」還有電影《驚魂記》裡諾曼·貝茲穿上了亡母

168   Wired for Story:
The Writer's Guide to Using Brain Science to
Hook Readers from the Very First Sentence

的洋裝，都是這種例子。

這些水落石出的時刻令人震驚不已，而且當我們得知時卻覺得它們有百分之百的可信度，理由何在？因為直到水落石出的那一刻，儘管故事都沒有不合理之處，但是我們始終覺得故事一定不像表面上看來那樣單純——因此，從頭到尾我們一直主動猜想那是怎麼一回事。而我們之所以會去猜想，是因為作者始終一直以某種特定的模式提供暗示。所以說，儘管故事在水落石出之前都很有道理，但是在那之後，就「更有道理」了。

然而，千萬別搞錯我的意思：**當水落石出那一刻來臨時，我們之所以會立刻接受真相，唯一的原因就在於故事裡存在著這種暗示模式**。否則，它就會淪為故事的「3C」之一，也就是作家應該全力避免的三個東西之一：便宜行事、陰謀詭計、純屬巧合（convenience、contrivance、coincidence）。就像我們在閱讀一個關於謀殺案的懸疑故事時，到了最後一頁，也就是主角為了一樁不是他幹的謀殺案而即將登上絞刑台的時候，我們才發現，他居然有個邪惡的雙胞胎兄弟，直到此刻為止，沒有人知道這件事，而且恐怕作者自己也不知道。

這種故事的問題在於，作者把許多重要資訊都隱匿了起來，我們根本搞不清楚到底發生了什麼事，也沒有辦法猜出來。或者，更糟的是，我們甚至只看得到表面上的文字，不知道故事還有弦外之音。

例如，我曾經讀過一部故事手稿，主角叫做佛瑞德，是個厚顏無恥的汽車公司高層主管，他把公司的錢都砸在一部新車上，結果在發表的前一晚，他才發現車子在設計上有個可能會害人丟掉性命的缺陷。佛瑞德掩蓋了這件事，還是讓車子上市，等著搞出人命。故事的重點在於佛瑞德最後將受到司法制裁。

　　整部手稿沒有任何讓人感到驚訝之處，直到 450 頁，我才發現一直有聯邦調查局的臥底探員在盯著佛瑞德。事實上，好幾個與他有密切關係的人，包括他的情婦莎莉，其實打從故事一開始就在監視他。請注意，對此，手稿裡完全沒有任何一丁點的暗示可言。當我向作者垂詢此事時，他微笑地說，他是故意的，因為他要讓故事的結尾給人一種水落石出的感覺。

　　問題出來了，沒有任何一個讀者會把故事看到最後。為什麼？因為作者如此努力地讓讀者搞不清楚狀況，最後達成的效果是把故事原本應有的張力與懸疑感都剝奪殆盡。多麼諷刺啊！事實上，在事後看來，其實這個道理就像下面這句話一樣簡單：

　　　　在閱讀故事時，如果我們不知道作者正在進行巧妙的情
節安排，那就等於沒有任何安排。

　　儘管每當有新的資訊出現時，讀者喜歡重新品評他們讀過的東西，重新詮釋特定的故事事件，為其賦予新的意義，但這一點必須要先滿足兩個絕對的必要條件才能成立：

1、**故事裡必須要有一個「暗示」或「洩密」的模式存在，讓讀者驚覺故事的真相與表面並不相同，在情節的轉折出現後，一切就能水落石出，獲得解釋。**

2、**在水落石出之前，作者必須設法「暗示」或「洩密」。**（而且必須用合理的方式透露出來）。

　　你可不能要求讀者自己回到前面的故事、補上一整段次要情節。如此一來，那就像是身為作者的你跟他們說：「我知道前面 450 頁關於佛瑞德的故事實在很無聊，但是現在請回到前面的故事裡，重新想像一下，其實，聯邦調查局早就已經盯上他，掌握他的一舉一動。還

170   Wired for Story:
The Writer's Guide to Using Brain Science to
Hook Readers from the Very First Sentence

有，那些宣稱是他的朋友的傢伙呢？他們的身上都裝有錄音機。至於他的情婦莎莉呢？她壓根就沒喜歡過他。」

更糟的是，在水落石出後，讀者會覺得佛瑞德的朋友們先前的一切作為變得「極不合理」。因為，假使他們身上真的都裝了錄音機，他們就會感到緊張，而且還會表現出來，至少會表現在肢體語言上。

而透過情婦莎莉的行為，我們應該也可以隱約看出她不只是佛瑞德的「午妻」而已。的確，有些比較寬容的讀者可能會心想：「呃，我想既然莎莉實際上是個聯邦調查局探員，她就是個高手，所以她不可能會做出任何讓佛瑞德起疑的事。」問題在於，就算她是個高手，作者還是很難說服我們去相信莎莉可以完全掩藏自己的真感情，因為我們都知道：肢體語言是騙不了人的，而且人常常會犯一些無心之過。

我不是說你一定要讓讀者知道（或者懷疑）莎莉「實際上打算做什麼」。但是，你的確必須讓讀者看出莎莉的行為有一點不對勁，讓他們警覺到故事的真相不是表面上看來那麼簡單。而且你希望讀者自己能想出來那是怎麼一回事。為了達到這一目的，你可以在說故事的過程中不斷誤導讀者（不是要對他們說謊）。

以希區考克的電影《迷魂記》（Vertigo）為例，綽號「史考帝」的退職警探佛格森就是被誤導了，才會相信老朋友蓋文‧艾爾斯特；艾爾斯特說他那年輕又漂亮的老婆瑪德琳有情緒問題，因此聘請史考帝看好她，確保她不會去自殺。隨著史考帝愛上了那謎一般的瑪德琳，我們也感覺得到她受他吸引，但卻又不想陷下去──這讓電影增添了戲劇張力與懸疑感。

我們會覺得瑪德琳的矛盾心態並不難理解，因為她不只已經結婚了，而且還是史考帝好友的老婆，只不過她實在不像艾爾斯特說的那樣精神失常。所以，當我們發現這一切是怎麼回事時，我們發現她的

確愛著史考帝，而且根本不是艾爾斯特的老婆，她只是被艾爾斯特聘請來陷害史考帝而已，回想起來我們才會覺得這一切都可以用來說明她的那些異常行為，而這水落石出的安排的確有其道理。

　　相較之下，上面提到的故事原稿，簡直就像是汽車公司高層主管佛瑞德與臥底警探莎莉的愛情故事。因為作者堅持不透露任何「足以反映衝突的暗示」，我們根本就不知道故事的真相不是像表面上看來的那樣，所以覺得故事很無聊。但是對於作者可就不是這麼一回事了，他知道莎莉有事情瞞著佛瑞德，所以他自己當然覺得故事很刺激──但那僅止對身為作者的他而言。為什麼不讓讀者也享受一下同樣的樂趣呢？

錯用「水落石出」的橋段，只會令人摸不著頭緒

　　如果運用得當，水落石出的橋段就能發揮極大效果。但不幸的是，如果過度使用，幾乎總會有反效果出現。也許是因為作者很少自問這個關鍵問題：

　　　　就故事的發展來講，隱瞞這個資訊對我來講有何好處？
　　能讓我把故事寫得更好嗎？

　　我相信，對水落石出這種橋段的誤用，常常是來自於一個非常基本的誤解，所以我們就從那裡開始吧。有些作家知道，寫故事的重點在於要趕快讓讀者有一種迫切感，急著想知道接下來的發展，而他們相信如果把某個「祕密」隱瞞起來，就可以達到這種效果。反正讀者接下來就會知道那個祕密是什麼了，對不對？不過，這些作家通常忘了一件事：除非讀者想要知道那個祕密，否則根本就不會繼續往下看（更何況，讀者根本就不知道那個祕密的存在）。因此，如果你想

172　Wired for Story:
The Writer's Guide to Using Brain Science to
Hook Readers from the Very First Sentence

要吸引讀者的話，絕對不要用下面的兩種手法：

　　» 把故事角色做某件事的「真正理由」當成最高機密，以至於讀者
　　　根本就不知道「還有一個真正的理由」。

　　以下這種是更常見的誤用手法：

　　» 讓讀者知道有一個祕密存在，但是卻一直讓那個祕密保持含糊不
　　　清的狀態，以至於讀者根本猜不出它跟什麼具體的事物有關。

　　這兩種手法犯下的共同錯誤是：它們都預設故事已經夠吸引人，
因此讀者很想知道故事角色的遭遇。諷刺的是，**真正能夠吸引讀者
的，通常是被作者隱瞞起來的那個資訊**。這是因為，**如果想要使用水
落石出的橋段，通常就必須用最模糊而通則化的方式來呈現最有趣的
資訊**，但是如同我們在第 5 章裡面已經看到的，這對故事根本就沒有
多少好處。

　　所以，儘管讀者知道主角鮑伯因為某個「問題」被炒魷魚，作者
卻決定不讓讀者知道那到底是什麼問題，還有鮑伯從事的到底是什麼
工作，這樣到後來才能讓人恍然大悟，發現事實上鮑伯是被海洋樂園
開除的一隻玩具貴賓狗，只因牠覺得用後腳在舞台上跳來跳去實在有
損狗格，所以牠就跑去追松鼠了。這的確還挺有趣的。

　　但是，因為作者必須隱瞞「許許多多細節」，否則就有可能會被
「破梗」，所以在看故事的前面 100 多頁時，讀者只知道鮑伯是個毛
茸茸的傢伙，因為時運不濟而住在高速公路下面的木箱裡。因此，讀
者唯一清楚的事情就是他們根本不知道故事是怎麼一回事。

　　問題是，**如果用模糊的方式來呈現故事的狀況與角色（原因是為
了怕「洩密」），不只會妨礙故事的發展，也會降低故事角色的可信
度**。為什麼？因為一旦作者決定把主角的重大祕密掩藏起來，主角

就不能去思考有關那個祕密的一切了——偏偏那卻是他一定會去思考的。更糟的是，他也不能針對實際上發生的事情做出反應，因為那也會洩密。所以，直到水落石出的時刻終於來臨時，主角所做的事情將會和遇到同樣問題的一般人完全不同。水落石出的故事元素反而變得礙手礙腳的。

好消息是，我們還有另一種呈現水落石出的手法。

透露真相的好處

如果你把真相都攤開來，會怎樣？會破壞懸疑感嗎？我們就來測試一下。

首先，我們先描述一個隱瞞真相的場景：薇兒正在找她那好幾個小時前就該回家的室友艾妮德。在附近到處問人之後，她不甘願地敲敲新鄰居荷馬的門，拿出艾妮德的照片給他看，問他是否見過她。他說沒有，但是他看得出薇兒很擔心，於是邀她進屋喝一杯能緩和情緒的花草茶。她知道自己有可能太小題大作了，而且荷馬又長得俊俏，所以她就答應了。在喝下兩杯熱騰騰的茶之後，荷馬為了讓薇兒安心，因此跟她說艾妮德可能只是臨時決定去拜訪朋友，沒什麼好擔心的。半小時後，薇兒離開了，她覺得心裡比較輕鬆，而且心想荷馬是不是還單身。

現在，想像一下同樣的場景，唯一的差異在於，你讓讀者知道艾妮德一直都被鎖在荷馬他家的地下室裡，她聽得見樓上的對話，也急著想要逃出去。如果讀者看到的是這個版本，一定會被故事深深吸引，並在心裡幫艾妮德加油打氣，同時禱告荷馬沒在花草茶裡偷偷加了安眠藥。

174　Wired for Story:
The Writer's Guide to Using Brain Science to
Hook Readers from the Very First Sentence

　　這意味著你必須把「全部的真相」都透露出來嗎？難道你不能把一部分留到稍後再用？當然可以。**讀者最愛的就是被愚弄了——前提是，當真相水落石出時，你必須讓故事從一開始到「真正的真相」出現時，始終都合情合理。**

　　我們再回到薇兒與荷馬的故事裡，艾妮德在地下室裡被人用膠帶綁在椅子上。這次，我們想像一下，當荷馬與薇兒在樓上聊天時，艾妮德掙脫了膠帶，從地下室的窗戶爬了出去，跑回家中。這下子讀者就要為薇兒擔心了，希望她能安然離開，不要也被荷馬綁起來。所以當她終於離開時，讀者莫不鬆了一大口氣。

　　但是，當荷馬關門時，他的電話響了。是他在聯邦調查局裡的上司打來的。支援人馬就要趕過去了，他的女上司不敢相信荷馬居然才臥底一個月就抓到惡名昭彰的鋼鋸殺手艾妮德・汀斯摩爾，特別是他們才剛剛收到線報，知道艾妮德又計畫要做案，時間就在今晚。對象是一個叫做薇兒的室友。

　　這帶有張力的故事還是合情合理吧？因為衝突不只是曇花一現而已。**衝突是一種「內在」的故事元素，是你在讀者心裡創造出來的空間，一個讓他們可以把自己搞得緊張兮兮、想像各種可能性的空間。別忘了，故事是在兩股相對的力量之間發展出來的。**如果你總是有辦法確保讀者能意識到「故事主角被困在一個充滿衝突的情境裡」，你就踏上了一個充滿刺激的旅程，而且是跟讀者一起。

第七章的經典情節製作術清單

你能確定從故事的第一頁開始，就為未來埋下了衝突的種子嗎？

我們能看到那些將會發生衝突的地方嗎？我們能預見那些故事主角可能還沒有意識到的問題嗎？

你是不是已經在故事裡安排了種種「對立」，讓讀者能意識到故事主角被困在進退兩難的艱難處境裡？

我們可以預見主角如果想要達成目標，就必須改變什麼嗎？

衝突是否迫使故事主角採取行動（不管是找藉口來合理化，或者是真正的改變）？

想像一下，如果你自己是故事主角，你想避免什麼？然後，你就逼他去面對你想避免的東西。

為了稍後的水落石出而隱瞞某個特定事實，你確定這對故事來講有好處嗎？

不要怕自己透露太多資訊，反正你還是可以再修改故事。事實上，透露真相通常是一件好事。

真相大白後，也就是當讀者知道了某個新的資訊後，還會覺得故事裡發生的一切合理嗎？

切記，在還沒有水落石出時，你就必須讓故事合情合理；在水落石出後，你必須讓故事顯得「更為合情合理」。

08

因果關係

神經科學這樣說：
從誕生的那一刻起，
大腦的主要功能就是進行因果聯繫，
也就是進行「如果 A，然後 B」的這種推論。

讀者的腦袋需要的是：
從開始到結束，
故事一直都是跟隨著因果關係的軌道發展的。

178　Wired for Story:
The Writer's Guide to Using Brain Science to
Hook Readers from the Very First Sentence

66

　　「人類假設這個世界是由因果關係建構起來的──也就是說，發
生於其中的每個事件都可以透過這個世界的特質獲得解釋，而不只是
一前一後，各自獨立的。」
　　──引自史迪芬．平克的《心智探奇》（How the Mind Works）

99

　　常有人警告我們不該擅自進行「假設」。但你真的嘗試過嗎？
那就像是叫我們不要呼吸一樣。日常生活裡的每分每秒，我們都會對
各式各樣的事情進行假設。主要是因為如果想生存，我們除了要呼吸
之外，第二重要的就是要靠假設了。

　　我們總是會假設，如果我們沒有左顧右盼就穿越馬路，可能會被
撞倒；我們會假設，某天如果不小心把加了奶油的鮪魚留在流理臺上，
隔一夜後把它吃掉，可能不是明智之舉；我還會假設，凌晨兩點之後
如果有人打電話給你，八成沒有好事。如果我們沒有辦法對…呃，對
所有事物進行假設的話，我們為什麼每天早上還敢離開床鋪？因為
危險的事實在太多了。所以我們養成了假設的習慣。如同哲學家大
衛·休姆（David Hume）說的，如果從人類的角度出發去思考，因
果關聯可說是「把宇宙建構起來的黏著劑」。

　　我們的假設有時候會出錯嗎？當然會。安東尼奧·達馬西歐就
曾舉過一個極為具體的例子：「通常來說，我們都以為大腦是個被動
的記錄器，就像影片一樣，經過感官的訊息接收與分析之後，它可
以忠實地把物體的特色記下來。如果說眼睛是一部被動且純真的相
機，那麼大腦就是一捲被動而沒有用過的膠片。這種看法根本就是虛
構的。」達馬西歐接下來的解釋才是真相：「我們的記憶都帶有偏
見，而且是極度的偏見，其內容是受到我們過去的經歷與信念所制約

的。」

　　換言之，我們總是會根據「過去的經驗結果」來進行假設。但我們也不光是假設。儘管某些其他物種也會有粗淺的觀察與預測行為的能力，但只有人類會去試著解釋事件的原因為何。我們之所以能預期接下來會發生什麼事，決定該做出什麼反應，是因為我們能夠了解為什麼 A 會導致 B 的發生。這種理解力讓我們能構思出一套關於未來的想法，更棒的是，它能讓我們試著去改變未來，取得優勢。

　　當這種理解力出錯的時候呢？能夠面對錯誤也是人性的一部分。最好的例證是，我們敢於鼓起勇氣冒險，也知道情勢有可能不會照我們的計畫發展。就是因為假設出了錯，才會有人叫我們不要去假設。事實上，它真正的涵義是：你的假設沒有用，再試試別的吧。因為就像凱瑟琳‧舒爾茲在《犯錯的價值》一書中表明的：「我們以為接下來會這樣，但卻變成那樣。」

　　因為「我們以為會發生的事件 A」以及「實際上發生的事件 B」之間有所衝突，才會有故事發生。故事從一開始到結束，就是跟隨著「因果關係」的軌道而發展的，否則的話，故事就變成了「這件該死的事情結束後又發生了另一件事」。

　　我將在這一章教會你的，就是讓你的故事遵循一句極其簡單的箴言；接下來，我要讓你知道，**故事情節光是有「外在的因果關係」還不夠，你必須搭配一種更具影響力的「內在因果關係」**；還有，我要說明的是，為什麼**「要用呈現的，不要用講述的」**。這一道規則的重點在於事件的原因，而不在於事件本身；最後，我將介紹你使用「所以，然後呢？」的這種檢驗方式，讓你的故事不至於偏離正軌。

「如果」、「然後」、「因此」的手法

　　如我們所知，不管是在真實人生或故事裡，**事件都是由情緒驅動的，但是事件的發展所遵循的則是一套邏輯**。如果說邏輯是「陽」，情緒就是「陰」。既然「記憶」是我們對這個世界的了解，因此不同記憶之間會帶有邏輯的關聯性，而這一點都不令我們感到訝異。根據達馬西歐所言，大腦的習慣是把吸收到的大量訊息以及記憶組織起來，「這個過程很像是剪輯電影一樣，先把某種具有連貫性的敘述架構確定下來後，就可以指定某些行動來造成某些效果。」

　　既然大腦用因果關係的思維方式來分析一切，那麼當故事的發展並未遵循一個明確的因果關係時，大腦就沒辦法理解它──這不只可能引發一種身體上的痛苦，更別說會讓人想要把書丟出窗外。好消息是，**如果你想讓故事始終遵循某種因果關係，只要把持住三個關鍵詞就好**：「如果」、「然後」以及「因此」。「如果」我把手放進火裡面（動作），「然後」我就會被燒傷（反應）。「因此」我最好別把手放進火裡面（決定）。

　　行動、反應與決定，這三者形成了一股促使故事往前發展的動力。故事從頭到尾都必須遵循一道由因果關係所構成的軌道，如此一來，當你的主角終於完成其終極目標時，你不但能讓讀者清楚看到一條通往目標的道路，同時，在事後看來，也能反映出主角為何從一開始就無法避免他面對的衝突。請注意「事後看來」這個關鍵詞。故事裡發生的每一件事，都應該是很容易預測得到的──但前提是你必須從「結局」的觀點去看才能看得一清二楚。

　　我並不是說每個故事的情節發展都必須是直線式的，也不是說故事必須以順時的方式呈現因果關係，事實剛好相反。你可以勇敢地讓

故事在不同的時空中跳來跳去，甚至以倒述的方式寫故事。請看看：馬丁·艾米斯（Martin Amis）的小說《時間箭》（*Time's Arrow*）、哈洛·品特（Harold Pinter）的劇本《背叛》（*Betrayal*），還有導演克里斯多夫·諾蘭（Christopher Nolan）的電影《記憶拼圖》（*Momento*）都是例子。

　　從第一頁開始就必須往前發展的是一個很清楚的「情緒弧線」（emotional arc）邏輯，也就是那讓讀者追隨的故事。《時間裡的癡人》（*A Visit from the Goon Squad*）的作者是普立茲獎得主珍妮佛·伊根（Jennifer Egan），雖然小說是由一個個獨立的短篇故事構成，故事隨著幾個角色在時間裡跳來跳去而發展，即使是如此實驗性的作品，它也有一道情緒弧線。

　　如同伊根她自己說的：「當我聽說某一篇作品是實驗性的，我總是認為那種實驗性會拖垮故事。如果你說，老派小說家就是要寫出一個具有說服力的故事，也就是讓讀者想知道接下來會發生什麼事，那說到底我就是個老派的小說家。接下來會發生什麼事是讀者最為關切的。如果我是讀者，這也是我最關切的。」

　　如果你想寫出一個能吸引讀者的故事，你必須讓故事發展從一開始就緊緊跟隨一個「內在的因果關係」。怎樣才能做到？只要遵守宇宙的一些基本律則就好。因此，你該記得的關鍵自然是牛頓針對熱力學所提出來的第一個定律：「能量不滅。」所以你不能從無生有。

　　同樣的，據說跟牛頓才智相當的愛因斯坦也曾用開玩笑的口吻說：「直到有東西移動，才算是有事情發生。」換言之，不管一件事再怎樣引人注意，它都不是從無生有，而是事出有因。不管在真實人生或者在故事裡，都是如此。無論故事主角或真實生活裡的我們是否看得出來，總是會有一個因果關係的軌道存在。

就算有一顆飛球快要砸下來，通常我們都還是傻乎乎地摸不著頭緒，但是，其他所有人卻都看到它被打者的球棒擊中，一路飛過來。所以，儘管萊絲莉不知道她男友賽斯搞上了會計部的海蒂，當辦公室裡的其他人一聽見他稱讚海蒂怎能把報表打得如此漂亮時，就知道事有蹊蹺了。因此，即使萊絲莉最後終於發現了賽斯是個可惡的劈腿男，這對她來講可是一個新發現，但同事們卻已經打賭了好幾週，賭她會先把誰狠狠揍一頓——是賽斯，還是海蒂。當然，當萊絲莉發現他們倆的姦情後，她會稍稍回想一下，如果此刻她還是看不出那一連串足以洩密的跡象，就太笨了。照理說，此刻在她眼裡，那些跡象應該已經一清二楚，清楚得像一個個整齊排好的骨牌，一推就倒。

然而，牛頓的定律在故事裡的運作方式與在現實生活中是有一個區別的：在現實生活的同一個時刻裡，會有上百萬件不相干的事情發生，但是在故事裡，每一件事卻多多少少會以某種方式影響故事的因果軌道。**作者的職責是要把故事聚焦在某個由「如果」、「然後」以及「因此」組成的特定模式，並且從頭到尾都要貫徹執行，這個因果軌道是故事發展的依據。**當然，故事裡難免會有一些曲折離奇、崎嶇蜿蜒與起起落落之處，甚至還會有幾個情勢翻轉的地方，但是故事就像一列火車，不會在軌道上隨意跳動出軌，而且最好也不要失去動力。

不過，等一等，儘管我們對珍妮佛‧伊根充滿敬意，但還是不能不把實驗性小說列入考慮。還有前衛小說呢？它們似乎不受到因果關係法則或任何法則的約束。事實上，有人說那種小說之所以會存在，目的就是要證明小說不需要情節、主角、角色、內在邏輯，甚或真實的事件，那一切都是可以擺脫不顧的。還有第一部嘗試以引人入勝的意識流技巧寫出來的小說，也就是《尤利西斯》（*Ulysses*），大

家不是都說它是文學史上排名第一的小說嗎？當年它可是充滿實驗性的一部作品啊。我們這就來深入探討這個問題吧。

迷思：實驗性文學是一種崇高的藝術，因此它的地位優於一般的老派小說，它可以打破所有的故事寫作規則，不受限制。

事實：難懂的小說就不會有人去讀它。

羅迪・道爾（Roddy Doyle）是公認最棒的愛爾蘭小說家，幾年前在紐約一場紀念詹姆斯・喬伊斯（James Joyce，《尤利西斯》作者）舉辦的聚會中，他語出驚人地表示：「如果有個好編輯，誰都寫得出《尤利西斯》這種書。」他越講越投入，繼續若有所思地說：「我的意思是，《尤利西斯》總是被排在史上十大好書的前幾名，但是我很懷疑它是否曾真的感動過任何人。」

很少人一口氣把《尤利西斯》看完，因為除非你有驚人的才智（或者耐力），才有辦法把它看到最後。但是就算讀者再聰明，真能享受那種閱讀經驗的人也不多。問題在於，就算沒有多少人讀過它，那一類的書還是會造成反效果。就像小說家強納森・法蘭岑說的：「《尤利西斯》這一類的書讓讀者以為，文學作品很難讀。它們還讓有企圖心的年輕作家以為，如果想獲得敬重，就是要把故事寫得難懂一點。」真正嚴重的問題就此產生。

有一派作家認為，「把書讀懂」是讀者的責任，傳達作品訊息不是作者的職責。許多寫實驗小說的作家就是歸屬於這個學派，而且對其學說堅信不移。因此，當讀者「讀不懂」的時候，他們就歸咎於讀者，而非自己。這種態度可能會讓作家養成一種於無意間蔑視讀者的習慣，同時讓作家只專注在自我表達上，而不必負擔任何責任。這也

容易讓作者認為，讀者從一開始就應該對故事感興趣且全心投入，好像讀者不把故事的一字一句都吸收進去，就是對作者有所虧欠。

問題是，如果你讓讀者看的是，在情節與角色方面一點都沒有通俗感、絲毫不以因果關係為根據的小說，他們很快就會覺得作品讀來十分辛苦。而且這和平常的苦差事（例如每天到辦公室上班、到花園除草，或訓練可愛的小狗大小便）不一樣，讀者很難看出在自己辛苦堅持到最後時，到底能有什麼回報——也就是說，除非你看書的目的是為了想體會無聊是什麼感覺，你覺得這是很吸引人的回報（這當然就另當別論了）。

最近有位學生跟我分享了這類之中最常見的經驗。剛從某名校取得藝術創作碩士學位的她對我坦承，大部分她必須唸的書都讓她想哭，因為它們實在無聊到極點了。不過這可能也不是作者的本意。

有個更為深層且有趣的問題也反映在這一點上。既然故事是一種傳達訊息的形式，我們天生就應該對它有所回應，那麼我們該如何歸類那些實驗性小說呢？它們還算是故事嗎？通常我們可以用響亮的聲音說出「不是」兩個字。

我不否認，可能某些見識不凡的讀者可以從中學到一點東西——畢竟，我們不也是能從教科書、數學算式與博士論文中學到東西嗎？而且我們還可以從中獲得樂趣。但是樂趣的來源並不是我們「讀了一個極具說服力的故事」，而是因為我們「解決了一個困難的問題」，一個令人如痴如醉的問題。你會因此覺得自己很聰明，好像完成了週日報紙上的填字遊戲。這沒什麼不對。

真正不對的是這個概念：如果閱讀故事能夠為讀者帶來一種真正的愉悅感，那你就是個通俗作家，你寫的就是可悲的通俗小說。諷刺的是，事實證明，**為了生存，我們天生就需要好故事為我們帶來的愉**

悅感。故事帶來的愉悅感會讓我們被它吸引，就像食物的美味讓我們想要吃它，這兩者都是我們經過演化而獲得的生物本能。

對此，小說家 A.S. 拜雅特（A. S. Byatt）就曾說過一番極具說服力的話：「說故事跟呼吸、還有血液循環一樣，都是人性的一部分。現代主義作家試著擺脫他們認為太過低俗的純粹故事敘述，代之以倒敘、靈光乍現與意識流等文學技巧。但是說故事是生物本能的一部分，那是我們擺脫不掉的。」

誰想擺脫呢？好消息是，我們可以把實驗小說寫得能讓讀者基於本能而有所反應。事實上，最好的實驗小說作品本來就是如此。我們必須再度引述珍妮佛・伊根所說的，她就坦承，作家的第一要務還是要讓讀者想知道故事接下來的發展，她還補了一句話：「但是，在那之外，如果我還能把一些很棒的觀念灌輸到故事裡，再加上一些刺激的創作技巧的話，那就會像是中了頭彩一樣。」

所謂中頭彩，就是在進行了不起的創作實驗之餘，你還有辦法找到能為實驗賦予意義的敘述方式。我們這就回頭去看看到底該怎麼做。

兩種不同層次的因果關係

如我們所知，不管是實驗性或老派的故事，抑或是兼具兩種特色的故事，故事的發展都會有兩種層次：主角的內心掙扎（也就是故事的真正重點所在）以及外在事件（情節）。這兩種層次都會受到「因果關係」的制約，實在沒什麼值得感到訝異的，因果關係能讓兩者穩固接合，創造出一個天衣無縫的敘事作品。

186   Wired for Story:
The Writer's Guide to Using Brain Science to
Hook Readers from the Very First Sentence

1、就情節層次來講：因果關係影響著這個「表面」的層次，在一個個「接續的事件之間」具有「邏輯的關聯」，前者引發後者，例如：喬伊把克萊德的鮮紅色氣球戳破了，結果喬伊被小丑學校給開除。

2、就故事層次來講：因果關係影響著這個「比較深刻」的層次，也就是牽涉到「意義」的層次。在這個層次中，我們才有辦法知道，即使明知有可能會因此而被趕出小丑學校，喬伊為什麼還是要戳破氣球？

　　既然故事的重點在於「事件對人物」的影響（例如，喬伊受到的影響），比較重要的就不會是他把汽球戳破的這件事，而是他「為什麼」要戳破汽球。簡而言之，「為什麼」的重要性遠勝於「是什麼」。這是個優先順序的問題：**先有「為什麼」，它才驅動了「什麼」的發生、「什麼」是結果。**

　　舉例說來，喬伊知道克萊德總是偷偷打扮成小丑去殺人，而且克萊德正打算要用汽球去取得一個小孩的信任，把小孩騙進一座廢棄的馬戲團帳篷裡。儘管喬伊總是夢想著要跟一群小丑擠車子去上工，但如果他不阻止克萊德，就會對不起自己的良心，於是他才戳破汽球。所以說，就故事層面的因果關係而言，重點不在於你的主角是「如何」從 A 點（還在小丑學校裡）來到 B 點（被逐出小丑學校），而是從 A 到 B 的「理由」。

　　故事層次的因果關係是內在的，你可以透過它來呈現主角內心問題的演變，而內心問題就是其行動背後的動機。這種因果關係能呈現出主角如何了解故事裡的事件，同時把他自己的目標列為考慮的因素，還可以呈現出他如何做決定，因而被推往下一個故事場景。

令人驚訝的是，我剛剛說的，其實就是「用呈現的，不要用講述的」這一句故事寫作雋語之真義，它幾近老生常談，但可悲的是，一般人對它有許多誤解。

迷思：「用呈現的，不要用講述的。」這句話的重點是它的字面意義——如果約翰正在悲傷的話，別對讀者用講的，讓他們看他哭的模樣。

事實：「用呈現的，不要用講述的。」這句話的重點是它的言外之意——如果約翰正在悲傷的話，別對讀者用講的，讓他們知道他為什麼哭。

如果要說有什麼是每個作家從開始寫作就會學到的，應該就是這句話：「用呈現的，不要用講述的。」這是個好建議。問題是，很少人會去解釋其深意為何，所以就常常被誤解，以為它傳達的就是「字面上」的訊息，覺得「呈現」基本上是指視覺呈現，就像看電影一樣，只能從畫面去了解一切。

所以當一個作家聽到：「如果約翰正在悲傷的話，別跟讀者用說的，呈現給他們看。」他就會花好幾個小時描述約翰悲傷的模樣：「約翰淚如雨下，簡直像暴風雨，在閃閃的淚光中，他的眼淚像洪水般淹沒地下室，他把過去長久以來壓抑的情緒都釋放出來，房子都被斷電了，貓也差一點被淹死。」拜託千萬別這樣寫！讀者不想看約翰「哭泣的樣子」（這只是結果），而是想要看他「為什麼哭泣」（這才是原因）。

所謂的「呈現」，其意義通常是指：讓我們一起看看事件是如何開展的。而不只是跟讀者「講述」約翰的父親是怎樣出其不意地在年度股東會議上，當著大家的面把約翰趕出他們的家族事業，害他哭成

188   Wired for Story:
The Writer's Guide to Using Brain Science to
Hook Readers from the Very First Sentence

淚人兒。你該讓讀者「看一看」他被開除的場景。為什麼呢？有兩
個很充分的理由：

1、如果你只是在約翰被開除後才把這個事實告訴讀者們，此時木已
成舟，因此讀者就沒有什麼好期待的。更糟糕的是，你會把事情
講得不清不楚──意思是，讀者無法從中獲得任何訊息，他們甚
至不知道到底發生了什麼事。但是，如果你為讀者描述約翰大步
走進董事會會議的場景，他心裡以為自己一定會被任命為公司執
行長，那麼接下來就有可能會發生任何事（這不就有「懸疑感」
了），讀者也就有機會一探究竟。

約翰有可能為自己辯解，或用抹黑、大吵大鬧等手段重新獲得父
親的支持，抑或是自己先行請辭，大出所有人的意料之外，因此
他流下的那些眼淚，就是喜悅的眼淚了。場景（即便是倒敘的場
景）比較直接了當，而且充滿各種可能性：你的主角可能失去一
切，也可能大有收穫。在事情發生後你才簡要地描述給讀者聽？
儘管你想傳達同樣的訊息，但卻會像昨天的新聞一樣無趣。

2、如果你讓讀者看看股東會議的場景，他們有可能會發現約翰被開
除的原因，聽見約翰的父親到底說了什麼，還有他當下的反應，
這一切都能栩栩如生地呈現出兩人互動中包含的張力，還有在關
鍵時刻中所透露出的人物性格。如同我們在第 6 章裡提過的，在
這種場景中，你可以呈現出往往遭人遺漏的很多具體細節。

簡而言之，如果用「講述」的，通常你只能把讀者並不熟知的訊
息總結給他們聽，但如果是用「呈現」的，你卻可以讓讀者自己觀察
角色的言行，了解你為何會那樣總結。因此，「用呈現的，不要用講

述的」，通常意味的是：呈現出某個角色的思考過程。

　　某位和我合作過的作家，他筆下曾創造出一個叫布萊恩的角色，該角色的習慣是發誓自己絕對不會做某件事，然後在沒有明顯理由的情況下，卻又做了那件事。由於這會讓布萊恩成為一個讓人完全無法信任的角色，所以我建議那位作家把布萊恩在做每個決定時的過程「呈現出來」。結果他把故事原稿修訂後，我看到裡面寫滿了這一類的句子：

　　　　「求求你了，親愛的布萊恩，我知道，自從羅佛發生了那種事之後，你曾經說過再也不要養狗了，但是我在收容所裡看到一隻好可愛的科卡貴賓狗。你說我們可以養嗎？」

　　　　布萊恩坐在沙發上，若有所思地望著窗外，搓搓下巴。時間一秒一秒過去。在嘆了一口氣之後，他終於開口說：「好吧，親愛的，我們去收容所吧。」

　　等我讀到第六或第七個類似的段落之後，我才開始明白那位作家的確有把我的建議聽進去。沒錯，他讓讀者「看見」布萊恩做決定的樣子，但這當然不是我的本意。我說的是布萊恩的「思考過程」，就是「導致他改變心意的思維是什麼」。通常來講，**「用呈現的，不要用講述的」**，指的是故事角色在心裡的**邏輯推演過程**。也就是說，不要只是跟讀者「說出」布萊恩改變了主意，而是要把他「做決定的心路歷程」呈現給讀者看。

　　所以，「用呈現的，不要用講述的」有時候是不是表示你必須描述某種「外在的」過程？當然是。特別是在下列兩種狀況中：

1、當讀者已經知道「為什麼」的時候：透過一個折磨人的場景，讀者已經看見布蘭達在紐曼完全沒有防備的狀況下殘酷地把他給甩

了，此時你一定不會只是想寫一句「紐曼好難過」之類的話，而
是想用一個視覺的意象來表達他有多難過。也許可以是紐曼流淚
的樣子、哽住的聲音，或者是垂頭喪氣，雙肩隆起的模樣，甚至
是他蜷曲在地板上啜泣。

關鍵在於，不管你選擇哪一種方式，你都必須透過紐曼的反應來
傳達某件「讀者還不知道的事」。也許你可以讓讀者感到震驚，
像紐曼這種高大魁梧的傢伙居然也會哭，因此他一定是比讀者原
先所以為的還要敏感。抑或是，之前紐曼一直假裝自己不在意，
所以當讀者看到他垂頭喪氣的模樣時，就知道他其實是在意的。

2、當你純粹只是想要呈現一種視覺效果而已時：契柯夫（Chekhov）
曾說過一句名言：「別跟我說月亮有多亮，讓我看看碎玻璃上的
閃爍月光。」然而，我敢多說這麼一句：「如果你真的讓故事裡
出現閃閃發亮的碎玻璃，你最好讓它有充分的理由能存在於故事
裡。」它可以是比較直接的理由，比如說，有人會踩到它，或者
把它當作一種暗喻，讓它象徵布蘭達令紐曼心碎的那一席話。

「心動也要行動」的測試

不管就內心或外在的層面來說，故事終究是圍繞在主角能否達成
目標而發展的，因此每一個因果效應不管是大是小，都必須讓主角朝
著最後的答案邁進一步。要怎麼做到？在故事發展到「不成功便成
仁」的那一刻之前，你必須讓主角持續把前方的路障排除掉──不管
是阻礙著他的充分理由，或者是他自己的合理化藉口。這有一點像是
音樂椅的遊戲：一張張被拉走的椅子，就像一個個被排除掉的理由，
唯一的差別是，每個理由都不一樣。這聽起來有點瘋狂，但卻不無充

分理由，因為從邏輯的角度來講，每一組因果關係都會促成下一組具體因果關係的產生。主角在每一個場景中所做出的決定，都必須在下一個場景中接受測試。換言之，每一個場景都會無可避免地衍生出下一個場景。

請把這當成一種「心動也要行動」的測試。每當主角做出一個決定，對自己說：「是啊，這個抉擇是對的，理由是…」接下來，好像有人咧嘴一笑，質問說：「是嗎？那就證明給我看。」

以下是一個我們大家都能有共鳴的例子：感恩節到了，你又再度暴飲暴食，吃了超多東西。當你把之前還很鬆的衣服脫掉時，你還是覺得好飽，飽到有點噁心，你發誓明天連一點點的剩菜都不吃。誰說你沒有意志力呢？你深信自己有能力達到這個目標，特別是，在這當下，你光是想到食物就快吐了。這就是我所謂「行動、反應、決定」的過程。

隔天早上，你的計畫非常非常成功──雖然沒有撐多久。然後，一個你好像不曾想過的可能性出現了：你餓了。因此，今天的行動將會考驗著你昨天的決定。你怎麼辦？如果你跟我一樣，你會告訴自己：「看起來有點肥肥的又怎樣，這是我抵抗社會規範制約的方式。」於是你又開始大快朵頤，直到連那件褲頭有彈性腰帶的寬鬆褲子都變得有點緊。接下來你決定，明天第一件事就是研究什麼是縮胃手術，還有你的保險條款是不是有給付。這下子你把賭注給提高了，不是嗎？

用因果關係創造最大的張力

為了保證故事主角的賭注越來越高，你必須確保你所安排的原因帶有強大的火力，這才足以在出人意料的情況下引發一個張力十足，

192   Wired for Story:
The Writer's Guide to Using Brain Science to
Hook Readers from the Very First Sentence

卻又非常合理的結果。以電影《畢業生》（*The Graduate*）為例，主角班傑明・布瑞達克壓根兒都不想跟羅賓遜太太的女兒伊蓮約會。所以當他爸媽又逼他去約會的時候，他想出了一個計畫：他會帶伊蓮出去，但是裝出一副渾球的模樣，讓她再也不想跟他出去。問題就此解決。他對這個決定極有信心，於是展開行動。

　　這個計畫很完美，但卻得到一個出人意料且張力十足的結果：他愛上了伊蓮，可是偏偏她現在卻再也不想理他了。簡單來講，為了解決一個問題，他又惹出一個更大的問題。這個挑戰出現後，他又做了一個新的決定：設法贏得伊蓮的芳心（至於，伊蓮如果問他第一次到底給了誰，班傑明該怎麼回答呢？他並沒有想那麼多。譯註：班傑明的第一次是給了羅賓森太太，也就是伊蓮的媽媽）。

　　同樣的道理，**你的目標就是要確保每一個場景都能有效遵循「行動、反應、決定」的過程，從而創造出最大的張力，提高賭注。**在每個場景開始之前，如果你能這樣問自己，是很有幫助的：「在這個場景裡，我的主角希望能有什麼事發生？」接著你再自問：「他的賭注是什麼？」、「為了擁有他想要的，他將會付出什麼？」如果你得出了答案，你就可以著手寫這個場景了。當你寫完後，在進入下一個場景之前，你再自問三個問題：

　　» 故事主角改變了嗎？在某個場景的故事結束時，他的感覺是否已經和一開始時不一樣？而且通常是與原來感覺完全相反？

　　» 有鑑於主角必須付出的代價，在考慮過各種選擇並做了決定後，此時主角對事情的看法，是否已經與場景一開始時有所不同？

　　» 讀者知道主角為什麼會做那個決定嗎？即便主角的想法有所偏差，讀者是否知道他為何會做出那個結論？（尤其是當他有所偏差時，讀者就更該了解了。）我們看得出這如何改變他對現狀的

評估嗎？還有他要如何依據此評估來調整原有的盤算？

我要再度提醒你：**主角對於周遭事件的「內心反應」不只決定了接下來會發生什麼事，也決定了那些事的意義。**我會特別強調這一點，是因為許多故事就在這裡出現了無法彌補的錯誤。**故事裡發生了一件事，但是讀者不知道它對主角的影響、以及主角認為它有何意義，因此無法造成情緒上的衝擊，所以也就欠缺火花。**內在反應是外在反應的理由，若是內在反應不清不楚的（讀者不知道內在反應是什麼，或者為何會有那種反應），儘管的確有事件發生，故事的發展卻還是會陷入了停滯狀態。

有因果關係不表示能預測得到故事的發展

除非你覺得以下我所談的一切只會讓你的故事變得全無意外可言，否則請你留心了。儘管故事發展的方向是從第一張骨牌倒下開始時就已經註定了，這不意味著你的故事就是完全可以預測的。當你熟知「內在因果」與「外在因果」這兩個層次之間的關係後，你就可以好好逗弄你的讀者，實際上他們還會覺得樂此不疲。以下四個故事裡的領域就充滿了有趣的不可預測性：

1、如果你的故事有一個清楚的因果關係模式，你就可以聚焦在故事的「王牌」上：就是主角為了克服問題，他「實際上」會採取什麼行動。還記得「對立」的力量嗎？人總是會面對許多慾望與恐懼的對立，因此也會有不同的選擇。就像真實人生一樣，沒有任何事是簡簡單單的。

194　Wired for Story:
The Writer's Guide to Using Brain Science to
Hook Readers from the Very First Sentence

2、**自由意志有可能是一種「假象」**。某人「有可能」去做某件事，並不代表他「一定會」去做那件事。人在面對一件事的時候，很可能會有各種不同的反應，因此也會有不同的決定。不過到最後，當一切都水落石出時，事後回顧起來，你可能會發現，其實那個角色只可能有一種反應與決定。簡而言之，表面上看來主角像是有自由意志，但事後卻發現實際上是命定的。

3、**故事角色跟人一樣常常會誤解各種跡象，因此而急急忙忙地走錯方向**。只要看任何一集經典電視劇《我愛露西》（*I Love Lucy*）就可以看出這一點。

4、還記得我說過作家常常喜歡隱藏資訊嗎？然而，**如果你能用有策略的方式透露新資訊，就能讓主角改變對於先前所有事件的看法，而新資訊出現後，讀者對於主角的動機也會有不同的詮釋。**

　　請注意，**驅動故事往下發展的是主角的內心掙扎，情節上的可能轉折之所以會出現，常是因為主角總希望能用最小的代價換來最大的收穫**。如同我將在下一章節深入探掘的，故事與真實人生一樣，如果主角選擇這麼做，通常只會讓自己的處境惡化。畢竟，你可以用許多真的很有創意的方式讓你的主角自找麻煩。你的目標是事先把他的動機設定好，等到他犯下了錯誤，讀者才會覺得訝異，同時心想自己好笨，然後對自己說：「對啊！我早該料到會出這個紕漏。」

　　當故事不受因果規律的制約時，會發生什麼事？結果是很嚴重的。

有原因但沒有後果的話……

　　舉例說來，你的主角芭芭拉陷入了她意想不到困境，你必須解救她。所以你安排了一段及時解救她的情節，但是立刻忘記安排後續發展，因為你沒有想到：**如果你為了解決一個問題而把某個角色或某件事寫進故事裡，讀者就會出現「永遠忘不掉」的期待心理。**如同我將在第 10 章裡討論的，**我們天生就有「想要預測」的本能，而我們預測的方式是把事件的常軌找出來**。相似的常軌是安全的，偏離常軌的話，沒錯，就像電影《LIS 太空號》（*Lost in Space*）裡的機械人說的：「危險！威爾・羅賓森。」這就吸引了你的注意。透過某件事是否脫軌，我們才有辦法理解其意義為何。

　　例如，我們姑且說芭芭拉有個高傲的色狼老闆羅諾，某天兩人工作到凌晨後，他堅持要開車送她回家。她的心情沉到了谷底，但還是接受了，因為她需要這份工作。當羅諾把車開進她家車道時，她鬆了一口氣，不過當他很快地跳下那輛黑色的大型運動休旅車、繞到另一邊去幫她開門時，她就知道自己惹上了麻煩。她注意到羅諾露出淫笑的表情，於是跟他說，她可以自己進門就好。但是羅諾堅持，他說自己絕對不會讓一個手無寸鐵的女人落單，除非他能確認她家裡沒有入侵者。說完後，他順勢把手臂滑到她的腰部，芭芭拉知道她最好動作快一點，不然就完了。

　　這意味著，現在你必須想辦法讓芭芭拉解套，但又不會冒犯羅諾。所以你讓芭芭拉轉身面對羅諾，露出有異議的微笑對他說：「別擔心，我很有本事的。當然了，如果跟 06 年還在特種部隊當狙擊手時比起來，我的身手可能有點生鏽了，不過如果要我射死，比方說從你站的位子到半英里外這個範圍裡，任何方向的移動目標，我都沒問

196   Wired for Story:
The Writer's Guide to Using Brain Science to
Hook Readers from the Very First Sentence

題。」話一說完，她還故意把手伸進包包裡。羅諾也沒看她掏出來的到底是點三八左輪槍，或只是她家鑰匙，他已經一個箭步衝回那巨大的悍馬車，爬上去後火速把車開走。問題迎刃而解。

唯一的問題是，往後讀者心裡總是會有這樣的疑問：接下來到底什麼時候才會發生某件事，逼使芭芭拉真的掏槍出來解救大家，或者是招認她根本就不知道什麼是特種部隊，她只記得有次曾在湯姆‧克蘭西（Tom Clancy）的小說裡看到那種東西。然而故事所受到的損害不只如此。事實上，**儘管你讓讀者產生的那個期待與故事無關，但是從期待產生的那一刻起，讀者對故事裡的一切還是會有完全不同的詮釋。**

我們姑且說原本芭芭拉的故事是一本輕鬆的女性浪漫小說，主角最大的問題就是要讓充滿理想抱負、同時也是她想要釣到手的年輕醫生凱爾相信，她跟自己那個低級的老闆羅諾之間沒有瓜葛。問題是，從她提到她的特種部隊背景的那一刻開始，故事就完全變調，遠遠沒有原來那樣輕鬆了。因為讀者的閱讀樂趣有很大一部分已經變成「試著要猜出接下來會發生什麼事」。讀者會開始胡思亂想可能的情節。我想你應該不希望他們猜想的情節跟你說的故事完全無關吧？

你最不樂見的，就是讀者心想：「天啊，如果說芭芭拉真的是特種部隊隊員，那她為何會在狄蒙市的一家肥料工廠當接待櫃檯小姐？而且老闆還是像羅諾那種低級的小人？嗯，肥料不是可以製作成炸彈嗎？還有，她男朋友對她的過去是不是有一點太過小題大作了？當然，他說他在幫無國界醫生組織工作，但是誰知道他會不會順便走私一點毒品？有沒有可能是⋯⋯」像這樣，讀者就開始構思一個你想破頭也想不出來的故事了。

每當你要把某個東西寫進故事裡，就好像把一滴顏料滴進碗中的清水一樣。它會擴散開來，所有的東西會因而變色。在現實生活中，一個新資訊會促使我們重新評估所有舊資訊的意義、以及對我們的情緒衝擊，我們也會因而用全新的目光放眼未來。

至於在故事裡，**新資訊會影響我們對每一個事件的詮釋、我們對每一個細節的解讀，也會因此對未來的事件產生特定的期待。故事之所以具有說服力，是因為藉著新資訊去聯想是一件很刺激的事（我們每個人都有多巴胺上癮症）！**所以你必須讓新資訊跟故事的發展「真的有所關聯」。要是沒有關聯，如果作者不小心把一個跟故事發展沒有關係的資訊擺進故事裡，讀者心裡的故事就會與真正的故事分道揚鑣了。

所以，儘管從羅諾把車開走的那一刻起，也許作者已經忘了芭芭拉曾經待過特種部隊這一件事，但讀者沒有忘。契柯夫特別跟自己的好友，俄國藝術收藏家塞爾蓋·希楚金（S. Shchukin）說明的，就是我說的這種狀況：「如果你在第 1 章裡就提到牆上掛著一枝步槍，那麼到了第 2 或第 3 章，你就一定要讓它射出子彈。如果你沒有安排開火的場景，那它就不應該出現在那牆面上。」

因果關係就像數學算式，只是沒那麼複雜

身為作家，你可能已經對因果關係的規定感到有點卻步了。你說：「我怎麼可能清楚掌握故事裡的一切？我怎麼能確定自己有沒有不小心誤導了讀者？」哈佛大學的心理學教授丹尼爾·吉伯特說：「每個行動都有原因跟後果。」既然如此，也許我們可以把這句話比擬成一個簡單的陳年數學算式。

首先讓我們回顧一下因果關係法則對故事寫作有何關係。我們已

198   Wired for Story:
The Writer's Guide to Using Brain Science to
Hook Readers from the Very First Sentence

經知道的是,每一個場景一定要:

» 就某方面而言,是因為前一個場景裡的決定而引發的。

» 透過故事角色對於其遭遇的反應來推動故事往前發展。

» 讓下一個場景變成不可避免的。

» 讓讀者對故事角色有些許了解,藉此掌握其行動背後的動機。

這意味著,如果你想要確定某個特定場景是不是故事整體因果鎖鏈的一部分,你只要自問以下幾個問題即可:

» 這個場景是否包含了一個「關鍵資訊」,沒有它的話,未來某個場景就會顯得不合理?

» 讀者可以清楚看出引發這個場景的「原因」嗎?(當然,在水落石出後,讀者也有可能看到另一個「真正的原因」。)

» 這個場景是否有助於讀者了解故事角色的「行為動機」?

» 這個場景是否會讓讀者產生一種「期待心理」,認為即將有一個特定事件會發生?

現在,就像在做數學習題一樣:**當你在評估故事場景與故事本身的相關性時,你可以自問:「如果我把這個場景拿掉,後面發生的一切會有所改變嗎?」**容我借用已故知名律師強尼・柯克蘭(Johnny Cochrane)的名言:「如果答案是否定的,那就該把它排除掉。」我不是說這件事有多簡單,但是,既然你為了寫故事付出那麼多心血,為什麼要讓一兩個看來沒什麼壞處,但卻已經離題的東西糟蹋了它?

為什麼離題對故事是致命的傷害?

回想一下,上一本令你難以釋手的小說是哪一本?你還記得當

你翻閱小說時的內心感受嗎？**那種想趕快知道接下來會發生什麼的焦慮感，它是一種動感，它是發自內心的，這是大腦吸引你注意力的方式**，最好稍後再把有用的資訊傳達給你。

接下來請你想像一下：把故事比擬成一輛正以時速 60 英里向前馳騁的車子。你的心思完全投注在汽車的動能上，融入了故事裡。接著，作者突然注意到左邊出現了一片很漂亮的花田，所以他踩下煞車，害你的頭往前衝，差點撞上擋風玻璃，而他則是下車到田裡去玩了一下。他在嬉鬧的那個片刻看起來好美，充滿詩情畫意。然後他又回到車上，準備上路。

但是，故事還能維持剛剛的 60 英里時速嗎？不能，因為他剛剛把車停了下來，也就是說，現在的車速是零，而且他還不見得能把你騙回車上。故事很有可能再也回不到剛剛的車速，特別是因為你再也不相信作者了。他曾經沒有任何理由就把故事停下來，誰敢說他不會再來一次？還有，既然這離題的場景切斷了因果關係的鎖鏈，你再也不確定接下來會發生什麼事了。

事實上，你可能還在思索，剛剛在花田裡嬉鬧的那一幕與故事有何關係，但答案當然是否定的。這意味著，此刻你對故事裡發生的一切不再像剛剛那樣注意，所以你也許會忽略能夠重新啟動故事的東西。

我的朋友們，這就是為什麼你必須狠心地把故事裡離題的東西都殺掉，只因它們會殺了你的故事。我猜馬克·吐溫也知道這一點，因為他曾說過：「**一本書的成敗並不取決於書裡面的東西，而是取決於你把什麼東西留下不用。**」

你一定要知道，故事裡的一切都必須有合理的解釋：**它們一定是因果關係軌道上的一部分，是讀者「在那個時刻」必須要知道的。**面

200   Wired for Story:
The Writer's Guide to Using Brain Science to
Hook Readers from the Very First Sentence

對故事的一切，即使是再細微的東西，你都必須自問這樣一個殘忍的問題：「所以，然後呢？」因為如果你不問，讀者還是會問。

「所以，然後呢？」的測驗

我要你自問：「所以，然後呢？」是希望你能檢驗一下某個故事元素是否與故事本身相關。這個資訊是否透露了某件讀者必須知道的事？重點何在？它是否能推動故事往前發展？它會產生什麼後果嗎？如果你能回答上述的幾個問題，那很好。但是通常你的答案都是，嗯，否定的。

例如，如果在《風雲人物》電影中突然出現喬治‧貝禮去學飛蠅釣的場景。你一定會搔搔頭心想：「我需要知道這件事？為什麼？」你甚至可能懷疑這是不是個暗喻——也許跟「教他釣魚，他就永遠不會餓肚子」這個古老諺語有關？當你在東想西想時，很可能就錯過了比利叔叔不小心把他的 8 千元包在報紙裡，無意間丟到波特膝蓋上的那一幕。所以接下來所發生的一切，你就都看不懂了。因此，儘管喬治也許很喜歡釣魚，但我們不需要知道。飛蠅釣這個場景無法通過「所以，然後呢？」的測驗，因此導演法蘭克‧卡普拉（Frank Capra）才會把它留下不用。

你的故事呢？它是不是有時候會離題，朝著一個有趣但是不相干的方向發展，因而很有可能妨礙了讀者想要看到、或至少感覺到的因果關係本能？為什麼不拿出你的紅筆把它修改一下？別害羞。當你在大幅刪修故事時，也許會想要把山謬爾‧強森（Samuel Johnson）對作家的建議謹記在心：「把你的作品重讀一遍，每當你看到一個你認為寫得特別好的段落，就把它刪掉。」

第八章的經典情節製作術清單

你的故事是否從第一頁開始就遵循著一條「因果關係」的軌道，
因此每一個場景都是由前一個場景所引發的？
它們就好像一整排骨牌一樣，推倒第一個之後，它們就一個個接
連倒下去。主角在前一個場景中「所做的決定」，都會在下一個
場景中「接受考驗」。

故事中因果關係軌道裡的一切，是否都是圍繞著主角所追求的目
標（也就是故事問題）而發展出來的？
如果不是，就把它刪掉。就是這麼簡單。

在你的故事裡，情節層次的「外在事件」，是不是都是由主角「內
心的因果關係軌道」促發的？
就算故事裡發生了颶風侵襲、股市崩盤、或外星人攻占地球等事
件，讀者也不會在乎，除非那些事件以某種方式「直接影響」故
事主角追求目標的過程。

每當故事主角做決定時，你都讓讀者清楚看到他做決定的過程
嗎？特別是當他針對某件事改變主意的時候？
別忘了，不要只是因為身為作者的你知道主角在想什麼，就以為
讀者也知道。

你的每一個故事場景都遵循著「行動、反應與決定」的模式嗎？
它們就像你在跳華爾滋時數的拍子一樣，把它們當作節拍一樣熟
記在腦海裡：行動、反應、決定。視它為推動故事往前發展的動
力。

你故事裡的一切是否都能通過「所以，然後呢？」的測驗嗎？
不斷自問這個問題，把自己當個 4 歲小孩也無妨，只要你答不出
來，你就應該知道自己很有可能把某個「迷人的離題元素」寫進
故事裡了，或者是任何可能會危害故事的東西。

09

該讓主角吃苦頭時就讓他吃吧，多吃個幾次也沒關係

神經科學這樣說：
透過故事，
大腦可以模擬我們在未來度過各種難關的方式。

讀者的腦袋需要的是：
故事的功能在於讓主角通過種種考驗，
而且是他們無法想像自己也能通過的考驗。

204　Wired for Story:
The Writer's Guide to Using Brain Science to
Hook Readers from the Very First Sentence

"

「如果遇到暴風雨就下船放棄，那麼就不會有任何人能橫渡海洋。」
──美國已故工程師與發明家查爾斯. 凱特靈（Charles Kettering）

"

　　一句古老的諺語說：「好的判斷來自於經驗；而經驗則來自於錯誤的判斷。」問題是，錯誤的判斷有可能會害死人。你有可能因為誤判而忽略了每次踩煞車時聽見的怪聲音，或始終不去檢查你大拇指上奇形怪狀的腫塊，或者拿出所有財產跟某個聰明的傢伙一起投資，因為他的避險基金讓他賺翻了。更糟的是，錯誤的判斷有可能會毀掉你的社交生活──這個問題往往比我們自己以為的還要嚴重。

　　神經科學家理查・瑞斯塔克說的：「我們是社會動物，如果要生存下來，對歸屬感的需求就跟對食物與氧氣的需求一樣，都是不可或缺的。」所以，既然困境能幫助我們養成好的判斷力，那麼通常來講，如果想從經驗中學習，最棒的（或至少最安全的）方式就是透過別人的經驗來學習。而這就是故事的起源嗎？

　　不管是神經科學家、認知科學家、或演化生物學家，他們都花了很多時間思考這個問題：假設大腦總是忙著判斷什麼是安全的，什麼不安全，它為什麼會允許我們把總是充滿威脅的「真實世界」擺在一邊，盡情地投入故事的世界裡？大腦從來不會做沒必要的事，所以如同神經科學家麥可・葛詹尼加說的：「既然事實上我們似乎能藉由閱讀好的小說來獲得好處，那就表示虛構的經驗對我們是有益的。」

　　從求生存的角度來說，享受一篇好故事對大腦有什麼好處，以至於故事能把我們從忙亂的日常生活中抽離出來？答案很明顯：因為

它讓我們可以好整以暇地坐下來，由別人替代我們承擔粗暴命運帶來的苦難，最好還能學會如何閃躲命運的冷箭，假使有一天它真的朝我們射過來的話。

如同史迪芬‧平克說的：「**作者筆下的角色雖然都是虛構的，處境也屬假設，但是故事世界裡的事實與規律，和真實人生並沒有兩樣，讀者因而可以藉此探究種種遭遇的後果。**」我們天生就能融入故事的主角，對他的遭遇感同身受，因此他的經驗對我們來講是如此接近，近到好像是一塊伸手可得的蛋糕，一拿就可以吃下去。當然，這就是我要說的重點。

這意味主角就像是白老鼠一樣，不管我們喜歡與否，就是因為有白老鼠當替身，我們才不用受苦受難。但是，儘管白老鼠有「善待動物組織」（PETA）可以出面幫牠們維護權利，主角卻得要自力救濟，而他們的人生可真是多災多難。認知心理學家基斯‧奧特利（Keith Oatley）與雷蒙‧馬爾（Raymond Mar）寫道：「例如，在文學作品中看見一個主角痛苦地與摯愛分手後，我們就會不禁深思，如果自己碰到同樣的事情，會有什麼感覺。當我們在真實生活中必須面對這種事件時，這個知識就變成了可貴的資產。」

該注意的是，**你的主角是真的需要承受苦難，否則他就沒什麼值得我們學習的，而且我們也就不會去關心他的遭遇了。**這跟人生的一切沒什麼不同，也就是說比做容易。因此，我在這一章將會深入探究，如果你讓你的故事主角吃一點苦頭（或者很多苦頭），其實是在幫他的忙；其次，為什麼在文學性比較強的小說裡，主角所受的苦難應該要比商業化的大眾小說主角多？此外，如何營造故事主角的困境，還有為何有些作家覺得不可能虐待自己的主角。最後，要怎樣才能破壞故事主角的周詳計畫？我將帶你檢視 11 種最為奸詐的方式。

206 Wired for Story:
The Writer's Guide to Using Brain Science to
Hook Readers from the Very First Sentence

沒有痛苦，就沒有收穫

你是否曾經懷疑過，自己也許在某個微不足道的方面帶有一點點的虐待狂傾向？這樣很好。因為，**儘管你深愛自己筆下的主角，你塑造故事情節的目標，卻是要逼使他不得不去直接面對自己逃避了一輩子的問題**。你必須確保他越是努力掙扎，問題就越嚴重。儘管他表現很好，卻還是常遭到懲罰。當然，偶爾你會讓他以為沒事了，但那只是你要讓他掉進一個更棘手的困境裡的手段。你想讓他鬆懈下來，降低防備，最好在他最意想不到的時候痛擊他。不管你是不是覺得他應該已經受夠了，你都不應該放過他。因為如果你放過他，就無法讓他為自己贏得英雄的地位。

諷刺的是，你所做的壓根就不是個虐待狂的行徑。你是為他好，就像小學老師常說的，你只是希望他把潛能徹底發揮出來。為了達到這目的，如果你不手軟，才是真正在幫他。的確，每個人都說他們想要把自己發揮到極致，不過，只是時候未到，最好的時機總是在明天或隔天。胡扯，根本就沒有什麼最好的時機，要做的話，就是在當下。而此時此刻，**你的職責是確保故事主角被捲入他無法控制的情境中，從此與安逸的生活說再見，開始繃緊神經**。

故事就像是一個難度越來越高的挑戰賽，宗旨就是要確定你的主角有資格達成他的目標。這意味著，雖然你可能很難下手，但是你為故事主角所提供的「養成教育」，就是要苦其心志，勞其筋骨。即使他已經開始痛苦扭動了，你還是不能把他的腳底從火的旁邊拿開，就算他求饒也不行。畢竟，有誰希望自己的主角變成一個只會打嘴炮的人？

等一等，也許你正心想：「商業化的大眾小說情節不也都是這樣

嗎？」有人說，大眾小說是靠情節取勝的，所以故事裡總會有很多事情發生，而且情節越來越複雜，每件事都有其後果。既然文學小說是靠角色取勝，就不需要種種人為且表面化的情節安排，它不需要以日常生活經驗之類的東西為焦點。對吧？

事實上，你錯了。真的大錯特錯。

迷思：文學小說以角色取勝，所以不需要情節。
事實：文學小說裡的情節就算不比大眾小說裡的多，至少也不會比較少。

既然在嚴肅的文學作品裡，比較不會像通俗小說一樣充滿了「重大事件」，小說家對於紮實情節結構的需求度，事實上就遠勝於英國的女性浪漫小說家賈姬‧考琳絲（Jackie Collins）了。**文學小說的層次感要更強，寫得要更細緻，複雜度要更高，如此一來才能表達出更為微妙與精細的主題。**以角色取勝的小說不依賴沉船、隕石與滔天巨浪等事件，而是要在被忽略的姿勢、快速的點頭動作與片刻的遲疑中傳達訊息──而這一切如果交由一個偉大的作家來運用，其震撼力恐怕比 9 級地震還要強大。

但是千萬別搞錯了：**文學小說仍然需要勇敢的主角，由他去面對越來越困難的挑戰，因為不管你對主角的描繪有多麼精細，他仍是個對某種東西有強烈欲求的人物。**如果他沒有因為那股欲望而必須接受試煉（沒錯，在大眾小說裡也是這樣，主角要接受火的洗禮），那麼不管是主角本身或他所身處的故事，都會顯得太過平淡，缺乏吸引力。

切記：**故事的重點在於，主角歷經了一連串事件後，被迫設法解決自己棘手的內心問題；**而諷刺的是，文學小說與大眾小說相較下，

208　Wired for Story:
The Writer's Guide to Using Brain Science to
Hook Readers from the Very First Sentence

更為擅長的就是表達這種內心問題了。所以，不要被上述錯誤的老舊觀念誤導，就此擺脫它，不過，請用比較詩情畫意的方式擺脫它。

以經典電影做練習：《蘇利文遊記》

我們剛剛已經承認，不管我們有多愛故事主角，如果他想要成為故事的真正焦點，他就必須被捲進一個困境中。那多艱困？一開始並不是很艱困。主角追求目標的過程原本看來都是很簡單的，至少對他來講。幾乎可以說一定都是如此。因為就像現實人生一樣，如果主角「早就知道」為了辛苦獲勝必須付出多少血淚，可能他連嘗試都不願意。所幸，不管是你我或是故事主角，向來沒有人知道：想要獲勝有多麼困難。

例如約翰‧蘇利文。在普瑞斯頓‧史特吉斯（Preston Sturges）於 1941 年推出的經典電影《蘇利文遊記》（Sullivan's Travels）裡，蘇利文是個養尊處優的年輕電影導演。他已經受夠那些很賣座、卻沒有意義的爛片，他最近的一部作品叫做《秣草棚裡的狂歡》，光聽片名就知道有多爛。蘇利文想要導的是貨真價實的劇情片。他的製作人在擔憂之餘還抱著一絲希望問說：「能夠加一點性愛的場景進去嗎？」蘇利文根本不理會，只說了一句：「我希望這是一部受到尊敬的電影…它能反映出人類承受苦難的實情。」

當有人跟蘇利文說他不曾有過受苦受難的經驗時，他一口就承認了，但並未放棄，而是決定用一個簡單的方式來解決問題。他想要受苦受難。那會有多難呢？他到片場的戲服部門去，挑了一套破破爛爛的衣服（不過，他還是要管家幫他穿衣服），然後搭便車出城去，口袋裡只有 1 毛錢。但他還是沒有受苦受難，只有遇到一個想男人想

瘋了的中年寡婦，讓他有點懊惱，他很快就又回到好萊塢了。

　　這下蘇利文知道，如果想受苦受難，不只是像當個窮人那樣簡單而已。他再度出發，但是電影公司此刻開始擔心，他可能會如自己所願惹上麻煩，於是堅持派出一輛「褓姆車」跟著他，以防萬一。這次唯一讓他受苦受難的，就是被一群笨蛋跟著。蘇利文的計畫再次失敗，他決定賭大把一點，再度上路，最後終於跟著一群遊民一起搭上了火車。

　　現在他終於看見真正的受苦受難與貧困是怎麼一回事。他睡在地板上，還得餓肚子。然而，當個窮人跟真正身無分文還是有很大的差別，特別是等到他回家後，又會變成有錢人。這是蘇利文第三次失敗了。這次他的計畫之所以失敗，是因為他覺得太過不舒服，因此沒有讓自己多受點罪，以致沒能了解什麼叫做受苦受難。

　　蘇利文真的打算認輸了，他打算回到好萊塢，把問題的頭緒給理清楚。他的每個計畫都失敗了，再繼續下去有什麼用？此外，他開始懷疑自己是不是有毛病，居然喜歡偷窺人們受苦受難的情況。感覺起來很像是要挑釁命運之神。接下來，就像我們常說的，許願時要小心──命運之神真的介入了他的人生，甚至把他原先的賭注給提高了。蘇利文的鞋子被一個遊民偷走，其中一隻鞋的鞋底縫有電影公司的員工識別卡，而那個遊民被火車撞個稀巴爛，警方找到識別卡後便宣稱蘇利文死了。

　　然而，真正的蘇利文在還沒有回到好萊塢之前，本來想拿 5 塊錢鈔票給一群遊民，結果卻被其中一人打了一頓，並把錢搶走。恍恍惚惚的蘇利文攻擊了一位鐵路警察，結果被逮捕。他跟警方說他是蘇利文，滿心以為會被採信。但是因為他沒有身分證件，死訊又變成各大報的頭條新聞，此時誰會相信他？沒有任何人。

210   Wired for Story:
The Writer's Guide to Using Brain Science to
Hook Readers from the Very First Sentence

　　蘇利文被定罪後，送進勞改監獄，他這下才真正體會到自己一直想要找尋的人生經驗：沒有脫逃條款可以使用的苦難人生。他的目標達到了。現在，他已經知道等自己回到好萊塢之後，要怎樣以苦難的人生為題材來拍片了。

　　只不過，最後他學到的教誨，跟自己原先設想的可說是完全相反。因為，現在他知道那些受苦受難的人最不想看到的，就是目睹更多的人承受苦難。他們想要的是脫離困境；他們想要大笑；他們想要暫時遺忘人生的一切錯誤；他們想要欣賞《秣草棚裡的狂歡》的那種電影，感覺一下如果人生可以如此瘋瘋癲癲的，是多麼美好的一件事。

　　到最後，由於一切能夠出錯的狀況都發生了，所以蘇利文才能擁有一個完美的故事，能給予其主角最佳體驗：他回到故事開始的地方，用全新的眼光檢視一切。世界沒有改變，而是他改變了。

　　假使電影的編劇兼導演史特吉斯用比較仁慈的方式對待主角蘇利文，電影的結局就只是蘇利文發現：就算他再怎麼嘗試，他都沒辦法搞懂失去一切到底是什麼滋味。而且，他也真的努力嘗試了啊！不是嗎？所以，他的表現算不錯吧？不對。因為在他身陷囹圄之前，他還是過著一帆風順的生活。

　　而導演史特吉斯知道：一帆風順的人生根本就不算是一種考驗。所以史特吉斯沒有在千鈞一髮之際出手營救蘇利文，而是袖手旁觀，讓獄友們好好修理他。史特吉斯實際上是藉此幫了蘇利文一個大忙。如同一句諺語說的：「這世上最不快樂的，就是那些沒有遭遇過困境的人。人生最大的不幸，就是沒有遭遇過不幸。」只有讓蘇利文不幸到了極點，史特吉斯才有辦法讓他變成一個更棒的人。

讓你愛的人受傷是很重要的一件事

　　我知道很多作家都不太願意讓他們的主角吃拳頭，或者被槍擊、被刀刺，甚至被毒打，但是我想對他們來說，更難下手的一件事，是讓他們筆下的英雄出糗。畢竟，被人打一拳就算了，只會受到皮肉傷，刺痛感消散，傷口痊癒後，一切宛如煙消雲散。更何況，身體受傷這種事可以自己吞下去就好，可以瞞得了別人。

　　但是出糗呢？出糗一定是發生在大庭廣眾之下。跟身體的疼痛不同，出糗讓別人對你有所了解，這意味著：你不只犯了錯，而且還被抓包。**不管是出糗、屈辱或丟臉，都會對人的社會生活造成一種持續的傷害。讓人每次回想到那件事，就有一種好像它才剛剛發生的刺痛感，就算幾十年過去了也一樣。**所以說，「mortify」（屈辱）這個字的原意是「死去」，這一點都不令人感到意外，因為當我們出糗之後，常常會有一種「讓我死了吧」的感覺。

　　然而出糗卻是最能促使我們成長的事。

　　作家為什麼都不願意讓他們的主角經歷出糗、屈辱或丟臉的經驗呢？這實在是很可惜。就算沒有看過蕭伯納的劇作《賣花女》（*Pygmalion*），我想你也知道作家或藝術家總是會愛上自己創造出來的東西。所以，**作家總是會無意間讓他的主角比較好過、善待他，有點像是個體貼的導演，總是只把明星「比較好看的那一面」用鏡頭呈現出來。**在現實生活中，讓人陷入尷尬的處境是不道德的，如果你還用手指著他，要大家都注意他，那就更糟了。

　　自己出糗沒被發現是一回事，但是在眾目睽睽下出糗，那又是另一回事。例如，約翰是個知名法學院的畢業生，但他卻沒通過司法人員的考試，而且考了兩次都沒過。於是他心想：「嗯，至少，除了我

212   Wired for Story:
The Writer's Guide to Using Brain Science to
Hook Readers from the Very First Sentence

之外沒有人知道這件事。」不過,如果這個約翰是甘迺迪總統之子約翰·甘迺迪二世,那就不一樣了,《紐約郵報》會用斗大的標題寫著:「小甘又考砸了」。

在大家面前遭受打擊實在是一種屈辱,但這的確會改變一個人,有人會開始用假名,或搬到另外一個州去,隱姓埋名,抑或是跟小甘一樣,選擇接受挑戰(事實上,他堅持下去,並通過考試。他在曼哈頓地檢署擔任檢察官的時候,打贏了手頭上所有的 6 個案子)。

在不斷提高賭注的過程中,主角也會有所成長,這是故事的關鍵,因為到最後他必須跨越的,會是一個極高的障礙。所以說,在主角面臨那個障礙之前,你讓他吃越多苦,對他就越好。如同女詩人艾蜜莉·狄金生(Emily Dickinson)說的:「跳得最高的,往往是受傷的鹿。」如果你希望你的主角通過最後一個考驗,大聲歡呼,你就必須讓他一路承受各種苦難。

切記,在你開始破壞故事主角的計畫前,你必須先讓讀者知道主角的計畫內容,以下是一個能教會你如何折磨故事主角的速成課程,當然,一切都是為了他好。

折磨主角時的 11 個「應該」與「不應該」

1、你不應該讓故事主角在「沒有遭到逼迫」的狀況下答應任何事,即使是答應他自己也不可以。

還記得嗎?小時候每當有人要你去做你不想做的事,你總是會大叫:「喔,是嗎?你逼我啊!」在故事裡,每當你的角色要答應任何事的時候,都應該把這句話當作金科玉律。在故事裡,任何人都不應該洩漏任何資訊,除非他們是被逼的,不管是被人

用槍指著頭，或者更常見的是，在他們無法控制的情況下才說出來。資訊就像錢一樣重要，任何人都要有所付出才能賺取，沒有人會白白把資訊提供給別人，而且想要獲得任何東西，都必須付出代價。你必須安排一個有說服力的理由，才能讓你的主角答應任何事。**他必須是為了有所收獲，或者是避免某件糟糕的事情降臨。絕對不能白白答應。**

2、你應該讓故事主角的心裡有祕密，而且還要讓他說出來。

我們都是為了一個理由而保密：因為我們害怕祕密說出來後會造成改變。然而保密不是一件簡單的事。如同神經科學家大衛・伊葛門（David Eagleman）在《躲在我腦中的陌生人》（*Incognito: The Secret Lives of the Brain*）一書裡說的：「祕密是大腦不同部位之間競爭鬥爭的結果。某個部位想要透露某件事，另一個部位又不想。」事實上，保密有礙身心健康。根據心理學家詹姆斯・潘尼貝克（James Pennebaker）所說：「與真正去體驗某件事相比較，如果你不與別人討論或坦承那一件事，對你的傷害其實更大。」

因此，不管你認為洩密對你的主角來說有多痛苦，你都該知道，其實逼他洩密終究對他是件好事。這會讓你比較安心。你不希望他因為保密而心臟病發吧？所以，不管他保密的慾望有多強烈，你都不應該讓他一直守住祕密。事實上，如果故事主角越想保持緘默，就越會因為故事情節而被迫洩密。

還有，你不應該對讀者守住祕密，讓讀者知道沒關係。誰都喜歡知道內線消息。**對讀者來說，其樂趣的來源是知道主角保守的是什麼祕密，還有為何要保密。當主角嘴裡講的跟心裡想的不一樣時，這種差異造成的張力足以讓讀者感到陶醉。**

214　Wired for Story:
The Writer's Guide to Using Brain Science to
Hook Readers from the Very First Sentence

3、**你應該讓主角盡力亡羊補牢，但是卻把情況越搞越糟。**

這一點又被稱為「反諷的故事元素」。還記得我曾說過，你應該讓「前一個場景裡做的決定」促發「下個場景裡的行動」嗎？這個模式就是：**不斷提高賭注，逼使主角在越來越緊繃的狀況下重新評估自身處境。**

你有各種各樣的方式可以提高賭注。例如，愛波暗戀蓋瑞，所以為了更加了解他，她到他的事務所去應徵工作。她錄取了，而且剛好就在蓋瑞的部門工作。當她盛裝打扮，穿著一件自己根本買不起的新衣服去上工時，卻發現自己做的就是蓋瑞原來的工作。而他呢，則是升了職，被調到倫敦的辦公室去了。（又或者他被炒魷魚，只因她的經歷比他更強，那就更糟了。）

有時候，令人感到諷刺的是，主角的計畫徹底奏效，他如願達成目標，但卻發現那目標根本就絕不是自己想要的。如果是這樣，愛波就會發現蓋瑞立刻傾心於她，把她擁入懷裡，低聲說一句「我愛妳」，但是他更愛玩線上遊戲《魔獸世界》，而且他都從晚上玩到黎明，如果不是他媽常敲打他的房間牆壁，他一定會每天玩。

4、**你應該讓每件能出錯的事情都一定要出錯。**

但是，**不要讓故事主角知道自己會出狀況，讓他一開始就相信自己一定會心想事成**，好像聯邦快遞會在明天早上 9 點前把全世界的錢都運到他家門口，一切都是如此順利。這不是因為他有幻想症，而是人性本來如此。如我們所知，為了保留寶貴的能量，大腦只要能夠少做一點事，就不會多做。在以前，如果能用最省力的方式解決問題，絕不會有人多費一點力氣。但是，說老實話，你還記得有什麼時候最省力的方式能解決「任何」問題嗎？

事實上，最省力的方式只會讓事態變得更糟糕，而且很可能出現主角連想都沒想過的狀況。所以每當電影的主角鬆了一口氣，說了一句：「嗯，至少現在再也不會有『別的事』出錯了。」我們總會心頭一緊，因為我們知道這可能意味著一件事：有一件大事即將出錯，而且通常來講，那件大事會讓先前每件出錯的事看起來都像是小菜一碟。

5、你應該讓故事主角一開始用 1 塊錢下注，到最後把全部身家都賭進去。

如果你能讓故事主角遇到的麻煩越來越大，你就會發現另一件有趣的事：儘管大部分的主角一開始都只敢下注 1 塊錢，但是到最後讓他們畏縮、抱怨與擔心的，往往遠大於那 1 塊錢，而且會是他們的全部身家。

以約翰・休斯（John Hughes）在 1986 年推出的經典電影《翹課天才》（*Ferris Bueller's Day Off*）為例，法瑞斯的跟班卡麥隆是個從來不敢頂撞父親的傢伙，據卡麥隆所說，他父親把一輛陳年的法拉利跑車當作命根子，從來不開那輛車。卡麥隆是個軟腳蝦，他不敢頂撞任何人，不過他不但被法瑞斯說服一起翹課，而且還把父親的法拉利開出去兜風。法瑞斯跟卡麥隆保證，事後他們只要把車子架高，倒檔空轉個幾英里，就能讓里程錶上顯示的里程數往下降。卡麥隆唉聲嘆氣，一直發牢騷，但是不敢說不。

當然，他們不只是小小兜個風而已，而是在外面晃了一整天，消耗的里程數遠遠超過卡麥隆的想像，更別說還差一點把車子撞凹、搞丟或被偷。卡麥隆一開始抱怨連連，但在整天下來後，他不斷陷入各種逼使他必須堅強起來的困境裡，他這才發現，自己其實比想像的還要勇敢多了。還有，他還發現，像這樣把一輛拉

216 Wired for Story:
The Writer's Guide to Using Brain Science to
Hook Readers from the Very First Sentence

風跑車供奉在玻璃車庫裡，而不是大膽開著它去拉風，實在是很蠢的一件事（同樣的，像他父親每天只注意一輛從來不開的車，而不是自己的兒子，也很愚蠢）。因此，卡麥隆終於能夠對他爸爸生氣了。

當那一天結束時，卡麥隆發現，就算把車子架起來倒檔讓輪子空轉，也無法降低里程數（這有什麼好意外的），他還是感到有一點慌張。怒火中燒的卡麥隆終於把壓抑已久的憤怒都發洩了出來，他狠踹車頭一腳，讓車身凹了進去。他知道自己現在已經敢頂撞父親了，因此靠在車上露出滿意的微笑，但卻不小心把車子給撞開，由於引擎還在運轉，所以輪胎著地後，車子立刻撞出玻璃車庫的牆壁，衝出去後掉到下面的山谷裡。

就像《伊索寓言》裡所說的：「如果沒有遭逢重大不幸，人們往往無法被激發出較大的勇氣，即使是些許的不滿都無法忍受。」這一整天下來，卡麥隆已經學會據理力爭，因此沒有接受法瑞斯說由他來頂罪的提議，而是從自己的內心深處找出跟父親坦承的勇氣。此刻，他已經不再像早上那樣害怕說出真相了（真相是，車子已經在山谷裡摔成廢鐵），早上的他就連汽車里程錶上只是多出個幾英里，都會感到害怕不已。

6、你不應該忘記這個道理：「天下沒有白吃的午餐。」當然了，有毒的午餐例外。

換句話說，不管你想要什麼，都要靠自己去爭取，這表示你不能讓故事主角不勞而獲。畢竟讀者的目標是要體驗主角在事情出錯後的反應。如同史迪芬·平克指出的：「故事可以幫助我們擴充人生的選擇性，方式是讓我們一點一點地趨近危險邊緣，但又不

至於真正的身陷其中，藉此測驗出安全界限。」這意味著主角想要有所收獲，就必須付出，而且往往會付出自己意想不到的代價（也就是說，如果他早知道代價那麼大，就不會想要了）。每當主角遇到不勞而獲的好處時，通常來講，事實上都是完全相反的禍事。

例如，在《風雲人物》影片裡，大壞蛋波特突然把喬治叫到辦公室去，他用虛情假意的聲音對喬治說，要給他一個畢生難得的機會：一份高薪的工作，這馬上就可以改善他窮困的生活。喬治甚至還真的考慮了一下，但是他可不是天真的白雪公主（就連鳥兒都知道不該吃下那顆蘋果），他知道波特是一隻毒蜘蛛。他非常清楚，如果接受波特的工作，他就必須付出慘痛的代價。

7、你應該鼓勵你的故事角色說謊。

儘管在現實生活中，我們不喜歡有人對我們說謊，但在故事裡，會說謊的才是能吸引我們的角色。一個角色即使再平凡無奇，只要他說了一個極具煽動性的謊話，都能變得引人入勝，因為我們會心想：「嗯，他到底為什麼要說謊？他有什麼好掩飾的？也許這個角色其實不是那麼無聊。」

當然，這表示你必須讓讀者知道這個故事角色正在說謊。如果讀者不知道那是謊話，他們如何能預期當真相被揭穿時會發生什麼事？謊話跟祕密一樣，一旦說出口後，總有被揭穿的一天。事實上，**讀者之所以會一頁頁往下翻，很重要的一個理由就是他們也在想像謊話會造成什麼後果。**

謊話有不被揭穿的時候嗎？當然，但是絕對不要給讀者「只是因為…」這種理由。每當謊話沒被戳破時，理由一定是能讓讀

218   Wired for Story:
The Writer's Guide to Using Brain Science to
Hook Readers from the Very First Sentence

者知道有關於故事角色的重要訊息。而且，有時候故事本身的
重點就在主角說謊後是怎樣脫身的。例如派翠西亞‧海史密斯
（Patricia Highsmith）的絕妙小說《天才雷普利》（*The Talented
Mr.Ripley*），就是以一個非常不道德的年輕人湯姆‧雷普利為主
角，故事開始沒多久後他就犯下謀殺案。

雷普利的系列小說一共有五部，在《天才雷普利》裡，湯姆的謀
殺罪一直沒有東窗事發，這意味著他必須一路說謊到底。因此，
小說的刺激之處就在於：他一方面深怕自己的謊言有被戳破的一
天，但另一方面，讀者已經預期謊言不會被戳破，而且想知道
為什麼。從這個絕佳的例子裡，可以看出編劇家諾曼‧庫拉納
（Norman Krasna）所言不差：「**用讀者已經預期的東西來讓他
們感到驚訝。**」

說到這裡，我要提醒你，在故事裡有一個人是不能說謊的：就是
身為作家的你。不過，作家往往還是會說謊，通常是因為他們還
不想讓讀者「猜出答案」，如同我在第 6 章說過的。問題是，
讀者心裡已經隱約建立起對你的信任，所以當他們發現你在說謊
時，就會開始猜想故事裡是不是還有東西可能不是真的，接著開
始對一切都疑神疑鬼的。

8、你應該讓故事存在一個明確、迫切且越來越嚴重的危機，不是個模模糊糊的假貨。

大家都知道故事需要一種對立的張力。沒有張力，主角就沒戲可
唱，不管他多麼努力嘗試，幾乎不可能有機會證明自己的價值。
因此，**你必須把對立引發的張力勾勒得清清楚楚的，而且要有一
種迫切感，它不該是個朦朦朧朧、始終沒成形的威脅，也不該是
個沒有真正作為的反派角色，不管他有多懦弱，你都不能讓他只**

是在出手與不出手之間毫無意義地閒晃。

為此，每個反派角色都該隨身攜帶的配件，就是一個可以倒數計時的時鐘。**最能夠讓大腦集中注意力的，莫過於一個即將到來的期限，而主角的行動也都會聚焦在這個時間點上。**這不只能讓主角的行動持續有所進展，還能讓身為作者的你聚焦在故事的發展上，並不斷提醒你，就算你真的很想安排主角到托斯卡尼去度過週末，追尋自我，但是如果主角不能在午夜前找到米爾特叔叔的遺囑，等到拆屋大隊在黎明出現時，一切就都毀了。

當然，**你不一定要創造出一個反派角色才能營造出對立的張力。對立有可能是概念式的**，例如嚴格的社會規約所引發的對立、思慮不周的科技發展所衍生出的毀滅性力量、或者是法律條文的暴力。然而非常重要的是，你不能讓這個力量始終持續其概念性，因為我們都知道，概念是抽象的，不管是在實質上或情緒上，對我們都不會有所影響。概念只有在轉化成特定事物，也就是具體化之後，才能影響我們。這意味著你必須把那個概念體現在某些特定角色身上，讓他們試著逼迫主角去順從其意志。

例如，肯‧凱西（Ken Kesey）的小說《飛越杜鵑窩》（*One Flew Over the Cuckoo's Nest*），就是聚焦在嚴格的社會規約要求逼迫那些自行其事的人就範，如果他們不從，就對他們施以腦葉切開手術。這是個發生在精神病院裡的故事，反派護士角色叫做拉奇德（Ratched，ratch 有棘輪的意思），這名字還取得真好。儘管她照顧的那些人被她整得只剩半條命，但她只是小說主題的擬人化，不過卻能用無情的方式把主題發揮得淋漓盡致。

9、你應該讓你的反派也有心慈手軟的一面。

220　　Wired for Story:
The Writer's Guide to Using Brain Science to
Hook Readers from the Very First Sentence

儘管有違我們的直覺，但我們已經知道故事裡的反派應該也要有
心慈手軟的一面，就算那好的一面稍縱即逝、微不足道，也無所
謂。畢竟，沒有人是壞到骨子裡的。或者說，就算壞到骨子裡，
也很少人自認如此。

不管是歷史上嗜血卑劣的暴君，甚或被選出來的高官，絕大部分
都自認在做善事，常自稱是奉上帝與祖國之命。然而更重要的
是，**黑白分明的角色，不管是壞到底或好到底，都很無聊，而且
無法引起讀者共鳴。**事實上，有時候一個爛好人甚至比壞蛋還要
惹人討厭。

你自己想想看：如果你的辦公室裡有個帥到爆的傢伙，他做事總
是一絲不苟，家庭生活完美無缺，辦公桌總是整整齊齊，在有些
時候，難道你心裡不會猜想他家地下室裡藏著什麼東西嗎？或
許你不是因為忌妒才那樣想，而是因為沒有人可以如此「完美」。
就像主角需要缺陷，反派角色也需要一個正面的特色。

此外，壞到底的角色不太可能改變，因此顯得很無聊。我們常說：
「你看他的外表是什麼樣子，他實際上就是什麼樣子。」而這種
反派實際上的樣子通常很無聊，不過如果你的反派還有一兩個好
的特色，他也許就有被救贖的可能，為故事注入了一點懸疑感。
請注意，我不是說故事裡的壞蛋一定要被救贖，但不管是他或故
事本身如果能帶有一點可能性，就更能引人入勝。

10、你應該把故事角色的缺點、心病與不安全感都曝露出來。

故事的重點是在描繪那些陷入不自在處境的人物，而且如同我
們所知道的，最能令我們感到不自在的，莫過於改變了。或者
如湯瑪斯・卡萊爾（Thomas Carlyle）所說：「人的天性痛恨改

變，就像很少人會背棄自己的老家一樣，除非它已經快要塌下來
了。」

這表示，故事的重點通常就是要讓讀者看到某個人物的老家倒
塌，一磚一瓦不停掉下。若是一個故事以「如果⋯，真不知道會
發生什麼事」為前提開展，其結局很少會變成：「這個女人快快
樂樂地把自己調整得很好，她滿意地嫁給了一個很棒且快樂的男
人，她的事業發展順遂，兩個小孩跟她一樣，又快樂，適應力又
好。」為什麼？因為這世界上其實沒有「完美」這回事（為此
我們真該感謝上帝），同時也因為：如果這世界沒有被搞得天翻
地覆，那就太無聊了（當然啦，除非那是你自己的世界，無聊反
而是一件好事）。

**作者的職責就在於：把任何可以庇護故事主角的地方給毀掉，主
動逼他走到外面的世界。**作家通常都比較心軟，所以當情況變糟
時，常常都會偏袒主角。但是，英雄之所以會成為英雄，一定是
因為他有過一些英勇的事蹟，意思就是，他挺身迎接挑戰，於逆
境中求勝，並且在這個過程中戰勝自己的心病。如果想讓故事主
角緊緊地跟隨著故事的發展，你一定要讓每一個「外在的情節轉
折」都能逼使他去面對某件與自己有關的事，而這一點只有身為
作者的你能做到。

11、你應該把自己的心病也透露出來。

作家之所以有時候會保護故事主角，讓他躲避真正的棘手問題，
還有另一個比較複雜的理由。有時不是作家想要保護主角，而是
因為作家本身對主角所面對的問題感到不安。如果主角能迴避那
個問題，作家自己也就不用去面對它了。就像你能用「爆料」的

222   Wired for Story:
The Writer's Guide to Using Brain Science to
Hook Readers from the Very First Sentence

方式來對待你的故事角色，他們也可以爆你的料。畢竟，如果你
逼故事角色去做一些於禮不合的事，等於是讓讀者知道你自己也
熟知那些人生的黑暗面──也就是我們會背著別人去做的事。這
當然是讀者在故事中追求的。

有誰不知道文明社會是怎麼一回事？讀者不需要文明這方面的
資訊，他們都懂的。但是，在我們沉穩、有自信，用來面對大眾
的面貌底下，大部分的人都有極其不堪的一面，而在我們勇敢試
著去了解這個世界的過程中，那都是我們想盡力掩藏起來的一
面。

但通常來講，能聚焦在這個面向上的，才是貨真價實的故事，只
有這個面向才能讓讀者在驚嘆之餘感到鬆了一口氣，心有戚戚
焉，並在腦海裡浮現如此的聲音：「我也是這樣！本來我還以
為只有我這樣！」因此，古希臘史學家普魯塔克（Plutarch）才
會以這個雋語來建議作家以及故事主角：「那些以偉業為目標的
人，一定也都應該是受苦受難的人。」

或者，從一個比較哲學性的角度說來，如心理學家榮格（Jung）
所言：「光是想像那些光明的人物，並不能對我們有所啟示，唯
有讓意識深入黑暗面才可以。」

第九章的經典情節製作術清單

你已經讓可能出錯的一切都出錯了嗎？

不要當好人，就算稍微手下留情也不行。把社會規範拋諸腦後。
你的情節安排是否能不斷逼使故事主角去面對挑戰？

**你已經把故事主角「內心最深處的祕密」與「最不為人知的缺陷」
都披露出來了嗎？**

就算這個披露的過程令人萬分尷尬與痛苦，你是否已經逼你的主
角說出實話了？你是否迫使他去面對自己的心病？如果你不逼
他去面對，他要怎麼克服它們呢（或者搞清楚那其實根本就不是
心病）？

**故事主角獲得的一切是否都是靠爭取來的？他失去的一切是否
都令他付出了代價？**

這等於是說，每一件事發生後都會衍生後果。最理想的狀況是：
正因為是這種後果，才逼使你的主角採取他原來不想採取的行
動。

**故事主角用來改善其處境的作為，是否都反而使自己的處境更惡
化？**

很好！情況對你的主角越糟的話，對你的故事就越好。如果你
能讓他的處境從糟糕變成極度糟糕，當張力越來越強、還有賭注
越來越大時，你的故事發展就能維持在常軌上。

224   Wired for Story:
The Writer's Guide to Using Brain Science to
Hook Readers from the Very First Sentence

你的故事裡有哪個人物是「對立力量」的化身嗎？那是一股迫切且強烈的力量嗎？

你不一定要把反派角色寫成憤怒的大猩猩或是帶槍的瘋子，但讀者總是希望能有個討厭的對象（或事物）。這意味著，如果你描寫的威脅過於模糊，也就是說那股「惡勢力」不夠具體，或者你說不清可能會發生的災禍到底是什麼，那麼讀者就無法融入故事裡。危機必須是具體的，而且再過不久就要降臨。

10

從「梗」通往「相應的結果」

神經科學這樣說：
大腦厭惡沒有秩序的狀態，
所以它總是會把各種訊息轉化成有意義的模式，
如此才能預期接下來會發生什麼事。

讀者的腦袋需要的是：
讀者總是在故事裡尋找模式；
對你的讀者來講，故事裡只有三個東西：
梗，還有相應的結果，
以及從梗通往相應的結果之路。

226   Wired for Story:
The Writer's Guide to Using Brain Science to
Hook Readers from the Very First Sentence

66

「把模式套在經驗上面，其結果就是藝術。」
　　　　——英國哲學家懷德海（Alfred North Whitehead）

99

　　「紅色上面那裡笑話砂礫，趕快也許圓的最多。」讀不懂是什麼
意思，對吧？感覺起來好像有一輛火車撞進你的腦袋裡。只要多看
一個字，就越覺得與你本能期待的語言模式格格不入，這表示你的大
腦就不會繼續分泌多巴胺；大腦裡的神經傳導質反而會給你比平常數
量還少的多巴胺，藉此表達它們的，也就是你的不悅。

　　大腦不喜歡任何看起來沒有秩序的東西，它會努力地找出規則
——不管它面對的東西是否真有規則存在。我們就以星空來當例子。
諾貝爾物理學獎得主愛德華·珀塞爾（Edward Purcell）在寫給演化物
理學家史蒂芬·古爾德（Stephen Jay Gould）的信裡說：「讓我更感
興趣的，不是那看來沒有規則的『星空』，而是令人印象極其深刻、
各種形狀的『星座』。那一個個由人類命名的星座，不管它們是帶狀
的、塊狀的、群聚的、走廊狀的、彎曲的、鍊狀的，或者像個空隙，
都很難讓人相信那些形狀只是一個個無意義的巧合，這促使我們的眼
睛與大腦把它們熱切地想像成各種模式！」

　　我們對「模式」的熱情可真不是隨便說說而已，儘管我們有時候
會看得入迷，把雲朵看成愛人的臉龐。在人類還沒有發明室內水管、
電冰箱與大門的遠古時代，人類早就開始養成尋找模式的習慣。當時
的家也不過是個比較好的洞穴，也許床還只是用舒服的樹葉鋪成，然
而預測能力的好壞決定了一個人是否能繼續存活下去，因為隨時都可

能會有獅、虎或赤身裸體的穴居人闖進來──天啊！不管是白天或晚上，大腦必須擅於將任何訊息轉換成模式，幫我們判斷晚上的劇烈碰撞聲可能會是什麼。

除非我們能找出一般的模式，否則我們怎麼可能察覺出異狀？神經科學家安東尼奧‧達馬西歐曾說：「大腦是天生的製圖師。」從我們離開子宮的那一刻起，大腦就開始辨認周遭的各種模式，它的著眼點永遠就只有一個：「什麼是安全的，而什麼又是該小心注意的？」

故事的重點就是那些我們該小心注意的事。**故事的起點，通常就是主角生活中某個模式出錯的那一刻**──這對我們有好處，因為就像學者奇普‧希思與丹‧希思所說的：「**想要引人注意的話，最簡單的方式就是試著去打破某種模式。**」你看得出這句話的言外之意嗎？在我們有辦法「打破模式」之前，我們必須「先把模式抓出來」。對讀者而言，故事裡的一切都是某個模式的一部分，而閱讀經驗令人感到刺激之處，就是試著去解讀種種模式。

更重要的是，**讀者往往會假設故事的每個面向都是環環相扣的**──就像生態系統、多國的國界、還有拼圖一樣，各種模式之間都存在著一種相互關係。然而，作家有時候卻會把這個故事層次貶低為只是情節而已，寧願大費周章藉由滴水或鍋鏟等東西來表達極其細微的主題。這有點像是在蛋糕還沒烘焙好之前，就急著先把糖霜鋪上去一樣。儘管讀者或許能體會你想表達的細微題旨，但是，除非那個題旨能把讀者一直緊盯著的模式予以說明並深化，否則它不過就像是一座只有漂亮門面的空屋。

現在你應該已經很清楚讀者是一群奧客了吧？他們有非常具體的期望（但是很少人能清楚意識到那些期望是什麼），大腦希望故事

228 Wired for Story:
The Writer's Guide to Using Brain Science to
Hook Readers from the Very First Sentence

能滿足那些期望，否則就會叫他們把書放下走人。每個讀者最為根深蒂固的期望之一，就是每當故事裡有東西看起來像是某個新模式的開端，也就是有個「梗」（setup）出現時，那就的確是作者在鋪梗，而且一定會有「相應的結果」（payoff）。更重要的是，**讀者對於鋪梗有強烈的偏好。**

故事的梗之所以受人喜愛，是因為它們令人心醉，能誘發想像，促使我們最愛的一種感覺出現，也就是「預期」。**故事的梗讓我們想要知道接下來「可能會發生什麼事」，接著會有一種我們更愛的感覺出現：透過本身的聯想能力，大腦會提出某種洞見，在這個過程中，身體會不斷分泌腎上腺素。** 每當讀者看到有梗出現時，就會開始猜想接下來會怎樣，要是結果是對的，便感覺自己是聰明的。

故事裡的梗之所以誘人，是因為它能引發一種最為基本的感覺：投入。它讓讀者覺得有參與感，有目的性，好像在參加一個計畫似的──而且自己是一個知道內幕的人。讀者把梗當成是作者在故事裡留下的暗語。從發現某個梗的那一刻開始，讀者就覺得自己有責任努力找出「通往相應結果」的模式。他們如癡如醉，享受過程中的每一刻，就算焚膏繼晷也要讀下去。

為了讓你的故事有許多累到爆肝卻樂此不疲的讀者，在這一章我將要探究的包括：什麼是梗？如何讓讀者真的能在故事裡找到「從梗通往相應結果的那條路」？另外我還要讓你看看，如果你不小心在故事裡鋪了梗，但卻不用，對故事會有什麼負面影響，還有為什麼簡單的梗卻能有極大的效用。

注意了！這或許是作者鋪的梗！

　　到底什麼是梗？其實就跟字面的含意一樣，**梗就是某個暗示著「接下來將有行動會進行」的事實、行為、人物，或事件。就最基本的形式而言，梗只是一個「訊息」，它必須比「相應的結果」還要早出現許多，如此一來才能讓讀者相信那個結果。**例如，你可以早早就讓讀者知道詹姆斯會講斯瓦希里語（Swahili）這個簡單的訊息，所以當詹姆斯宣稱他看得懂以斯瓦希里文寫成的指示，知道必須要讓隕石偏離路徑，以免撞進狄蒙市市中心時，讀者才不會抱怨。

　　這也意味著，因為讀者不知道你為何要在第一章提到詹姆斯會斯瓦希里語的真正理由，所以這件事就必須要有一個合理的解釋，否則讀者就會知道你在洩漏真相，因為實在太明顯，他們會覺得你正試著要跟他們說某件事。我的意思是，**你應該用一點點資訊來誘發讀者的想像**，可不是叫你用力敲他們的腦袋，把話講得明明白白，讓懸疑感消失殆盡。如果你能讓讀者起疑心，他們就會愛上你。

　　你應該讓讀者心想：「天啊！我知道詹姆斯為什麼會說斯瓦希里語了，因為他就讀的高中只教這種語言，他沒有學的話，就畢不了業，但不知道為什麼我總覺得到故事結束時，他會為此感到很高興。」當然，這表示，如果他會斯瓦希里語的這件事到後來沒有再出現的話，它就會變成一隻孤象，在你的故事裡到處遊蕩，希望能找點事來做（但它最有可能做的，就是毀了你的故事）。

　　當然了，故事的梗通常都比這個例子還要錯綜複雜、引人入勝，畢竟這個例子只是一個輔助性的資訊。通常來講，**梗都會促使某段「次要情節」的發展，或者產生一個「動機」**，抑或是如同我很快就要說明的，它會讓讀者獲得一種詮釋故事事件的方法。接下來，從一

230   Wired for Story:
The Writer's Guide to Using Brain Science to
Hook Readers from the Very First Sentence

開始我就必須強調的重點是：**讀者所預料的相應結果不見得是正確的**。而且常常差很多。

梗的真正意義往往是要事後看來才會比較清楚。就像之前的例子，在經典電影《迷魂記》裡，在導演希區考克的安排下，觀眾相信神祕的美女瑪德琳精神失常，所以她丈夫聘請退職警探史考帝·佛格森來保護她，到後來我們才知道，有人給她錢要她扮演瑪德琳，她原本是個女店員。這類型的劇情之所以難寫，是因為當最後結果出現時，原來足以說明那個錯誤假設的一切，從事後看來，必須變成足以說明新的情節轉折。所以美國冷硬派偵探小說家雷蒙·錢德勒（Raymond Chandler）才會有一句雋語說：「一旦**最後結局出現時，一定要讓人感覺它似乎是不可避免的**。」

這是一個不容迴避的事實。所以切記：對讀者來說，故事裡的一切不是梗、相應的結果，就是從梗通往相應結果的路。

不是梗的梗

讀者總是會在故事裡尋找模式，所以你最不應該做的一件事，就是讓讀者誤把不是梗的東西當成梗，如果你是故意讓他們產生這種誤解，那就更糟了。就像辦公室裡 OA 隔間的隔壁坐著一個可怕的同事，明明妳總是把他當空氣，他卻覺得那是因為妳暗戀他，所以他當然可以採取行動。在故事裡也有相同情形：你在故事裡做了種種精心安排，但卻留下一點都不相干的資訊在裡面，如此一來，讀者做的假設就會偏離你原來的期望了。

這點實在是再怎麼強調也不為過：**讀者的大腦總是會下意識地假設「故事裡的一切」都是他們「必須知道的」**，所以你安排的東西理所當然也都是模式的一部分。他們相信，每個事件、事實或行動都有

重要的含意。所以，**如果你的故事裡有離題的東西或不必要的事實，很容易就會被讀者當成故事的梗**。更糟糕的是，由於那個事件、事實或行動，與當下發生的一切看來沒有多少關聯性，讀者就以為，這表示「到結局時」他們才能體會更多含意。所以，從此以後，那個事件、事實或行動，就變成讀者用來判斷所有事件有何意義的憑藉之一。

　　例如，我們姑且說女主角諾拉隨意跟丈夫路提到說，鄰居貝蒂一整天都在大聲斥責她那個帶槍的廢柴男友。對作者來說，諾拉之所以會提到這件事，也許只是因為她要解釋自己為什麼會頭痛欲裂，痛到不能幫丈夫一起找那隻失蹤的拉布拉多貴賓狗幼犬魯佛斯。但是讀者卻有可能心想：「什麼？貝蒂有個帶槍的男友。我猜他一定跟那隻可憐小狗的失蹤有關。還有，諾拉的姊妹凱西怎麼啦？自從那晚她去貝蒂家吃晚餐後，就有一陣子沒有看到她了。我在想是不是⋯」

　　或者，更糟糕的狀況是，讀者甚至想不出這個資訊跟故事有何關係。一個門禁森嚴的貴格會教派社區裡，怎會住有一個帶槍的惡棍？因此，讀者的大腦有一部分被拖住了，忙著猜想那個帶槍的傢伙有何意義，而另一部分則是繼續向前，閱讀小狗魯佛斯的故事。但是，如同史丹佛大學的研究人員所證明的：當一個人一心多用時，根本就不可能發揮效用。這和一般的觀念完全相反，事實上，大腦不能同時處理兩波一起接收到的訊息。

　　根據神經科學家安東尼・華格納（Anthony Wagner）表示，當我們試著聚焦來自外在世界或記憶裡的好幾個訊息來源時，我們不可能把「與當下目標無關」的東西過濾掉。讀者滿腦子都在想著貝蒂的男友，所以搞不清楚故事裡實際上發生了什麼事，還有其意義為何。就像聽到口音很重的人在講話，你必須用力聽懂他在說什麼，結果反而

232   Wired for Story:
The Writer's Guide to Using Brain Science to
Hook Readers from the Very First Sentence

錯過了他真正想要告訴你的訊息。讀者很快就會無法掌握狀況，不久後，對故事就失去了興趣。

對此我們沒有辦法選擇，這是天生的，**除非大腦相信故事能提供資訊，幫我們在這荒唐的世界裡求生存，否則它就不會真正投入——也就是不會暫時放下現實世界，融入故事裡**。一旦投入後，現實世界就會被大腦排除在外。但是，等到失去了興趣，例如大腦想不出故事的梗有何意義時，就會重新回到現實世界裡。

記住這一點以後，問題就變成：真正的梗到底是怎麼一回事？先來看看幾個例子，藉此了解一下我要說的重點。

《終極警探第一集》與《迷途青春》

有時候你完全看不出作者已經在鋪梗。例如，電影《終極警探第一集》開場時，我們看到主角約翰‧麥克連在一架剛降落於洛杉磯國際機場的飛機上。麥克連是個紐約警察，妻子因為升任要職而必須搬到洛杉磯，但他拒絕一起過去，於是她就帶著孩子們走了。他希望能重新贏得老婆的心。

麥克連累得筋疲力盡，而且顯然很高興飛機降落了。鄰座坐著一個年紀較大的業務員，他看出麥克連是一個剛開始學坐飛機的乘客，於是他給麥克連一個克服時差的建議：赤腳站在地毯上，然後「把腳趾頭縮成一團」。嗯哼，這方式聽起來還真好笑，麥克連的反應很有禮貌，但是語帶懷疑，這也反映出他這個人對世界的看法。

這場戲的弦外之音再清楚不過了：麥克連不喜歡搭飛機的真正原因是他痛恨待在一個格格不入的環境裡。問題是，當你看到這段對話時，你看得出作者好像在跟你大聲說：「這是一個梗！」嗎？沒有。兩人的談話讓我們對麥克連多了一點了解，嚴格來講，這就夠了。更

重要的是，你看不出其中有何地方在對你搖旗吶喊：「看看我！我
比你想像的還重要！」這是件好事，因為任何作者都不應該寫出這樣
的梗。故事的梗本來就是如此。

　　當麥克連一到他老婆辦公室的聖誕派對後，他獨自一人走進一間
豪華的高級主管洗手間，他全身緊繃地把鞋脫下，試試飛機上聽到的
那個秘訣。他露出微笑，因為真的有用。當他正高興地把腳趾頭縮起
來時，聽見了槍聲。他來不及做任何事，只能一把抓起他的貝瑞塔手
槍，衝到走廊一探究竟。此時，他腳上沒穿鞋。

　　所以，接下來在電影裡就出現他赤腳衝過一片碎玻璃，雙腳血流
如注。而開頭那場戲的意義呢？除了有趣之外，還反映出麥克連的
個性，而且它還是一個梗，其結果是：讓他成為英雄的路途變得比較
艱辛。

　　你也許會心想，真的值得鋪這種梗嗎？難道不能讓麥克連只是
把鞋脫下就好？難道他不能抱怨說坐飛機坐到腳都腫起來，暫時把
鞋脫掉實在很舒服？當然可以。甚至他也有可能是在洗臉時不小心
弄濕鞋子，所以把鞋脫下來晾乾。但是，對觀眾而言，這些可能的情
節都缺少了開場那幕戲提供的東西：觀眾小小的「啊哈！」驚嘆聲，
也就是當我們了解角色的行動背後的具體理由時（有時候是更為深層
的理由），心裡的那種痛快感。唯有如此，我們才能欣賞這樣的諷刺：
要是飛機上那傢伙能夠閉嘴，麥克連也不會帶著血跡四處走動了。

精心設計的梗看起來就會像是角色的宿命。

　　《終極警探第一集》裡的這個梗只是個小小的劇情轉折，但在卡
洛琳·里維特的小說《迷途青春》裡的梗雖然稍縱即逝，卻更為重要。
故事發生在波士頓，主軸聚焦在 16 歲未婚媽媽莎拉與她的嬰兒領養

234　Wired for Story:
The Writer's Guide to Using Brain Science to
Hook Readers from the Very First Sentence

人，也就是喬治與伊娃這對夫妻的關係上。他們答應莎拉，會用一種
公開的方式領養小孩，她可以隨時去探視。在小孩出生前，都沒什麼
不對勁。

　　喬治與伊娃總是希望能盡量跟莎拉黏在一起，一方面因為他們真
的喜歡她，另一方面是怕她變卦，因此對她付出許多關愛。然而小孩
出生後，莎拉對他們的依賴開始變成一種負擔。更重要的是，她的存
在開始威脅到伊娃，讓她無法專心當孩子唯一的媽媽。可能會爆發的
問題開始醞釀，讀者也意識到早晚一定會出事。

　　在這種情況下，當牙醫的喬治感覺到新的人生令他喘不過氣——
他沒料到自己會如此地愛這個孩子，莎拉的貧困，還有伊娃越來越想
擺脫莎拉。在下面這個段落裡，他回想一天的事情：

　　　　他在四點結束工作，比原先預期的早一個小時。他的最
　　　後一個病患又是來急診的：一個女病患，整排假牙就卡在那
　　　一顆她抗拒不了的焦糖蘋果上面。她離開前，他開了一張她
　　　暫時不該吃的食物清單。他該刊登廣告，再找個牙醫助手
　　　了。他希望他能夠登廣告徵個複製人。大多數牙醫都是獨力
　　　工作，他也沒有想過要跟人合夥，但也許這對他有幫助。那
　　　他就不用拼命幹活，把時間拉那麼長。但是當然還有一個問
　　　題：誰可以當他的夥伴？這種事是不得不小心的。他唯一
　　　想到的就只有在牙醫學院認識的老朋友湯姆，湯姆住在佛羅
　　　里達州，總是試著勸他搬過去。湯姆總是這麼哄他：「想想
　　　那一片藍天與沙灘。」但是當時喬治不太想搬家。

　　這一段文字出現在小說的 98 頁，一直到 169 頁，喬治都沒有再
度想起湯姆或佛羅里達。但是在這中間的 70 幾頁裡，讀者卻沒忘掉。
雖然只是不經意地提及湯姆勸喬治搬往佛羅里達的事，但它卻變成一

個梗，一個讓讀者注意到的啟示性細節。

讀者感覺得到，儘管這個梗並未對他們說：「注意喔，要記住我。」但讀者的確記住了。為什麼？因為故事本身已經提供了一個與這個梗密切相關的背景，或者說模式。讀者知道喬治他們的情況有多糟，也知道情況只會惡化。讀者期待一定會有契機出現，但直到喬治想起佛羅里達州的湯姆前，讀者都不確定最後會怎樣收場。

從那一刻起，讀者就開始懷疑喬治與伊娃會搬走，開始猜想莎拉會有什麼反應。儘管這只是個小小的梗，微不足道，卻有重大意義，它影響了讀者對於隨後所有事件的詮釋；也就是在故事的「梗」出現後，一直到「相應結果」出現前發生的所有事件，而這裡所謂的梗，就是「喬治想起佛羅里達州的那個稍縱即逝的念頭」，相應結果則是「喬治再度想起湯姆，接著把湯姆的牙醫診所買下，在沒有對莎拉留下隻字片語的情況下，全家一起搬到波卡拉頓市」。

我不是說讀者一定會時時牢記佛羅里達，也不是說他們認定喬治與伊娃絕對會搬走。**如果故事的梗只會帶來一個不可避免的相應結果，那麼它的功能就不是促發讀者的預期，而是扼殺他們的想像。梗的功能通常就是讓讀者看見一個可能性。**當然，那個可能性也許就是後來的故事發展（喬治、伊娃與小嬰兒一起搬到佛羅里達州），但是從梗的發生到相應結果出現以前，讀者總是會覺得無論如何這可能性也許會成真。讓讀者能繼續往下讀的，是他們的那一股好奇心。

從「梗」的出現到「相應結果」發生時的 3 個規則

我們知道有期待是多麼棒的一件事，也知道讀者喜歡探索的，就是那條從「梗」通往「相應結果」的路。畢竟，閱讀的一大樂趣，就

在於透過詮釋與聯想來找出模式。為了能讓讀者找到模式，有 3 個基本規則是作者一定要知道的。

> 規則 1：的確要有一條從「梗」通往「相應結果」的路徑存在

這意味著，你不能把相應的結果跟故事的梗綁在一起。所謂綁在一起，就是指「在問題出現的那一刻，答案也已經出來了」。因為這樣故事不但全無張力，衝突點與懸疑感也都不見了，讀者一定不會有任何期待感。就像是，我們發現莫里斯在昨晚的激烈撲克牌遊戲中，不小心把艾美的門牙給撞掉，也知道牙醫如果不幫她安排緊急手術的話，艾美畢生的美夢就要毀了，否則今天早上她就必須在沒有門牙的狀況之下去參加「微笑小姐」選美比賽，緊接著，我們知道艾美的門牙已經被裝回去了。這對艾美是好事一樁，但對讀者來說卻很無聊。

如果讀者知道的是，在艾美的牙齒飛出去之後，只剩 6 小時她就要去參加微笑小姐比賽，而現在是凌晨 1 點，住在皮奧里亞市的她要去哪裡找牙醫？還有，一開始她跟莫里斯的關係本來就不好，這下子又會有什麼影響？想像一下，如果是這樣，那麼故事的戲劇張力、衝突與懸疑感會有多強呢？

> 規則 2：一定要讓讀者能看清楚那條路的路徑

這意味著，你不能讓那條路藏在故事以外的地方，神神祕祕的。基於三個理由，作者就算不把那條路藏起來，往往也會把它弄得模模糊糊的：首先，如同我們已經知道的，作者們想要在水落石出的那一刻再透露出來。其次，作者們沒有意識到這一點，因此他們安排了一個好像很有看頭的情節，然後要讀者自己想像後續的具體發展為何，直到最後一刻才出現梗的相應結果。通常這些作家都假設了一個錯誤的觀念：如果讓讀者知道是怎麼一回事，他們就會比讀者矮一截，所

以故事有一大部分還停留在他們自己的腦海裡。

　　例如，約翰必須在 30 歲生日前結婚才能繼承一筆他期待的遺產。在接下來幾百頁的篇幅裡，約翰一直和具體特色不明的對象約會，讀者無法評斷這些約會有何意義，因為他們不知道他的理想妻子類型，也不知道他到底是否想結婚。然後，到了某一刻，約翰決定為了某個理由而娶某個人，接著他就獲得了一大筆錢。故事就此結束。不過，讀者有可能不會知道故事的結局，因為他們很有可能不會看那麼久。重點是，儘管讀者很喜歡透過聯想去找出訊息之間的連結，但是他們並不願意憑空幻想。

　　這一點就推導出我接著要說的，為何作者有時會不經意遺漏了那些建立故事模式時不可或缺的「線索」？第三個理由就是：身為作者，你很清楚關於故事的一切，包括發展走向、誰會對誰做什麼事、還有什麼東西，甚至是屍體被埋在哪裡。因此，對於每一個「線索」有何意義你可說是清清楚楚，也知道它們為什麼可以被連結在一起。問題是：你的讀者不清楚。

　　對你來講，某個東西可能顯然會「洩漏一切」，但讀者卻只覺它是個誘人的線索而已，如果沒有這種線索，讀者就沒辦法做到他們最喜歡做的事：猜出故事裡的一切到底是怎麼一回事。

» 規則 3：你安排的結果一定不可以是完全不可能發生的

　　你也許會說，所謂「不可能」是指你想讓主角嘗試看看，等到他失敗時，就能學到教訓。我不是說你不可以如此安排，而是說，你不可以安排那種真正不可能的事，連主角只要稍稍想一下子，就知道自己有多荒謬的那種事。作者為什麼會犯這種錯？

　　因為作者知道，主角會受到阻礙，因此沒辦法持續往那條路走下

238　Wired for Story:
The Writer's Guide to Using Brain Science to
Hook Readers from the Very First Sentence

去，所以作者根本不會多花心思去想得透徹點。為什麼作者應該想清楚呢？因為讀者會。

畢竟讀者並不知道主角不會辛苦地把那條路走到底。我們都很清楚，讀者總是喜歡預測接下來會發生什麼事。而且還不只如此，一旦**讀者找出一個模式後，就會憑藉自己所知道的來測驗那個模式是否有效，因此他們通常會走在主角的前面。**當讀者發現作者沒有發現的事——也就是沒有發現某個結果在邏輯上是不可能的時候，他們就不會再繼續往下看了。

例如，諾伯特從幼稚園開始就暗戀貝琪，而她完全不知道。不幸的是，貝琪一直都只是把諾伯特當成好友。現在，她離家到哈佛去唸書了，跟幾個家鄉的女孩子一起住，她們都認識諾伯特，也都知道他暗戀她。寂寞的諾伯特想出一個計畫：他會申請到哈佛就讀，入學後裝英國腔，假裝自己是個陌生人似的，開始追求貝琪。

然而作者早就知道諾伯特沒辦法堅持下去，因為作者一定會讓哈佛大學拒絕他。因此諾伯特從未想過，貝琪的室友們會馬上就認出自己，在他還沒有用英國腔說再見前，室友們就會說出他的身分了。簡言之，你必須確定主角想要做的事情是有可能的，就算你早知道有件無法預期的事情將會阻礙他那麼做，也不例外。

以賣座電影做練習：《終極警探第一集》

儘管標榜有種種血肉橫飛、超越體能極限的肢體表現場面，《終極警探第一集》的故事也很完美。為什麼？因為所有的梗都會通往一個令人滿意的相應結果。我剛剛舉了赤腳走路的梗，但在電影裡還有其他的，為數甚多。事實上，每一個角色的發展、還有每一段次要

的情節，都有結果出現。沒有任何一個故事元素被浪費掉，所有東西都是事先安排好的，電影裡不斷有出人意料的地方出現。

　　還有個例子可以讓我們看出故事的梗，是如何促成角色與次要情節的發展、為角色提供動機。當麥克連跟警方報案，表示中臣大廈發生槍戰時，正要下班的警官艾爾‧鮑威是第一個與他聯絡的人。自從誤殺了一個他以為拿著槍的小孩後，鮑爾就只能坐辦公桌，8年來他都沒辦法再拔槍。當他跟麥克連說這件事的時候，觀眾可以感覺到他沒有跟太多人提過這件事。因為他們倆已經有了革命情感，所以他才提起這件事，而且是在情勢對麥克連極為不利的生死關頭。因此當麥克連問他為何不上街辦案，只坐辦公桌時，鮑爾沒有迴避，說了實話。

　　鮑爾的這段話是個梗，為他的角色發展定了調，因為這不但反映出他的恐懼（他怕拔槍，唯恐再度傷及無辜），也透露他的欲求（他希望繼續當個真正的警察，而不是只做文書工作）。這說明了那段有關鮑爾的次要情節，促其往前發展，而他的次要情節則關乎整部電影最主要的故事問題：麥克連在解救大家之餘，是否有辦法改變想法，重新贏得妻子的芳心？

　　我們再回到鮑爾身上。鮑爾在整個事件中始終力挺麥克連，為他和愚蠢的長官抗衡，在似乎將要絕望的時刻鼓勵他。所以到最後，當大家都以為壞蛋死光了的時候，麥克連從大樓走出來，第一件事就是找到鮑爾，抱住他，說沒有他的話自己早就掛了。鮑爾謙虛地推說跟他無關，他是真心的。他說自己只是做分內的事，沒什麼大不了，他不是英雄。

　　接著事情就發生了。有個叫卡爾的壞蛋還沒死透，他從大樓衝出來，手拿機關槍。卡爾用槍瞄準麥克連，這次他真的死定了。結果，

240   Wired for Story:
The Writer's Guide to Using Brain Science to
Hook Readers from the Very First Sentence

從嚇傻的人群裡傳來一聲砰的槍響，倒地死掉的是卡爾。鏡頭往回拉，我們看見這次的確是鮑爾救了麥克連。此刻，有趣的是，在劇本的草稿裡，接下來鮑爾會大聲說出觀眾心裡的話。麥克連說對了，到最後如果沒有鮑爾，他還是會死掉。

不過，電影推翻了草稿，鮑爾沒說那句話。他什麼也沒說。他的眼神與表情流露出一種更深層、與麥克連沒有任何關係的東西，好像是在說，鮑爾終於克服恐懼了。有些事不說觀眾也知道，他們能深有同感，感同身受。

電影的這個結果之所以如此令人滿意，是因為鮑爾付出了許多，一路走來，他投入的賭注越來越大。在鮑爾真正掏槍出來以前，儘管他已經為麥克連付出很多，然而他自己還是沒有接受考驗。等到卡爾衝到門口後，我們知道麥克連在鮑爾心中的重要地位，也知道鮑爾必須克服心病才能保護他，而鮑爾的確做到了，在那個兄弟情誼主題在影壇大行其道的時代裡，這可說是最為感人且情深義重的一幕了。

第十章的經典情節製作術清單

你不小心在故事裡擺了什麼會被誤認為「梗」的東西嗎？

你確定故事裡沒有任何東西帶有一點點「梗」的味道？切記，如果你想找出你無意間放進去的假梗，有一個很有效的方法，也就是我們的老朋友：「所以，然後呢？」的測驗。

在某個「梗」發展到「相應結果」的過程中，是不是可以清楚看見有許多事件發生？

你是否能百分之百確定：你沒有把相應的結果跟故事的梗綁在一起？同樣重要的是，你確定從「梗」通往「相應結果」的路徑上，的確有一個能用各種線索串聯、建立起來的模式？

你給的線索可以串在一起嗎？

你所給的線索全都可以合理地串在一起嗎？是否真的能建立起一個模式？你的讀者是否能看得見一個邁向高潮的過程，有辦法從中得出結論，因而預期接下來會發生什麼事情嗎？

每個「梗」的相應結果在邏輯上是否都合理？

鋪梗後，一定要把開頭到結尾的過程好好想過一遍，看看是否合乎邏輯，特別是那些故事主角在情勢逼迫下（你安排的情勢），堅持不了多久，最後一定會放棄的「相應結果」。

11

此時，來看看先前發生了什麼事⋯

神經科學這樣說：
為了要了解「當下」發生的事件有何意義，
大腦會召喚「過去的記憶」，
當作是評估事件的憑藉。

讀者的腦袋需要的是：
當「預示」、「回顧」或「次要情節」等故事元素出現時，
它們必須能立即幫讀者了解「當下」發生的事件有何意義，
即便其意義會隨著故事的發展而有所改變。

244   Wired for Story:
The Writer's Guide to Using Brain Science to
Hook Readers from the Very First Sentence

「除非我們能夠記住過去，否則我們就不能理解現在。」
—— E.M. 佛斯特（E.M. Forster）

　　大腦之所以會演化出記憶的功能，是有充分理由的：每當你以為你知道汽車鑰匙在哪裡，但似乎卻不是那麼一回事時，儘管常常如此，你都還是能找到它。每當你面對當下的問題時，你都可以藉著記憶的功能去挖掘過去存在大腦裡的訊息，從中獲得也許有助於解答問題的任何東西。所以，你馬上可以想起，那一天鑰匙滑進沙發座墊後面的縫隙裡了（可惡！不在那裡），還有你曾把它掛在前門的門把上（也不在那裡），或者是才十幾歲的兒子總喜歡趁你睡覺時跟你「借車」（啊哈！找到了）。

　　儲存訊息跟大腦所有天生的功能一樣，都有助於你適應環境：它能幫你在未來做決定，還有當你在不是很確定的情況下，也可以藉它來進行預先的判斷。記憶是一個無所不包的範疇，我想它除了不能幫你免死與避稅外，其他事都做得到。

　　神經科學家安東尼奧·達馬西歐在他寫的《意識究竟從何而來？》（*Self Comes to Mind*）一書裡表示，據其推測，意識能夠給我們的最棒禮物，就是「自我與記憶的交融」，如此一來，我們才有能力藉著「想像」神遊未來，引導自我安頓在一個安全且產值極高的海港裡。

　　為了存活到明天，我們把「過去」當成一個能用來評斷當下的準繩。更重要的是，當我們在做這件事的時候，往往會因為我們學到的

新東西而改變對過去事件的評價。**大腦總是會不斷修正記憶，從記憶中所衍生出來的意義也時有改變，在經過修正後，記憶在未來會變得更有用。**

換言之，我們不只能用記憶來回味過去，不僅僅如此，記憶的功用還幫助我們安然度過現在。而且不只是關於我們自己的記憶。回想一下我對故事提出的定義：**故事是大腦的虛擬實境，它能讓我們藉由主角受苦受難的經驗而獲得好處。**同樣的道理，藉由觀察與討論他人偶然遭逢的不幸境遇，我們也能學到東西，不管對方是親友或敵手。

我們之所以能從中得利，是因為藉此我們即使不用遭逢挫敗，也能看出如果採取相似的行動，將會有什麼後果。如史迪芬・平克所說的：「正因為知識就是力量，閒聊才會成為受到所有人類社會普遍喜愛的消遣活動。」有時候，這種知識讓我們能駕馭別人，有時候則是讓我們在時機來臨時，有能力做出正確的決定。

簡單來講，我要說的就是：我們記憶中做過、看過與讀過的一切，都會影響我們當下正要做的事，而當下我們所做的，也會影響我們的記憶。如同有線電視頻道 HBO 出品的迷你影集《黑道家族》（*The Sopranos*）裡，黑道老大湯尼・索普拉諾一席精湛的哀嘆之詞：「我這麼說實在沒有不敬的意思，但是你他 X 的並不知道我這個老大有多難當。我做的每個決定對他 X 的所有事情的每個面向都有影響。我真的快要受不了了。」他之所以會這樣說，是因為他的軍師席爾一直催他趕快幹掉湯尼 B.，也就是深受他喜愛、卻意志不堅的表弟。

這個道理同時適用於真實人生與故事。跟黑道老大湯尼一樣，不管覺得有多為難，作家都必須面對這種情況。身為作家，在呈現主角與內心問題掙扎的過程中，該如何把那些對主角有影響的記憶與決定寫進故事裡？你該怎樣讓讀者看到：在主角過往陳跡中與故事相關

的點滴，主角目睹的事件會如何動搖他對未來展望的看法，還有不管
他知不知道，各種外在的力量對他造成了什麼影響？更重要的是，
要怎樣才能以天衣無縫與優雅的方式呈現這一切，也就是要怎樣才能
不用喊暫停，把讀者拉到一旁去做說明？

這就是「回顧」（flashback）、「次要情節」（subplot）與「預
示」（foreshadowing）等故事元素的功能了。我將在這一章探究它們
的使用方式。你將學會如何判斷某個新資訊與故事問題是否有關，藉
此確保其相關性，並檢視次要情節能用哪三種方式來為故事增加批判
深度，還有「回顧」、「次要情節」與「預示」在使用時的快慢與時
機問題，最後則是要討論如何聰明地使用一點點的「預示」成分，就
可以避免你的故事成為讀者抱怨的對象。

走在二度空間白紙上的人生

故事是兩點之間的最短距離：其中一點是「故事問題揭露時」，
另一點則是「問題獲得解決時」。然而，有一個充滿趣味的弔詭是，
這兩點之間的最短距離通常是一條曲折迂迴的路。就像烏鴉的飛行路
徑是螺旋狀一樣。重點並不是只在於你要怎樣從 A 點前往 Z 點，而
是關乎你是否能清楚掌握主角的過去、現在與未來，還有他的內心世
界與外在處境，這一切都會影響主角奮鬥過程的每一步。

在二度空間的白紙上，你要如何用文字這種直線式的媒介來表達
多層次的人生經驗？就像繪畫一樣。你也要學會欺騙讀者。諷刺的
是，**如果你想呈現出現實的豐富面貌，首先你必須聚焦在特定故事的
核心上，把不會影響故事、已經離題的東西拿掉。**透過「次要情節」、
「回顧」與一點點的「預示」，你的目標是：把過去事件中與故事相

關的元素、仍在進行中的次要故事發展、以及關於未來的暗示，全都
插進故事裡，藉此讓讀者看見由種種必要資訊所構成的故事風貌，而
不是那些令讀者卻步、對故事本身有致命影響的離題元素。

　　這有可能是很棘手的，因為時間的掌握是最重要的。如果你太早
把關鍵資訊告訴讀者，它就變得可有可無，讓人覺得是離題的東西。
如果太晚透露，又讓人覺得它已經過時了。這就是為什麼「每一段的
次要情節」與「每一個回顧」，都必須在某方面能影響故事的問題（也
就是主角追求某個目標的過程，以及過程中所面臨的內心掙扎），而
且在你把它們拿出來用的當下，就必須讓讀者看出其中的關連性。因
為，就像故事主角總是以過去為憑藉來關照現在，讀者也會用你所說
的故事來評斷每一段次要情節、每一個回顧、以及預示。

次要情節的功能：讓主要情節複雜化

　　故事裡如果欠缺次要情節，就容易變得太平面化，讀起來比較像
是故事主角一天的流水帳，對讀者沒有任何啟發。次要情節能用各種
各樣的方式為故事增加深度，賦予意義，讓讀者與故事產生共鳴。次
要情節可以幫主角洞悉他正在考慮的行動會有什麼後果，也可以讓主
要情節的發展複雜化，為主角的行動提供動機。
　　藉此，次要情節還可以把任何情節的漏洞補起來，介紹任何一個
即將具有關鍵性的角色，並讓讀者看到同時在發生的事件。次要情節
可以幫你放慢敘述的速度，讓讀者有一點喘息空間，允許他們大腦的
下意識層次想想看故事可能會朝什麼方向發展。

» 快、快、慢……：如何拿捏敘述速度的快慢？

納森・布蘭斯佛（Nathan Bransford）是位傑出的文學部落客，他曾用簡單但極具說服力的論述表示：**在兩個衝突的時刻之間，必須進行速度快慢的調整**。衝突是推動故事往前發展的動力，讀者常會因為對衝突有強烈的預期而全神貫注，幾乎到忘記呼吸的地步。但如果你讓衝突持續太久，那就像是你不斷拿冰淇淋聖代餵食讀者，連脂肪與糖分都還沒發揮效用，就讓他們開始想睡覺，而且他們可能已經在極短的時間內就吃膩了（相信我，這是真的）。

上一章我們談模式，而這就是模式的缺點：**一旦模式變得太好預測，令讀者覺得熟悉而平淡，他們的注意力就會開始減退，從生物學的角度來講，這是個通則**。如果衝突一直持續進行，讀者可能就會開始心想，這時候電視正在播放什麼節目。

你越是持續著快節奏的步調，你的故事就會越快失去魅力。我換個方式說好了：想像一下現在是華氏 90 度（攝氏 32 度左右）。很熱吧？接著，想像一下，如果你一輩子都待在華氏 90 度的環境裡，不管室內室外到處都是如此。如果是這樣的話，90 度就不算熱了，而是一般的溫度。一般的溫度不管它會讓你出多少汗，都很無聊。

我記得有次我開車到露天電影院去看印第安那・瓊斯（Indiana Jones）系列電影的第二集，快結束時，銀幕上開始上演一場冗長、單調、但耗費幾百萬美金拍攝的追逐戲，我覺得好無聊，為了怕腦細胞死光光，接下來的半小時時間，我都在清理車子，結果令我很滿意。當晚最刺激的時刻不是我看到綽號「印弟」的主角戰勝壞蛋（因為電影公司已經在籌劃第三集了，懸疑感盡失），而是我在車子置物箱的最裡面找到我最喜愛的那副太陽眼鏡。

在快慢之間你應該好好拿捏，如此一來，才能在前一個情節轉折

中呈現出相關資訊與洞見，藉此為主要情節中的下一個緊張衝突加溫——而所謂衝突，無非是突然爆發的事件，或者出人意料的轉折。每次衝突達到最高點時，你應該放慢速度，給讀者一點可以消化與吸收的時間，好好思考這個衝突的含意，而這通常就是次要情節該上場的時間了。

» 次要情節：讀者期待的是什麼？

次要情節讓讀者可以暫時把上一個衝突場景暫時拋諸腦後，走進一條叉路，而且他們相信這條路會在稍後把他們帶回原來的故事裡。讀者之所以願意踏上這一趟短途旅程，是因為他們相信自己可以帶著更多的洞見，在從次要情節走回故事的主線時，正好可以用來詮釋當下發生的事件。

次要情節可說是讀者與作家之間的一種默契。有時候，次要情節的存在並不是從一開始就會有個清楚的合理解釋，但讀者也能接受。不過，他們隱約地期待著很快就能看到合理的解釋，他們相信作者可以做到這一點。所以讀者開始熱切地試著去猜想次要情節與故事有什麼關係，還有次要情節的衝擊為何。讀者可以看見它會往哪個方向發展，而且，它最好的確能夠產生衝擊！

我想強調的是：所有的次要情節最終都應該能融入故事的主線裡，並且對故事產生影響，不管是直接融入或影響，還是透過暗喻方式來連結兩者，若做不到的話，讀者會感到失望透頂。過去讀者若覺得不爽，最多只能生悶氣，但是現在他們可以上亞馬遜網路書店去留言。難道你希望自己的書被許多書評批到體無完膚，而且那些書評還被本來可能買書的網友在「這條評論對您有用嗎？」（Was this review helpful to you?）的這個問題旁按下「Yes」？

250　Wired for Story:
The Writer's Guide to Using Brain Science to
Hook Readers from the Very First Sentence

» 次要情節：強化故事的層次感

　　如我們所知，**故事裡的一切都必須對「主角追求目標的旅程」有所影響**，例如：尼爾的目標是變成耶魯大學學生，所以當他的高三歷史課被當掉時，他的心情跌到了谷底。這個影響顯而易見、簡潔且直接。這樣很好，但是可以變得更好。因為，**如果你想讓讀者對故事深感興趣的話，最好的方式就是讓他們有所預期**。因此，若你能透過一段次要情節讓讀者知道尼爾將會被當掉，儘管這是個相同的資訊，但是不僅能營造出懸疑氛圍（讀者都想知道如果尼爾知道自己會被當掉時，會有什麼反應），還能強化故事的層次感。

　　假設尼爾在歷史課的表現有資格拿到 A，但是當他在拼命撰寫報告時，故事的次要情節出現了：歷史老師卡普凱克先生剛剛發現，有匿名的學生把一段影片上傳到 YouTube，影片裡卡普凱克的頭被人用 Photoshop 軟體接在一隻全身光溜溜的鼴鼠身上，由於他是個沒有幽默感的死硬派，所以他決定把全班的學生都當掉。在此一場景我們還看不到這件事對尼爾會造成什麼影響，但是因為我們知道尼爾想要進耶魯，所以我們馬上就知道，當他發現之後，這件事會對他造成什麼影響。

　　當我們回到故事主線時，我們看到尼爾快把學期報告寫完了，他深信這是自己歷年來的最佳作品，甚至可能因而一舉成為畢業生的致詞代表，然而讀者卻因為知道他大錯特錯而開始越來越擔心，並大罵這實在太不公平，心裡為尼爾加油，希望他能找到把老師撂倒的方式。讀者成為了他的啦啦隊，站在他這一邊，覺得想要保護他。老實說讀者也都覺得有點刺激，因為他們站在一個制高點：畢竟，他們知道主角不知道的事。讀者個個全心投入，對接下來的故事發展感到興味盎然。

　　然而，記住這一點會對你有所幫助：**次要情節之所以有意義，並能獲得讀者共鳴，主要是因為它能影響故事的主線，但其實它也有獨立性**。次要情節能夠自行發展，其中也有必須解決的故事問題。例如，可惡的卡普凱克老師把全班都當掉，而且他本來就是個壞脾氣的傢伙，因此讀者對於他是否會受到處罰難道都不好奇嗎？

　　但是，並非每一段次要情節都會對主角有所影響。有時候次要情節的存在只是為了讓主角獲得必要的洞見，就像故事能為讀者提供洞見一樣：別人的受苦受難讓我們學到教訓。

» 與故事主線相應的次要情節：相應指的是像鏡子反射般的「剛好相反」

　　如同在第 5 章裡已經提過的，與故事主線相應的次要情節不該是一一相應的，因為沒有任何一個讀者想浪費時間在多餘的東西上。**次要情節的發展往往以配角為中心，他們會碰到與主角相似的處境，但是他們的遭遇不見得會對主角產生外在影響**。那影響反而是內在的，因為他們的處境會改變主角對自身處境的看法。理由是，與故事主線相應的次要情節，往往反映出故事問題能有不同的解決方式。因此，**次要情節的功能要不是可以警醒主角，就是可以確認某件事，或提供一種新鮮的視角**。

　　例如，我們姑且說故事的問題是：妲妮艾爾與派瑞是否能夠挽救他們岌岌可危的婚姻？在一段相應的次要情節裡，他們家隔壁那對怨偶伊森與費歐娜，可能就是直接放棄婚姻、分道揚鑣了。這讓故事主角重新考慮他們的選項，因為伊森與費歐娜終於重獲自由，兩人看起來都好高興，於是妲妮艾爾與派瑞開始偷偷地各自去探索生活的其他可能性。

252 Wired for Story:
The Writer's Guide to Using Brain Science to
Hook Readers from the Very First Sentence

　　但是，隨著這一段相應的次要情節往下發展，其方向通常是與故事主線截然相反的。兩個配角常常低聲自問：「這就是你希望的？你確定這就是你想要的生活？」最後費歐娜與伊森對於離婚的決定感到悔恨不已，這促使派瑞與姐妮艾爾了解到，能和自己了解的壞蛋在一起不是什麼壞事。更何況，只要從適當的角度去觀察，壞蛋可能還挺可愛的。

　　不管相應與否，次要情節如果要證明其存在的價值，它們就必須能為讀者提供必要資訊，不管是事實上的、心理層面的，或者邏輯上的資訊，藉此讓故事的主線更為合理。以下是次要情節能做到這一點的三種方式：

1、**提供足以影響故事主線的事件資訊**。例如，在關於卡普凱克老師的次要情節中，讀者看見學生在 YouTube 上用影片羞辱他，結果器量狹窄的他把全班都當掉，這將會影響尼爾所要追求的目標。

2、**讓主角追求目標的過程變得更為艱難**。卡普凱克老師把全班都當掉，因此讓尼爾追求目標的過程變得更為艱難。

3、**幫助讀者對主角有更深刻的了解**。我們暫時忘掉卡普凱克老師。如果尼爾的祖父教他怎樣幫雪納瑞剪毛呢？這可以反映出他天生就愛做寵物美容，但耶魯沒有這一門主修科目，怎麼辦？這也許會讓讀者心想：「天啊，我很懷疑尼爾是不是真的有那麼想去念耶魯。」結果他的歷史課即將被當掉的這件事，對他來說反而是件好事。

次要情節的近親：回顧

你可以請某個朋友先問你：「喜劇的祕訣是什麼？」等到他說「祕訣」這兩字的時候，你就突然直接對他說：「時機！」的確很有道理，不是嗎？事實上，時機是世界一切事物的祕訣，說到次要情節以及它的近親「回顧」時，更是如此。問題在於：一旦你確認過它們的可行性之後，你怎麼知道應該在什麼時候離開故事的主線，切入次要情節或回顧，然後又該在什麼時候把它們結束掉，回到主線去，同時還要避免它們變成離題的故事元素？

我們已經知道，有時候次要情節能讓讀者獲得暫離故事主線的喘息空間（回顧也有此一功能），而使用的時機通常就是在一些比較激烈的場景過後，例如某個重大的轉捩點、突然出現的啟示、或一個令人訝異的情節轉折。我還沒說的是，你該怎樣判斷次要情節或回顧裡所提供的資訊，在那當下是與故事有關的呢？既然回顧也有可能是某種形式的次要情節，那我們就藉由討論「掌握時機的藝術」來探究它們。

回顧的出現與結果

最近有位學生跟我說，某位寫作課的老師很明確地跟他表示：寫作的最基本規則之一，就是千萬千萬別使用回顧這種故事元素。這讓我想起自己在讀小學的時候，老師總說如果想保持健康，就要多吃紅肉，最好還要搭配馬鈴薯一起吃。喔，等等，這也算是回顧嗎？

事實上，那位寫作課老師給我學生的建議的確反映出一個事實，我猜，他是在遭逢太多挫折之餘才會做出那種建議。我跟學生說，我能夠確定的是，那位老師一定是看過太多失敗的故事：不知道為什麼

254　Wired for Story:
The Writer's Guide to Using Brain Science to
Hook Readers from the Very First Sentence

理由，故事冷掉了，所以作者開始轉而跟讀者敘述一件很重要的事。如果運氣好的話，那就是讀者稍後必須知道的，而如果運氣不好，那只是作者覺得很有趣的事。於是作者就把這事丟給了讀者，就好像狗隨時都可以去舔牠的 XX，反正牠高興嘛！更糟的是，那些回顧很可能都是些純粹的敘述文字（都是用講述，而非呈現的），而且寫得又臭又長。

我跟學生說，可能那位老師的意思是，千萬別「亂用」回顧。因為大部分抱負遠大的作家都不會亂用，所以寫作老師也許以為自己這樣講的確沒錯。因為，如果亂用的話，回顧的確會毀了整篇故事。

這個故事還沒完。某次有位同事邀請我到課堂上演講，我就說了這個故事，同事用低沉的聲音大笑一陣後跟我說：「呃，那個寫作老師就是我。」馬上我的腎上腺素都跑了出來。所幸，她很快又補充了一句：「還有，沒錯，妳說的就是我的意思。」接著她開始感嘆，不管你的故事寫得再吸引人，如果沒有善用回顧這種技巧，就會對故事本身造成無法彌補的傷害。她說的一點都沒錯。

回顧的使用時機如果不對，它就會像是在電影院裡不斷拍打你肩膀的後座傢伙，偏偏此時主角剛好失去了一切，你不想把頭轉到後面，因為你知道你的眼睛一離開銀幕，故事的魔力就不見了。因此，你會希望後座傢伙最好能說些你在那一刻就必須知道的事情，例如電影院失火了，或是你剛剛繼承了 100 萬的遺產。

回顧與次要情節的最大問題是，它們會中斷讀者的閱讀，拿一些他們不是很確定的東西來給他們看。這讓我想起在電影《美國風情畫》（*American Graffiti*）快結束時，蘿莉對史蒂夫說的一席話。他即將離家去上大學，她要他別走，她說：「你知道嗎？你想離家去尋找你的家，放棄現在的生活去尋找新生活，與你愛的朋友說再見，只

為了去尋找新朋友，這一切實在沒有道理。」的確如此。

　　如果把回顧擺在不對的地方，的確就會給人這種感覺。為什麼要跟你愛的故事說再見，只為了去尋找一個新故事？我們就面對現實吧，就算你真的愛那個新故事，可能喜愛的程度也不及舊故事。

　　我可以舉一個很好的例子：當故事進行到某個時刻，讀者即將有必要知道潘（女主角珊曼莎的母親）其實是狼群養大的，於是作者決定何不現在就插入一段回顧的場景，讓讀者看到潘 6 歲時跟著狼群一起去打獵的事。所以，故事就這樣來到了珊曼莎終於決定競選市長的時候，在讀者即將看到她進行第一次的競選演說前，作者就隨便把上述的回顧片段插進來。讀者的注意力都還投注在珊曼莎的從政決定上，因此就開始感到很疑惑：「誰是潘？她為什麼跟那群狼一樣用爬行的？」

　　起初，讀者試著想找出這兩個故事之間的關係。難道是因為珊曼莎想要靠環保訴求競選嗎？或者這根本是個夢？

　　但是，當我們越是跟著潘走進森林深處時，就越是意識到我們面臨了一個抉擇：我們可以把珊曼莎忘掉，開始全心投入這個新故事裡，或者是，把書很快翻到珊曼莎再度出現的地方，然後把這段關於狼群的無意義插曲拋諸腦後。這給人一種如履薄冰之感，而且腳底下的冰層已經裂成兩半，開始分開。讀者都知道他們可以雙腳分別踏在兩邊上，但馬上就必須選擇要跳上其中一邊，或掉進水裡凍死。而且諷刺的是，因為回顧是當下正在往前發展的故事段落，通常讀者都會選擇跳到它上面去避難。

　　所以，讀者就這樣跟著狼群走了。很有可能他們還覺得這挺好的。誰需要珊曼莎？與政壇新人那一席雜亂無章的參選演說相較，

256 Wired for Story:
The Writer's Guide to Using Brain Science to
Hook Readers from the Very First Sentence

跟著狼群奔馳可有趣多了。但是當讀者把注意力擺到潘身上時，作者偏偏又把他們丟到一個人滿為患的高中禮堂裡，珊曼莎正惴惴不安地走上講台去。此時讀者已經開始想念潘了。更別提他們仍然試著猜想：那一段森林裡的次要情節到底是跟什麼東西有關？讀者是不是會在稍後發現：潘是珊曼莎的媽媽已經不重要了，因為此刻他們已經被搞迷糊——意思是，他們很有可能不會繼續往下看了。

我們真的需要一個冗長的回顧段落來告訴我們有關潘的事嗎？如果你在適當的時機把一些零碎的背景故事拿來用，是否也可以發揮相同功效？很有可能。不過……背景故事跟回顧到底有何不同？

回顧與背景故事相同嗎？

這是一個常被問起的問題，而答案是肯定的：沒錯，它們是一模一樣的。材料一樣，但用法不同。所謂「背景故事」是指：所有發生在主要故事開始之前的事情，因此它可以說是作者在撰寫回顧段落時所使用的材料。那麼回顧與插入的背景故事到底有何不同？答案很簡單。回顧是真正的場景，由對話與行動構成，它會讓故事的主線暫停發展；但是插入的背景故事不會。事實上，背景故事是當下的一部分。

如果安插得當的話，背景故事只是一個小小的片段，一段零碎的記憶，或者是因為某件往事而產生的態度，它持續影響著主角對於當下事件的體驗與評價。

這裡有個很完美的例子，它來自華特‧莫斯里（Walter Mosley）的小說作品《恐懼之源》（*Fear Itself*）。小說的時空背景是 1950 年代的洛杉磯華茲地區（Watts），在這背景故事中，主角派里斯‧明

頓正在思考為何自己似乎總是願意不斷為好友「大膽瓊斯」賣命：

　　認識我而不認識「大膽」的人一定會很驚訝。為什麼我
居然會為他而讓自己捲入一個可能很危險的處境？對於這
世界上的一般人而言，我只是個奉公守法，杞人憂天的傢
伙。我不吸毒也不賭錢，不偷東西，不捲入任何可能會違法
的勾當。我從不吹牛（除了吹噓我的性能力以外），而我唯
一一次逞英雄的經驗，是對著關在籠子裡的動物大叫。

　　但是，每次碰到跟「大膽」有關的事，我常會變成另一
個人。過去曾有一段很長的時間，我以為是因為他曾在舊金
山的暗巷裡救過我一命。我對他的感情的確受到了那件事的
深遠影響。但是最近這幾個月以來，我才了解到其實是「大
膽」這個人本身的特質迫使我改變的。有一部分的原因是，
每當我在他身旁時，我總是深深覺得自己不可能會受到傷
害。我是說，席奧多‧提默曼差一點在街上殺掉我，儘管好
像不可能，「大膽」還是阻止了他。但那不只是一種安全感
而已。事實上，「大膽」有能力讓我覺得，在他的陪伴之
下，我變得更強大了。我的想法沒變，打從心底我還是個膽
小鬼，但是，儘管我怕得直打哆嗦，每當「大膽」找上我的
時候，我還是常常能挺胸幫他。

　　作者把這一段寫得如此簡潔有力，使其更具說服力，也呈現出派
里斯的觀點，讓我們對他的世界觀、價值，還有最重要的，對他行動
背後的理由有所了解。藉此，在「沒有讓故事發展暫停」的狀況之下，
作者交代了一些關於他過去的具體細節。

　　回顧的功能與此相同，但是卻必須按下故事的暫停鍵才能做得
到，並且需要讀者全神貫注。這意味著，作者必須在暫停的當下，就

讓讀者知道他有充分的理由這麼做。如果作者做不到，就會變成那種
「出現的時機不對、欠缺周密思慮」的回顧片段。我的同事正因為如
此才會覺得應該禁止學生使用回顧，以免對故事本身造成傷害。

回顧與次要情節，除了拿捏時機，也要顧及「因果關係法則」

好消息是，如果你想要天衣無縫地優遊於回顧（或次要情節）與
故事主線之間，其實是有幾個明確的因果關係法則可以遵循的：

> » **唯一讓你有必要使用回顧的理由是：如果沒有回顧所提供的資
>   訊，讀者就會無法了解接下來發生的事。** 在某個具體的需要或原
>   因的驅使下，你才有必要用到回顧。
> » **從回顧的片段一開始，你就必須清楚地讓讀者知道你使用回顧的
>   原因。** 讀者必須明白為什麼「此刻」他們需要知道這個資訊。而
>   在回顧往下發展的過程中，你也必須持續讓讀者感覺到：回顧與
>   已經暫停的故事主線有何關係。
> » **當回顧結束時，它所提供的資訊，一定要能立刻且必然地影響讀
>   者於往後對故事的看法。** 如果沒有回顧所提供的資訊，接下來發
>   生的事會變得沒有道理。但我不是說它不能給讀者一些稍後才能
>   了解其意義的資訊──我的意思是，絕對不能只有這種資訊。

一張能讓你馬上出獄的「萬用卡」：預示

這種事是常見的。你已經為故事主角史蒂芬妮精心安排了嚴酷挑
戰，而事實上她的表現很好，直到突然間她發現，如果想要揭發一個
有關塞吉克叔叔的真相，她就必須藏身在樓梯下方小小的掃把儲藏

室，而且天知道她必須躲多久？你覺得這沒關係，直到你想起早在
第 2 章時，你就把她寫成一個患有幽閉恐懼症的角色，用來解釋為何
她在迪士尼樂園時，沒有辦法帶姪女貝琪去搭乘那艘後來出事的潛水
艇。現在怎麼辦？

　　如果你忽略她患有幽閉恐懼症的事實，讓她整晚蹲在那個擁擠的
儲藏室裡，你的讀者一定會馬上發現，而既然這是個網路時代，他們
一定會馬上寫封電子郵件來挖苦你。但是，如果你回頭去改寫前面，
讓她帶著貝琪去坐潛水艇，那將會改變後面發生的所有事情。你到底
該怎麼辦呢？這裡就是一點點的預示便能發揮極大功效的地方。

　　在她不敢搭乘潛水艇之後，一直到她必須躲進儲藏室之前，你也
許可以安排史蒂芬妮心想自己實在有必要克服對狹小空間的恐懼。所
以，每次她舉步維艱地爬樓梯到 30 樓的辦公室時會心想：「天啊！
如果電梯可以大台一點就好了。」如此一來，當她最後必須躲進裝滿
掃把、拖把與抹布的小空間時，非但不會引發讀者抱怨，讀者還會為
她克服障礙之舉歡呼。

» 等一等，是我遺漏了些什麼嗎？

　　**就算是邏輯上的一點小差池，雖然出現沒多久，但也別低估它能
造成的傷害。**例如，朗姐全心愛著陶德，他們的結婚紀念日到了，她
正要去市場買菜，打算做一頓浪漫的晚餐給他吃，但她卻看到陶德在
親一個神祕的陌生人。朗姐沒有發脾氣或流淚，也沒有多想什麼。然
而，讀者會開始想東想西的。因為，突然間朗姐的行為完全不符合她
這個角色該做的事。讀者巴不得打電話給作者，問他這到底是怎麼一
回事。

　　如果真有讀者打電話過去，作者有可能只是咯咯笑，然後要他們
別擔心。朗姐有充分的理由這麼做（只是此時還看不出來）。他說，

260   Wired for Story:
The Writer's Guide to Using Brain Science to
Hook Readers from the Very First Sentence

讀者如果有耐心繼續讀個一兩行,就能看到理由出現在下一個段落裡。

　　所以說,誰是對的?是作家還是讀者?

　　無論如何,都是讀者。理由是,從讀者的角度看來,從朗姐看見陶德親吻別人、但卻沒有反應的那一刻起,故事的發展就戛然而止了。突然間,故事不再有道理,讀者跳脫故事的世界,整個人清醒過來。結果呢?讀者會立刻停下來思索這是怎麼一回事,想想看自己一路上是不是遺漏了些什麼?難道是陶德患有偶爾會發作的失憶症?儘管讀者只是停頓一下下,故事的發展卻因此冷卻了下來。這就是為何儘管答案就在下一句話,卻還是無法解決問題的原因。怎麼解決?畢竟問題已經發生了。

　　別讓問題發生。

» 如何讓你的讀者相信故事主角實際上真的會飛?

　　就另一方面來說,這世界上絕對沒有什麼事是你的主角不能做的,他可以飛,可以穿牆而過,也可以把字典倒著背完,前提是,早在這種特異功能幫助你的主角脫困之前,你就必須把它「預示」出來。**如果你打算漠視、扭曲或重新詮釋任何一條宇宙的法則,也就是那些被我們視為理所當然的鐵則,你必須先跟讀者講清楚。**要是你寫的是科幻小說、奇幻文學、或魔幻寫實主義作品,特別該做到這一點。

　　儘管你可以讓故事主角在你創造出來的世界裡為所欲為,但你也必須負擔額外的責任:你不但必須把那個世界運作的邏輯法則建立起來,還必須嚴格遵守那些法則。如此一來,當你預示一個改變的時候,讀者就會很清楚在改變之前的狀況是怎樣了。

　　同樣的道理適用在當你希望故事主角悖反常規的時候。我們都知道，如果不吃東西，我們都會餓；不喝水，會口渴；如果過馬路前不先左顧右盼一下，你可能會被一個正在玩推特的笨蛋給撞飛。因此，**當你的主角違反了讀者對因果關係的預期時，他們就會感到不悅，他們沒得選擇，因為大腦把有關這個世界的知識當成判斷角色是否具有可信度的預設基準**。借用莎士比亞的話來說，讀者不喜歡還要多問一句：「主角若被車撞，難道不會流血嗎？」（典故來自莎翁名劇《威尼斯商人》：「你若刺我們一下，我們能不流血嗎？你若搔我們的癢處，我們能不笑嗎？……」）

　　我不是說你一定要讓主角流血。絕對不是。我是說，如果你不打算讓他流血，那麼你最好已經把充分的理由告訴讀者了。如果等到主角躺在路上，你才笑著跟讀者說：「喔，順便跟你們說一聲，約翰其實是火星人，我有提過他們都是橡膠人嗎？所以被車撞倒根本不會有事。好笑吧？」這種說明根本沒有用。

　　因此，當故事主角即將做出一件異常的事情時，你必須事先做到下面兩者的其中之一：

1、主角有能力做到這件事，因為透過之前的行動，你已經讓讀者看到過了。例如，你不應該等到溫蒂把唐娜鎖在密閉的地下室，按個鈕把氧氣都抽出來時，才讓讀者知道唐娜其實可以穿越強化鋼板做的牆壁。如果讀者在先前就曾看過一兩次唐娜憑空穿牆的本領，那麼在溫蒂把門鎖起來的時候，我們會為唐娜感到鬆一口氣，知道她將再度擊敗溫蒂。

2、就算你沒有讓讀者看到唐娜的穿牆本領，你也必須一路釋放出一些線索，等到她真的辦到了，讀者才會覺得那值得相信，而且感

262　Wired for Story:
The Writer's Guide to Using Brain Science to
Hook Readers from the Very First Sentence

到滿意。他們會心想：「難怪唐娜小時候玩捉迷藏的時候總是那麼厲害！還有，記不記得那次她靠在牆上，結果差一點穿牆跌倒？現在我懂了！」（當然，該注意的是，當這些事發生時，你必須注意它們自身的合理性。你可不能跟讀者說：「別擔心，稍後我會解釋給你聽。」）

儘管如此，基於情節的需要，你還是很可能想讓故事角色做一些正常人絕絕對對不可能做到的事。這種事你常在電影裡看到。艾德格是史丹佛大學畢業的火箭科學與應用心理學雙博士，也是個會說六國語言的黑帶高手，閒暇時間他還會寫暢銷推理小說；當有一個神色慌張，氣喘吁吁的陌生人，請他幫忙把一個胡亂封起來的包裹從墨西哥帶到美國艾爾帕索市時，他居然毫不猶豫地答應了。之所以要這樣安排，只是因為如果艾德格沒在跨越國界時被逮捕，電影的結局就無法成立？

你必須擺脫這種念頭。傾聽故事角色的聲音，你會聽見他們懇求你：不管你要我們做什麼、有什麼反應、說什麼話，或者要我們因為突然出現的記憶而改變對一切事物的看法，你最好能給我們一個充分且合理的理由。當你能善用預示、回顧與次要情節等故事元素時，它們就能向你的讀者展示充分且合理的理由。讀者會因此願意踏上那些插曲般的短暫旅程，因為他們自己也曾有過這樣的人生體驗：回憶往事往往能為我們帶來珍貴無比的智慧。

第十一章的經典情節製作術清單

在主角因為故事問題而掙扎的過程中，你的次要情節是否能對他帶來外在或內在的影響？

讀者不希望次要情節只是有趣或者詩情畫意，也不只是希望他們能藉此脫離故事的主線，稍事休息。儘管次要情節可能同時具有上述的三種功能，但讀者最主要還是期待：次要情節的存在能有一個合理的解釋。所以請你自問：就算影響程度再怎麼微不足道，這個次要情節能否影響到主角追求目標的過程？次要情節能為讀者提供什麼必要的訊息，幫助他們對主角的處境有更真實的了解？

當你跳到一段次要情節或回顧時，讀者是否能感覺到這麼做在「當下」的必要性？

確定讀者都可以看到其中的道理，不是只有身為作者的你知道而已。當你離開故事主線時，你該讓讀者心甘情願地跟著你，而不是用強迫的。

如果故事角色的行為完全不符他應該做的事，你是否事先預示過了？

你應該確定：故事一路走來，讀者都能掌握你給的具體線索。所以他們的反應會是「啊哈！」而不是「拜託！」。

Wired for Story:
The Writer's Guide to Using Brain Science to
Hook Readers from the Very First Sentence

**你的讀者是否有「足夠的資訊」可以用來了解當下正在發生的
事,所以任何一個角色的言行都不會讓讀者覺得自己對故事是否
有所遺漏?**

你不應該讓讀者暫停下來,試著去想自己是不是遺漏了什麼,然
後還要往回翻閱故事,試著找出答案。我的天啊,最好千萬別讓
這種事發生。

12

作家的大腦
如何影響故事寫作？

神經科學這樣說：
如果想要讓某個技巧深植於大腦的下意識層次，
就必須經過長期且有意識的磨練。

作家的腦袋需要的是：
寫故事不是重點，改寫才是。

266　Wired for Story:
The Writer's Guide to Using Brain Science to
Hook Readers from the Very First Sentence

" 「最重要的原則是你絕對不能愚弄自己，而其實你能最輕易地愚弄的，就是你自己。」
　　　　——美國物理學家理查．費曼（Richard P. Feynman）"

我們已經花了很多時間在討論：怎樣把故事寫得能夠符合讀者的本能期待。那作者的本能期待呢？如果想要創造出一個躍然紙上的故事，作者的大腦該扮演什麼角色？俗語說，以其人之道，還治其人之身。也許該是我們把自己根深蒂固的本能擺在顯微鏡底下好好檢視的時候了。我可以先從自身的經驗說起。

不久之前，我注意到一件怪事。當時我拼錯了一個字，但我越是努力想把它拼對，就拼得越糟糕。反之，如果我完全不思考就把它打出來，用像在撕掉 OK 繃的速度，快狠準地把它打出來，10 次裡面有 9 次我都會拼對。有一陣子我到處跟別人說，我的腦袋不會拼字了，倒是我的手指可以。結果，拼字的畢竟還是我的大腦，而且它知道的遠比我想像的還多——前提是，如果我不去想太多的話。

神經精神病學家理查·瑞斯塔克說過：「**太用力去思考會導致準確度與效率的下降。**」他舉了一個很多人都曾經感到懊惱的例子：在學校考試做到複選題的時候，我們總是會不斷更改答案。根據研究顯示，如果我們堅持原本那個「出於本能」的選擇，然後像老師建議的繼續做下一題，我們就可以拿到自知有資格獲得的 A，而不是——呃，爛分數就別提了。這種令人挫折的經驗還是有值得學習之處：通常來講，我們越是努力去嘗試，表現就越糟。

難道這意味著「即興發揮」就真的是我們的最佳選擇嗎？你應該把我在前面說的一切全拋諸腦後，變成「即興作家」（pantsers），

也就是寫作時全憑直覺的人嗎？也許你該把整段話聽完再做決定。瑞斯塔克接著說，如果想要憑本能答題，前提是你必須為考試做準備，並且熟讀題材。

　　或許 17 世紀的作家湯瑪斯・富勒（Thomas Fuller）就是因為也有這個想法才會說：萬事起頭難，之後就簡單了。的確，根據諾貝爾獎得主赫伯特・西蒙（Herbert Simon）的估計，如果想要精通任何一個科目，大約都得花上 10 年的時間。到時候大腦最多已經儲存了 5 萬個被他稱為「意元集組」（chunks）的東西，它們是被大腦熟練地分門別類的知識單位，每當有必要時，可供下意識層次拿來使用。西蒙接著解釋說：「這就是為什麼專家可以…針對各種狀況做出『直觀的』反應──也就是快速的反應，而且通常也說不出自己是怎麼想到答案的。直觀不再是一種神祕的東西了。」

　　安東尼奧・達馬西歐也同意此一說法：「**當我們熟練某個技巧時，我們就再也不需要那個技巧所需要的方法與步驟，而是直接訴諸於儲存在下意識層次的專門知識**。我們有意識地培養自己的技巧，隨後讓它們深植於下意識層次，那裡可說是有充裕空間的大腦地下室。」

　　寫故事也是經過這種程序才會變成作家的一種直覺，而這種本能是需要培養的。好消息是，也許從 10 年前你學寫作時就已經開始了這個程序。很可能你已經知道，或至少大腦的下意識層次已經知道：**寫作的一大重點就是在於「改寫」**。而且如果可能的話，你應該帶著熱情去改寫。

　　我們在這一章即將檢視為何你在完成初稿時，都會有一種興奮的幻覺；我還要討論為什麼你一定要找人用「開誠布公的方式」批評你的作品，並且探究為何改寫是寫作過程中不可或缺的一環；讓你知道

268   Wired for Story:
The Writer's Guide to Using Brain Science to
Hook Readers from the Very First Sentence

參加作家團體的優缺點,以及專業的寫作故事能為你帶來什麼好處。最後我要談的,則是你要怎樣才能用最簡單的方式來強化自己的心理建設,讓你坦然面對「殘酷陌生人攻擊你」的生存本質——也就是批評你的作品。

越過終點線時的興奮之情

你完成了故事初稿,興高采烈,整個人輕飄飄的。你簡直不敢相信自己辦到了。你曾有無數次想要放棄,但你沒有。你舉步維艱地從空白的第一頁走向最後,打下作家心裡最美的三個字:「全書完」。你做了自己該做的事:出門去慶祝。

隔天早上,你還沉浸在這偉大成就的餘暉裡,你決定把稿子交給經紀公司之前,也許你該把它重讀一遍,看看有沒有錯字。但是,才看了一兩頁,自古以來最神祕的一件事在你眼前出現了:當你在寫故事時,那些感覺起來如此懸疑且吸引人、如此深刻的場景,如今看來為何這麼平淡陳腐?難道你的電腦鬧鬼,動了你的稿子嗎?

在你按下刪除鍵,決定開始搖頭晃腦,手舞足蹈前,你應該知道每個人都會遇到這種事。很重要的是,你必須記得,寫作是一個「過程」,這至少應該讓你感到安心一點。**你的故事幾乎不可能在草稿階段就已經解決所有問題**,所以別太苛責自己了。這不是因為你的緣故,寫故事本來就是這麼一回事。

如果說成功作家的寫作程序有什麼共通點,那就是改寫故事了。撇開天分的因素不談,就我個人的觀察,我覺得部分作家之所以能有所突破,而其他不能,除了突破者具備堅忍不拔的特質之外,還有他們都能全心聚焦在故事的問題上,並將其解決。

　　你不信？「我這輩子有一半的時間都在改稿。」美國小說家約翰・厄文不是這樣說過嗎？還有，美國女詩人桃樂絲・帕克（Dorothy Parker）也說過：「我每寫 5 個字就會改 7 個。」

　　卡洛琳・里維特在她的第 9 本小說《迷途青春》交到經紀人手上前，就曾經修改過幾次，接著在經紀人點評過後，又改了 4 次。書很快就賣出去了。然後她又寫了另外 4 個版本，這次是寫給編輯看的。

　　還有，專門寫青少年小說的作家約翰・瑞特（John H. Ritter）曾估計過，他的每一本小說在出版前都會修改 15 遍。而加州大學洛杉磯分校「電影學院劇本創作研究所所長」理查・華特（Richard Walter）則是說，曾當過他學生，如今是知名編劇的大衛・柯普（David Koepp）往往都很樂意幫電影公司修改故事草稿，大概要改到第 17 次才會真正惹毛他。

　　總而言之，這些作家想要表達的是──容我引述海明威那句極具個人特色，又如此直白且有說服力的名言：「所有的故事初稿都是狗屎。」但我相信這並不會讓你比較輕鬆。你並未因此而無拘無束，好像獲得了可以盡情自我表現的許可證，或者說，你可以不用從第一頁就開始全力以赴，只因為故事初稿「不算數」。**其實初稿是重要的，而且很重要，因為從這裡開始，你必須以它為努力修改的材料，你會在其中迷路、重塑它、修改它、分析它，然後帶著愛意把它的最好一面呈現出來。**

　　故事初稿當然算數，就算它通常被寫得很糟糕。但是切記：「努力嘗試」（這是你該做的）、以及「從第一個字開始就試著要讓它完美無缺」（這是不可能辦到的，而且很可能讓你寫不出來）之間是迥然有異的。**你的目標不是要把初稿寫得多漂亮，而是要讓它盡可能逼近你心中那個故事的原貌。**

所以，不管你寫的是初稿或第 15 個版本，你都要放鬆心情。不要每次都想要寫出「定稿」，而是每個版本都要比前一版好一點。畢竟，**故事結構是多層次的，發生於故事裡的一切都會相互影響，而且每個層次都是如此**。這意味著，當你解決了一個問題，某處的某個東西很有可能也隨之改變，發生了你必須處理的狀況，諸如此類的。**重點是，你不可能憑著一次修正就想要解決所有問題**，所以為何要努力嘗試，然後把自己搞瘋？

然而，說到要了解故事裡誰對誰做了什麼事，其背後動機為何，作家有一個因大腦的本能而具備的優勢。那也許不是個超能力，但卻非常有用，特別是對於開始改寫的人來說。請聽我解釋……

從神經科學角度看作家的優勢

最近，演化心理學家羅賓・鄧巴（Robin I. M. Dunbar）自問了這個我們從一開始就百思不得其解的問題：「如果說每個人都有欣賞故事的能力，為什麼好作家卻那麼少？」他的研究顯示，關鍵的要素之一就是在於某種叫做「意向性」的東西。簡單來講，就是我們透過「推論」來得知他人想法的能力。在緊要關頭時，大多數人可以同時掌握 5 個人的心理狀態。

鄧巴說：「例如，當觀眾在欣賞莎士比亞的《奧塞羅》（*Othello*）時，他們自己的心理已經是第 4 個意向性的層次了：我（觀眾）**相信**，伊阿苟**希望**奧塞羅能夠**預設**苔絲狄蒙娜**想要**（愛另外一個人）。當莎翁把故事搬上舞台，呈現給我們看時，每次到關鍵的場景，他會讓上述的 4 個角色產生互動（除了伊阿苟、奧塞羅、苔絲狄蒙娜之外，另一角色指的是與苔絲狄蒙娜有感情糾葛的人，因此是 4 個人），逼使我們要從第 5 個層次去欣賞故事，對大多數人來說，這已經是他們能

夠應付的上限了。」

　　好作家有什麼不一樣？他們的大腦可以記住他們自己知道的、還有故事角色相信的，同時也掌握住讀者相信的東西，有時候可以達到意向性的第 6 或第 7 個層次。聽起來很像電玩遊戲，不是嗎？

　　所以，特別是當你在努力改寫故事時，你最好能夠清楚掌握每一個角色所認定的現實世界是怎麼一回事。

故事的世界宛如圈中之圈，環中之環

　　身為作者，你可以掌握全局。你知道故事「實際上」是怎麼一回事。你知道寶藏埋在哪裡，也知道如果主角去挖哪裡，不管他多努力尋找，都只會空手而回。你知道誰對主角說謊，誰說的是真話。你知道什麼是真的，什麼是假的。

　　但就另一方面而言，你的角色通常不知道故事實際上是怎麼一回事，這意味著，與他們居住的真實世界相較，他們採取行動時所預設的，是一個截然不同的世界。

　　這是作家有時候會忘記的一件事：因為他們知道真相是什麼，未來的樣貌為何，結果忘記故事角色並不知道。而這也不能怪作家，因為同一時間他們可能必須清楚掌握 4、5 個會相互影響的世界。

　　這到底有何含意？

　　意思是，的確有真實世界存在，也就是故事裡的那個客觀世界。那是個實實在在、包羅萬象的世界，一切事件都發生於其中，事物以其原貌存在著，沒有經過任何詮釋與扭曲。很有可能故事裡沒有任何一個角色能完全熟悉那個世界。事實上，角色們沒有那個能力，因為

272   Wired for Story:
The Writer's Guide to Using Brain Science to
Hook Readers from the Very First Sentence

他們絕對不可能掌握所有事物的全部細節（即便在虛構世界裡也是如此）。**每個角色只知道一部分的「實情」。更重要的是，有些他們「知道的東西」根本就是大錯特錯——這常常就是衝突的起源。除此之外，每個角色都會用自己的角度去扭曲每一件事。**

當然，儘管如此，主角還是會假設自己所相信的「實際上就是真的」，通常也會為此付出慘痛代價。例如，羅密歐回到維洛那城的時候，他完全相信茱麗葉已經死去，心碎的他選擇了他認為可行的唯一選項。他喝下一小瓶毒藥，壯烈死去，他無從得知再過 2 分鐘之後，茱麗葉身上的藥效會消退，她會打個哈欠醒來，伸伸懶腰。本來他們是有可能逃走、從此過著快樂生活的。在這例子裡，很不幸的是，「真實世界」與羅密歐「以為是真實的世界」可說截然不同。

檢驗草稿的現狀

接下來不管你要開始加寫或重寫每一個場景，你都可以自問以下這幾個很有幫助的問題：

1、在故事的「真實世界」裡，也就是客觀來講，到底發生了什麼事？
2、每個故事角色各自相信發生了什麼事？
3、是否有矛盾存在？（喬伊相信他的哥哥馬克才是父親的最愛，於是他永遠想要試著贏得父親的認同；馬克知道他們的父親其實是個邪惡的外星人，因此打從喬伊出生後，他就一直保護喬伊免於受父親的傷害。）
4、每個角色都認為自己所相信的是真的（而非實際上是真的），所以他們在每個場景裡會有什麼表現？
5、每一個角色在每個場景裡的行為合理嗎？也就是說，與他們自己認定的真相相符嗎？

事實上，你最好能夠開始幫你的整篇故事製作一張圖表，而且可以稱之為：

» 誰知道什麼？什麼時候？

首先，**把在整個故事的「真實世界」裡所發生的事情，按照先後順序畫出一個時間表**。例如，羅密歐與茱麗葉相識；他們墜入愛河，偷偷結了婚；她要他設法阻止兩個家族間的爭鬥；他試著阻止，但卻殺了她的親戚；她爸媽把她許配給一個對她很冷淡的人；羅密歐不知道茱麗葉已經被許配給別人，暫時逃走；在神父的幫助下，茱麗葉打算裝死，好避免必須嫁給另一個人，她派人送信給羅密歐，解釋她的計畫；羅密歐沒有收到信，他騎馬趕回維洛那城，在家族墓穴中發現已經服藥的茱麗葉，以為她死了，於是自殺；茱麗葉醒來，知道發生了什麼事之後，也自殺了。雙方家族消除積怨，就此和好。

在這無所不包的時間表下面，為每一個主角製作一個相應的時間表，記錄他們在整個故事發展的過程中所「相信」的真相。這不但能呈現出故事角色在何時、何地會「產生對立」，也能幫你確認故事角色的「反應」與他們「在那一刻所相信的真相」是否相符。

最後，有一個人他相信的東西會有所改變，因此你也該製表：**這個人就是你的讀者**。請你在改寫每一個場景時都要自問：讀者相信此刻發生了什麼事嗎？這個問題是如此地重要，以至於你甚至該關掉筆電，換掉睡衣，走到真實世界去試水溫。畢竟，你現在已經知道「大腦的本能會促使讀者在故事中尋找什麼」，所以你可以透過讀者來探查你的故事。

274   Wired for Story:
The Writer's Guide to Using Brain Science to
Hook Readers from the Very First Sentence

最開始的回饋：要做好事先的準備

在你開始找人痛批你的故事前（你放心好了，有很多人絕對不會對你說：「這真是我讀過的最棒的作品！我可以在哪裡買一本？如果能買一箱就更棒了。」），有一種極為有幫助的回饋，是不管你已經改寫到什麼程度，都能請人提供給你的，你甚至不用去忍受任何人的真正意見。

更重要的是，透過這種回饋所獲得的訊息，通常都是清楚、簡潔而具體的，就連你家隔壁的王老伯都能提供給你。最理想的狀態是，你最好可以找親友來幫你，他們甚至可以不用知道你的故事到底在講什麼。你只需要請他們閱讀你手上目前有的東西，要他們在每個場景結束的地方回答以下幾個問題：

» 你認為接下來會發生什麼事？
» 你認為哪幾個人是重要的角色？
» 你認為這些角色想要的是什麼？
» 如果你看得出來的話，你覺得這裡面有什麼梗？
» 你認為什麼資訊是非常重要的？
» 什麼資訊是你非常想知道的？
» 什麼讓你覺得很困擾？（這是最接近批評的一種回饋。）

他們的答案非常有助於幫你找出「你還沒寫進故事裡的構想」，更何況還能幫你找出「故事裡的情節漏洞、邏輯問題、多餘與離題之處，還有那些會阻礙故事發展、冗長又平淡的段落」。但是，請你一定要跟他們說清楚，你目前僅僅希望他們給你這些回饋。

如果你跟隔壁王老伯說他可以暢所欲言，他可能會跟你說：「如果故事背景可以設定在 X 行星而不是克里夫蘭市、如果主角可以是

個能穿梭各個銀河系的戰士而非幼稚園老師、如果瓦利在下課時間拿著一把沙子往珍的身上丟去之後，可以引發一場大混戰，而不只是兩人鬥鬥嘴而已，那麼故事就會好看多了。」

其他人的意見為何重要？

當你改寫到某個程度（不管是第 3、第 6 或是第 26 個版本），你需要讓其他人好好地把你的故事讀一遍。因為，不管你有多麼客觀，不管你在刪除離題的東西時有多心狠手辣，不管你多麼願意用無情的眼光來檢視故事裡的一切，然而做這些事的時候，你…呃，你還是你。而且，**對於你自己所寫的故事，不管你做得有多好，有一件事是你絕對做不到的，就是把自己當作完全沒有看過它的那樣來閱讀它。**

在你還沒有開始讀之前，它就已經在你的腦海裡了，你完全了解它。因為你知道一切的意義，還有故事的實際走向，你怎能確定別人對那些文字的理解是否跟你一樣？畢竟他們不像你了解一切，而是只能憑藉著那些文字去想像。還記得希思兄弟所說的「知識的詛咒」嗎？你無法得知自己的故事對於初次閱讀的讀者會產生什麼影響，因為你已經知道太多了。

這就是為什麼你該讓你的故事去面對地球上最無情的東西：**讀者的眼睛。**你可以找的讀者包括值得信賴的作家朋友、作家團體、收費的專業人士，如果能把以上三類都找齊，就更好了。這感覺有點像當你的孩子自個兒在院子裡玩耍時，你叫所有的鄰居站在一旁對他品頭論足一樣。你猜他們會怎樣？他們都願意。**讀者非常樂意批評作家最寶貝的故事，因為對他們來講，那些故事根本就不是寶貝。**它們只

276   Wired for Story:
The Writer's Guide to Using Brain Science to
Hook Readers from the Very First Sentence

是故事的半成品而已。

就像幽默作家富蘭克林·瓊斯（Franklin P. Jones）的名言：「真誠的批評不管是來自親友、點頭之交或陌生人的口中，都是令人難以接受的。」

» 難以接受的殘酷：接受他人的回饋

接受他人回饋的重要性是再怎麼強調也不為過的——而且你還要真正聽進去。更重要且更棘手的一點是，你必須確定對方有能力給你回饋。 這不只意味著他們有能力指出是什麼讓他們無法投入故事中，也意味著他們看到故事出錯了，就會跟你說。

假設有個叫做柔伊的女人寫了一本回憶錄。她在一個居民不多的社區裡長大，她母親是當地名人，因此柔伊從幼稚園開始就備受矚目。更棒的是，她的一輩子聽起來就像是某部當週賣座冠軍電影的故事：那種有笑有淚，而且看完會讓人懷抱希望的故事。問題是，她不知道該怎麼說故事。如果欠缺一個好的故事架構（也就是：沒有故事問題與主角的內在問題），就無法成為一本好書。

所以，儘管柔伊寫的故事在剛開始發展的動力還挺強的，但不久後就消散了，故事也分解為一個個不相關的小插曲。到了第三章，故事開始變無聊，而且情況持續下去。**每一個場景寫得再好也沒有用，因為欠缺一個可以涵蓋一切的脈絡，場景就都沒有意義，** 讀者不知道該如何看待它們，或是不知道整本回憶錄的走向為何。

然而柔伊知道，她看得很清楚。為什麼？因為那是她的人生。她曾把手稿拿給幾位密友與一位老教授看過，大家都說很喜歡它，寫得很好。所以，當經紀人把改寫的具體建議提供給她時，她聽不進去，而是花了好幾個小時跟對方解釋「為什麼不需要照那些建議修改」，

而回憶錄看來欠缺的一切優點其實都是存在的。她覺得東西已經夠好了。她是個歷盡滄桑的可愛女人（這一點有她的回憶錄為證）。

很快的，對方已經看出她顯然不願讓步。所以他們把初稿呈交給20家出版社的編輯。編輯完全不認識她，他們立刻就看出裡面的東西行不通，也沒有聽她那長篇大論的解釋。所有的編輯都退她稿，而退稿信的內容其實都反映出經紀人早就指出、但她完全忽視的那些問題。

的確，她的朋友們都覺得稿子很完美。但他們都已經熟知她的故事，所以凡是有她不小心遺漏的，他們可以自動填補進去。而且更危險的是，他們都愛她，這表示他們本來就會偏愛她寫的東西，對她居然能坐下來寫完一整本書，更是感到讚嘆。換言之，讓他們一頁頁往下翻的，並不是她的敘事技巧。

當他們跟她說書很好看時，是在說謊嗎？當然不是。這意味著，當他們評斷她的草稿時，使用的標準與走進書店，從書架上隨便抽出一本來讀的時候並不一樣。然而，他們不知道這一點。還有，使情況更複雜的是，他們有可能根本就無法說清楚自己喜歡一本書的真實標準何在。就像那一句老話：「我無法定義什麼是色情，但是當我看到時，我就知道是不是。」這表示評斷的標準其實是一種直覺。

或者說，判斷是不是色情的憑藉，不是直覺，而是比肚子更下面的地方。

事實上，讀者幾乎無法分辨看到一本好書時的直覺，與看到好友寫的初稿時的感覺有何差別。他們很容易把直覺的原因搞錯。例如，有一個經典的實驗可以用來說明這種狀況：在一座橫越深谷的恐怖橋梁上面，景象令人緊張到心臟怦怦跳，一個漂亮的女人走向一定數量

的男人，要他們為她的課堂作業填寫一份問卷，然後把電話號碼給他們。她也對另一群數量相當的男人做同樣的事，但是他們已經過了橋，坐在長板凳上休息。

橋上的男人有 65% 打電話給她；坐在板凳上，當她走過去時心臟已經不再怦怦跳的那些男人，則只有 30% 打給她。也就是說，有一大部分男人把恐懼帶來的大量腎上腺素的感覺，誤認為是因為看到美女而產生的暈眩感。同樣的道理，當親友看到你的書時，也會因為腎上腺素分泌而誤以為自己欣賞的是你身為作者的能力，而不是敬佩你真的能把書給寫出來。我不是說你也許寫不出一本好書，而是說，他們有可能無法分辨兩者之間的區別。

換言之，愛是盲目的。

就算不盲目，也會是鼓勵的。當你看到朋友寫的東西，你首先擁戴的不是書，而是你的朋友。所以，就算你的直覺告訴你，也許朋友還不該把白天的工作辭掉時，你還是會把其他因素列入考慮，例如他有多努力、那本書對他的意義有多重大，還有你不想傷害他等等。或者，你不想跟他吵架。就算對方只是點頭之交，也是一樣。

沒有人想要當烏鴉嘴，壞消息本來就會讓人有強烈的情緒反應。就這個例子而言，光是說你的書難看，就有可能引發衝突與緊張關係──而這正是你的書本身所欠缺的。但是，如我們所知，儘管衝突常常是一本書吸引我們的原因，但在現實生活中，大部分的人卻會避免衝突。這就是為何當你讀了朋友的故事初稿，發現裡面完全沒有張力時，你不會希望因為說實話而引發你跟朋友之間的緊張關係。

所以你會說一些好聽話：「喜歡這本書的假設。很棒的主題。你把地方描寫得好生動，所以我真的覺得自己好像待在巴斯托的市中心。還有，蒂芬妮抓到泰德偷翻她的內衣抽屜時，真的把他罵得狗血

淋頭啊！真棒！」你朋友露出燦爛的微笑，然而你也不算是說謊。
但是，你卻心知肚明自己不是個專業書評。也許那本書真的很棒，但
是你卻笨到看不出來。所以你吐了一大口氣，儘管心存疑慮，但還是
熱情地給予初稿好評。

　　身為初稿的作者，這真是你想要的嗎？儘管對方心存疑慮，還
是給你好評？為什麼不呢？畢竟你為它嘔心瀝血，全力以赴，所以
你希望聽到別人說它很棒、完美無缺、真的精采無比。但話說回來，
如果是你的醫生，你希望他在讀醫學院時，老師雖然都對他心存疑
慮，還是給他好評嗎？如果是你即將登機的那一架空中巴士的機長
呢？

　　等一等，這故事不是屬於你的嗎？誰說作家有責任取悅所有人
呢？最重要的難道不是我們該為自己而寫嗎？把心裡的真話寫出
來？也許吧。但是請你自問：當你閱讀一本小說時，你真的想要聽
作者的心聲嗎？你是否曾想過？讀者想要看到的真話，是能讓他們
有所共鳴的。**當作者只聚焦在「自己心裡的真話」時，往往忘記了：
要從讀者的角度出發，寫作的目的是為了傳達訊息，而非自我表現。**
於是我要指出另一個你必須擺脫的迷思：

迷思：作家都是天生就該打破規則的叛逆分子。
事實：成功的作家都會遵守那些可惡的規則。

　　作家通常都很叛逆。這本來就是一個反對潮流的行業。作家對大
家都熟悉的事物提供新的看法，目標是要把那個看法變成一個故事，
把其他人帶進他們的世界裡。既然寫作講求的是原創性，為何作家還
是應該要遵循那些老舊的標準呢？難道他們不能掙脫束縛，自由地

呼吸嗎？畢竟，他們都能創造故事了，難道不能創造自己的規則嗎？

人們為了證明這個論點，總是會用戈馬克・麥卡錫（Cormac McCarthy）當例證：他就沒有遵循規則，而他是普立茲獎得主。我的回應永遠是這句老話：「他的確遵循了規則，只不過他用一種極具個人特色的方式去遵循，以至於別人很容易把他的風格當成新的規則。」

的確有些大師的文字是如此特立獨行，他們有能力讓讀者感受到一股迷人的迫切感，而他們呈現的方式似乎是讓人無法用分析去看待的。這特色植基於他們的 DNA，所以沒人能模仿。他們是少數中的少數。如果我們可以像他們那樣寫東西，早就被出版了，而且大學研究所還會開課研究我們的作品。

就另一方面而言，絕大部分非常成功的作家並沒有用大師的那種方式寫作。

更重要的是，**在 100 萬個作家裡，大概只有一個可以表現出蔑視規則的樣子，其他則是真正蔑視規則的人，而他們故事初稿的下場就是被人揉爛燒掉。**可能他們不是忽略了別人的回饋，就是從來沒有請別人提供回饋，那就更糟了。

» 如果你不知道哪裡出了錯，怎能把故事改寫得更好？

作家需要他人的無私回饋，想獲得回饋，最合理的方式就是參加作家團體。有效的作家團體的成員都是些敏銳的人，他們不只能指出哪裡有問題，還能告訴你為什麼。當然，重點是他們也沒有說錯。**想要挑錯並不難，難的是要解釋「為什麼」那些地方出了錯。**

這通常會導致有人給了錯誤的建議，結果呢，如果作家不是把問題搞得更嚴重，就是解決了一個問題卻又衍生出另一個。所以，當你

參加作家團體時（特別是當你還不認識任何成員時），你最好的選擇
就是坐著傾聽。想要了解那些成員，與其透過他們對你的作品提出的
批評，不如先聽聽看他們如何批評彼此的作品。為什麼呢？

　　首先，你真的可以聽得進去。在一個團體裡被人指指點點，對你
來講可能難以接受，特別是第一次參加就發生這種事。還記得我說過
的嗎？公然遭人指出錯誤對我們來說是奇恥大辱。被人批評作品就
可能會有這種感覺。每個人都看著你，你開始面紅耳赤，你的耳朵聽
到嗡嗡鳴響，突然間房間好像熱了起來。你聽著大家說話，但聽不懂
他們在說什麼。光是傾聽就很難了，更別說客觀地接受了。

　　反過來講，若他們在批評別人的作品時，你就能輕而易舉判斷其
評論是否一語中的，或是錯得離譜。你對你聽到的作品也會有自己的
意見，所以你能判斷他們的評論是否充滿洞見、敏銳無比，而且語帶
鼓勵，同時又能沒有任何保留。

　　你該切記，作家團體的運作方式是每個成員分幾次報告自己的一
部作品。因此，其他人可能很難看得出故事是否發展得當，故事的梗
是否有相應的結果，還有，就算潔米的初吻場景讓大家都哭了，但卻
沒有人知道這跟故事的主線——也就是潔米與她高齡 68 的祖母一起
去爬聖母峰的這件事，是否有任何關係。

» 聘請專業人士

　　如果想獲得回饋，你還有另一項選擇，而且越來越多人這麼做。
紐約一家文學經紀公司的同事最近跟我說：「與過去相較，**作家是否
能把技法練好，將草稿潤飾完再交給出版社，展現出專業的一面，近
來已經越來越重要了。別依賴任何人幫你『修稿』，不管是經紀人或
出版社編輯。**大家的時間都好緊迫，因為草稿必須重寫好幾遍，編好

282   Wired for Story:
The Writer's Guide to Using Brain Science to
Hook Readers from the Very First Sentence

之後才能交給業界的人，讓他們去考慮。如今一個逐漸普及的趨勢是：
作者掏腰包自聘特約編輯與顧問，把草稿的最好一面呈現出來。」

　　好消息是，許多收費的寫作顧問都非常厲害，他們能為你提供客
觀與專業的回饋，不只能藉此幫你改寫故事，在這過程中，還能改善
你的寫作技巧。壞消息是，如果你用 Google 搜尋「寫作顧問」（literary
consultant）這個關鍵詞，你會發現自己的選擇多到不知從何下手，
有些顧問很棒，有些普普通通。

　　我的建議是，一定要找有出版業背景的人，不管他當過經紀人或
編輯都可以。如果你是個編劇，就要找有電影實務經驗的人。如果你
在考慮聘請一位故事分析師，先打聽清楚他們曾經幫哪家製作公司或
片廠服務過，還有做過多久。經驗是很重要的。因為，儘管任何一個
實習生都能判斷一部劇本或小說寫得好不好（而且業界也有人用實習
生來做這種事），但是當東西寫得不好時，卻很少有人能夠指出原因
何在——能夠建議你如何修改的人，就更少了。

最好先看看「別人怎麼被批評」

　　在進入這一行以前，如果你想要做好心理準備的話，你可以從閱
讀評論開始，不管是書評、影評，各種評論都可以。為什麼？培養
洞察力。把這種閱讀經驗當作是訓練課程。想像一下，如果你是作品
被人批評的作家，你會有什麼感覺。我要告訴你的是，**所有評論者都
不會手下留情的，而這就是他們的職責**。而且他們通常樂於此道。

　　例如，影評人 A.O. 史考特（A.O. Scott）曾在《紐約時報》寫過
一篇有關電影《達文西密碼》（*The Da Vinci Code*）的影評，他就試
著痛批原作者丹‧布朗（Dan Brown），還有電影編劇阿奇瓦‧高斯

曼（Akiva Goldsman）。他先說布朗的暢銷小說是「英文句子的最佳
反面教材」，然後又批評高斯曼「寫的那些對話很爛」。

我彷彿聽見這兩人在說，唉喲！但是，至少他批評的是文字，
而非作者本人。說到人身攻擊，你該看看網路雜誌《Slate》的影評
黛娜・史帝芬斯（Dana Stevens），是如何評論由伊莉莎白・渥茲
（Elizabeth Wurtzel）的暢銷回憶錄所改編而成的電影《憂鬱青春日
記》（*Prozac Nation*）：

> 我們姑且說《憂鬱青春日記》是一部愚蠢的電影，但還
> 是要看看裡面講的是一些什麼東西：一群裝腔作勢的中產階
> 級女孩連續熬了幾天夜，為《哈佛校刊》寫了幾篇關於美國
> 搖滾歌手盧・里德的文章（「我感覺到他那冰冷的擁抱，淘
> 氣的愛撫」），她們都是一些蠢蛋…而這部電影最失敗的地
> 方，就是那些把渥茲的可悲作態當真的片段。

還是兩聲「唉呦！」史帝芬斯左批原作，右打電影，連作者渥茲
本人也不肯放過。而且還刊出來給大家看。網際網路現在已經成為任
何人可以針對任何事物大放厥詞的地方，世界的各個角落都可以讀到
上述兩篇評論，只要打幾個字都能查到，一天 24 小時，每天都擺在
上面，永遠在那裡。

做好心理準備：不管你有多麼成功，從現在起，都一直會有人分
析你的作品，不管說的是好話或壞話。有些人會用奇怪或有特色的方
式來評論，有些人則會提出極為精確的分析，一語中的，指出那些你
不敢相信自己居然會忽略掉的重大錯誤。

如果你現在無法傾聽朋友的私下回饋，就想像一下當你被陌生人
公開指責時，會有什麼感覺。因此你的目標是要把心理建設做好，不

284   Wired for Story:
The Writer's Guide to Using Brain Science to
Hook Readers from the Very First Sentence

過這不表示你一開始不會感到心痛。那是無法避免的。小說家塞萬提斯（Miguel de Cervantes Saavedra）曾對他的同行們提出這樣的警告：「沒有父母會覺得自己的小孩醜陋；而如果這個小孩是我們的腦力結晶，自欺的程度就更嚴重了。」

黎明來臨前，總是最黑暗的

把一本小說或一部劇本改寫個 2、3 次或者 4 次，值得嗎？如果是 5、6 次呢？對於改寫的次數，我們能有個定論嗎？不可能。下面的小故事可能就足以說明一切。看完後你就知道你眼前的路可能有多漫長，但你的回報會有多甜美。

早在 1999 年，麥克・阿恩特（Michael Arndt）歷經了 10 年的劇本審稿人與助理的資歷，他覺得自己在電影產業已經待夠了。這段時間他存了一點錢，於是辭去工作，開始專心寫劇本。他寫了 6 個故事，但每個都被他丟掉。第 7 個是他花 3 天寫完的故事，他覺得應該行得通。所以他持續進行改寫，寫了 100 多個版本的草稿。他的座右銘是：「如果你不把一件事給做好，乾脆就別做了。」所以他決心要把劇本給寫好。

這可能就是為什麼，在他動筆的 6 年後，會靠著《小太陽的願望》（Little Miss Sunshine）贏得奧斯卡最佳原創劇本獎。為什麼？因為他並不是忠於自己，也不是他的故事初稿，甚至也不是第 99 個版本。他是忠於故事本身，還有觀眾。而他的觀眾是全世界的陌生人，他知道我們絕對不會因為有所疑慮就給他好評。所以他的故事沒有這樣懇求我們，而他只是要我們坐下來，放鬆心情，全神貫注。

　　如果你能有如此的努力與決心，想像一下你的故事能有多好。你沒有必要是個天才，儘管你的確有可能是。你所需要的，只是堅忍不拔的精神。每個作家都是靠寫作成為作家的。你必須把屁股貼在椅子上，每天工作，不找任何藉口，永遠如此。如同傑克・倫敦（Jack London）的名言：「**閒逛不能幫你獲得靈感；請你拿著棍棒追著它跑。**」海明威認為此言不虛，他說：「每天工作。不管前一天或前一晚發生什麼事，起來工作，聚精會神。」

　　只有這樣，你想要說的故事才會慢慢浮現。祕訣是：**如果你能觸發大腦對於故事的種種本能反應，那麼從第一句開始，讀者就會想要不斷讀下去，他們想聽的，是「你所說的真相」**。如同神經科學家大衛・伊葛門所說：「當你把大量的『片段』與『部分』組合在一起時，整體會大過於其總量⋯所謂突顯性質（emergent properties）的概念，就是在整體裡會出現新的東西，它不屬於任何一個原有的部分。」

　　你所突顯出來的，是你自己的願景，你的讀者看得見，也體驗得到它。所以你還在等什麼？開始寫啊！儘管你的讀者也許還不知道，但他們很想知道接下來會發生什麼事。

謝詞

我們所做的每個決定都是根據「先前的一切遭遇」做出來的——讓我學會這個道理的,首先是「故事」,而後則是「神經科學」。所以,一點也不令人感到意外的是,這本書能夠誕生,都必須歸功於先前曾鼓勵我、以專業幫助我,還有支持我的人。

首先我要說的是,我之所以能深入了解故事,是因為我有一群充滿天分的親友與同事,包括:Jeannie Luciano、Paul F. Abrams、Mona Friedman、Judy Toby、Bill Contardi、Pamela Katz、Richard Walter、Amy Bedik、Sara Cron、Judy Nelson、Edith Barshov、Martha Thomas、LaDonna Mabry、Abra Bigham、Brett Hudson、Doug Michael、Vicky Choy、Iris Chayet、Marnie McLean、Angela Rinaldi、Frances Phipps、Mark Poucher、Karno、Newman Wolf。

我很感激 Linda Venis,加州大學洛杉磯分校「推廣教育部寫作學程」的負責人,還有她的職員們,尤其是 Mae Respicio、Kathryn Flaherty、Sara Bond 等三位。在寫作學程的教學經驗,讓我有機會可以發展我的觀念、改善它們,也感謝那些有天分的學生能給我許多靈感,以及當場的回饋。特別要感謝的是 Michele Montgomery,有天晚上課程結束後,她來找我對我說:「你老是跟我們說我們有時間可以寫書,妳自己為什麼不寫呢?」還有 Tommy Hawkins、Jill Beyer、Sheel Kamal Seidler 等幾位同學,你們幽默且活潑的問題總能讓我保持注意力。

這本書在草稿階段被我改寫了好幾遍,許多人在花費寶貴時間幫我讀稿後,給了我亟需的回饋,為此我非常感激。書的內容因為許多

288 Wired for Story:
The Writer's Guide to Using Brain Science to
Hook Readers from the Very First Sentence

人才有辦法大幅改善，包括：Lynda Weinman、Caroline Leavitt、Lisa Doctor、Rachel Kann、Colin Kindley、Carlyn Robertson、Michelle Fiordaliso、Charlie Peters、Randy Lavender、Jon Keeyes、 Cherilyn Parsons、Dr. Ronald Doctor、Murray Nosel、Chris Nelson、Wendy Taylor、Robert Rotstein、Karen Karl、Robert Wolff、Leigh Leveen。

　　過去長期以來，我一直從事與故事有關的專業工作，但是一直到近幾年，我才開始接觸神經科學。我要以一顆謙卑的心感謝認知神經科學的先驅之一，麥可‧葛詹尼加，謝謝他幫我閱讀草稿與指正它。

　　我那精力無窮、充滿洞見，很會講話但也直率不諱的特約編輯 Jennie Nash，我要對她說的是：「沒有妳的話我該怎麼辦？」我對我的女兒 Annie 也要致上無限感激，她高興地幫我看稿看了無數遍，總是有神奇的本領抓出別人，特別是我看不出來，但是被她一說卻又變得如此明顯的邏輯錯誤。在與兒子 Peter 談話的過程中，我的許多觀念獲得了強化，他對故事的喜愛就像我一樣熱切。我最喜歡與他談故事，從他身上我也學到最多。我還要感謝兩位作家：Jason Benlevi 總是相信我，特別是我沒有自信時，而 Thomas Koloniar 則是我的典範，他讓我學會什麼是勇氣、堅毅與忠心。

　　「DeFiore & Company」公司的 Laurie Abkemeier 是我的經紀人，我對她的感激之情無法用言語形容，精明而才華洋溢的她總是鼓勵我。我不知道她怎麼辦到的，但神奇的是，我在這整個過程裡都沒有感受到壓力。很少人能有她那種表現。如果沒有我那聰慧且精明的編輯 Lisa Westmoreland，這本書的結果將會有很大的不同，應該說，根本就無法完成。多虧了她以及「Ten Speed Press」出版社的傑出團隊，這本書比原來可能的風貌不知更加令人滿意多少倍。

　　我要把我內心最深處的感激之情獻給我的丈夫 Stuart Demar，深情的他在忙碌行程之餘，抽空幫我煮了每一餐，包辦所有家事，讓我可以持續寫到凌晨。只有一個真正的硬漢可以像他一樣。最後，對我畢生的摯友 Don Halpern，我要說的是：我這輩子都要感謝你，這一切都是因為有你才化為可能。你是我的莫逆之交。

參考資料

引言

1. M. Gazzaniga, *Human: The Science Behind what Makes Your Brain Unique* (New York: Harper Perennial, 2008), 200

2. J. Tooby and L. Cosmides, 2001. "Does Beauty Build Adapted Minds? Toward an Evolutionary Throry of Aesthetics, Fiction and the Arts," *SubStance* 30, no. 1(2001): 6-27.

3. Ibid.

4. S. Pinker, *How the Mind Works* (New York: W.W. Norton, 1997/2009), 539

5. M. Djikic, K. Oatley, S. Zoeterman, and J. B. Peterson, "On Being Moved by Art: How Reading Fiction Transforms the Self," *Creativity Research Journal*, 21, no. 1, (2009): 24-29 .

6. Common quote based on J. L. Borges, "Tlön, Uqbar, Orbis Tertius," in *Ficciones*, trans. Emecé Editores (New York: Grove Press, 1962), 22.

7. PhysOrg.com, "Readers Build Vivid Mental Simulations of Narrative Situations, Brain Scans Suggest," January 6, 2009, http://www.physorg.com/print152210728.html.

第一章：如何抓住讀者的心？

1. T. D. Wilson, *Strangers to Ourselves: Discovering the Adaptive Unconscious.* (Cambridge, MA: Belknap Press of Harvard University Press, 2002), 24.

2. R. Restak, *The Naked Brain: How the Emerging Neurosociety Is Changing How We Live, Work and Love* (New York: Three Rivers Press, 2006), 24.

3. D. Eagleman, *Incognito: The Secret Lives of the Brain* (New York: Pantheon, 2011), 132.

4. A. Damasio, *Self Comes to Mind: Constructing the Conscious Brain* (New York:

292 **Wired for Story:**
The Writer's Guide to Using Brain Science to
Hook Readers from the Very First Sentence

Pantheon, 2010), 293.

5. Ibid., 173.

6. Ibid., 296.

7. Pinker, *How the Mind Works*, 543. (see introduction, n. 4).

8. B. Boyd, *On the Origin of Stories: Evolution, Cognition, and Fiction* (Cambridge, MA: Belknap Press of Harvard University Press, 2009), 393.

9. J. Lehrer, *How We Decide* (Boston and New York: Houghton Mifflin Harcourt, 2009), 38.

10. R. Montague, *Your Brain is (Almost) Perfect: How We Make Decisions* (New York: Plume, 2007), 111.

11. C. Leavitt, *Girls in Trouble* (New York: St. Martin's Griffin, 2005), 1.

12. J. Irving, "Getting Started," in *Writers on Writing*, ed. R. Pack and J. Parini (Hanover, NH: University Press of New England, 1991), 101.

13. Restak, *Naked Brain*, 77.

14. D. Devine, "Author's Attack on Da Vinci Code Best-Seller Brown," WalesOnline.co.uk, September 16, 2009, http://www.walesonline.co.uk/news/wales-news/2009/09/16/author-s-astonishing-attack-on-da-vinci-code-best-seller-brown-91466-24700451.

第二章：如何把火力集中在重點上？

1. M. Lindstrom, *Buyology*: Truth and Lies About Why We Buy (New York: Broadway Books. 2010), 199.

2. P. Simpson, *Stylistics*. (London: Routledge, 2004), 115.

3. Boyd, *On the Origin of Stories*, 134 (see ch. 1, n. 8).

4. Wilson, *Strangers to Ourselves*, 28 (see ch. 1, n. 1).

5. Lehrer, *How We Decide*, 37 (see ch. 1, n. 9).

6. Boyd, *On the Origin of Stories*, 134.

7. Damasio, *Self Comes to Mind*, 168 (see chap. 1, n. 4).

8. R . Maxwell and R. Dickman, *The Elements of Persuasion: Use Storytelling to Pitch Better, Sell Faster & Win More Business* (New York: HarperBusiness, 2007), 4.

9. Pinker, *How the Mind Works*, 539 (see introduction, n. 4).

10. E. Strout, *Olive Kittridge* (New York: Random House, 2008), 281.

11. Ibid., 224.

12. E. Waugh, *The Letters of Evelyn Waugh*, ed. by M. Amory (London: Phoenix, 1995), 574.

13. M. Mitchell, *Gone with the Wind* (New York: Simon & Schuster Pocketbooks, 2008),1453.

14. W. Golding, *Lord of the Flies* (New York: Perigee Trade 2003), 304.

15. "Gabriel (Jose) García Márquez," *Contemporary Authors Online, Gale, 2007. Reproduced in Biography Resource Center.* (Farmington Hills, MI: Gale, 2007),http://www.gale.cengage.com/free_resources/chh/bio/marquez_g.htm

16. Mitchell, *Gone with the Wind*, 1453.

第三章：有 fu 才是王道

1. Lehrer, *How We Decide*, 13. (see ch. 1, n. 9).

2. A. Damasio, *Descartes' Error: Emotion, Reason, and the Human Brain* (New York: Penguin, 1994), 34-50.

3. Pinker, *How the Mind Works*, 373 (see introduction, n. 4).

4. Gazzaniga, *Human*, 226 (see introduction, n. 1).

5. Damasio, *Self Comes to Mind*, 254 (see ch. 1, n. 4).

6. Gazzaniga, *Human*, 179.

7. Wilson, *Strangers to Ourselves*, 38 (see ch. 1, n. 1).

8. E. George, *Careless in Red* (New York: Harper, 2008), 94.

9. A. Shreve, *The Pilot's Wife* (New York: Little, Brown & Company, 1999), 1.

294   Wired for Story:
The Writer's Guide to Using Brain Science to
Hook Readers from the Very First Sentence

10. E. Leonard, *Freaky Deaky* (New York: William Morrow Paperbacks, 2005), 117.

11. George, *Careless in Red*, 99.

12. Restak, *Naked Brain*, 65 (see ch. 1, n. 2).

13. Pinker, *How the Mind Works*, 421.

14. J. W. Goethe, "The Poet's Year," in *Half-Hours with the Best Authors*, vol. IV, ed. C. Knight (New York: John Wiley, 1853), 355.

15. Gazzaniga, *Human*, 190.

16. C. Heath, and D. Heath, *Made to Stick: Why Some Ideas Survive and Others Die* (New York: Random House, 2007), 20.

17. Common quote based on M. Twain, *Following the Equator* (Hartford, CT: American Publishing Company, 1898), 156.

18. W. Grimes, "Donald Windham, 89, New York Memoirist (Obituary)," *New York Times*, June 4, 2010.

19. J. Franzen, Life and Letters, "Mr. Difficult," *New Yorker*, September 30, 2002, 100.

第四章：故事主角真心企盼的是什麼？

1. Pinker, *How the Mind Works*, 188 (see introduction, n. 4).

2. M. Iacoboni, *Mirroring People: The New Science of How We Connect with Others* (New York: Farrar, Straus & Giroux, 2008), 34.

3. Gazzaniga, *Human*, 179 (see introduction, n. 1).

4. Boyd, *On the Origin of Stories*, 143. (see ch. 1, n. 8).

5. PhysOrg.com, "Readers Build Vivid Mental Simulations" (see introduction, n. 7).

6. Pinker, *How the Mind Works*, 61.

7. *Public Papers of the Presidents of the United States, Dwight D. Eisenhower*, 1957 (Washington, DC: National Archives and Records Service, Federal Register Division, 1958).

8. J. Barnes, *Flaubert's Parrot* (New York: Vintage, 1990), 168.

9. K. Oatley, "A Feeling for Fiction," Greater Good, The Greater Good Science Center, University of California, Berkeley, Fall/Winter 2005-6, http://greatergood.berkeley.edu/article/item/a_feeling_for_fiction.

10. M. Proust, *Remembrance of Things Past*, trans. C. K. Scott-Montcrieff (New York: Random House, 1934), 559.

11. J. Nash, *The Threadbare Heart* (New York: Berkley Trade, 2010), 9.

第五章：探掘主角的內心問題

1. Wilson, *Strangers to Ourselves*, 31. (see ch. 1, n. 1).

2. Gazzaniga, *Human*, 272. (see introduction, n. 1).

3. K. Schulz, *Being Wrong: Adventures in the Margin of Error* (New York: ecco, 2010), 109.

4. Damasio, *Self Comes to Mind*, 211 (see ch. 1, n. 4).

5. T.S. Eliot, *Four Quartets* (Boston: Mariner Books, 1968), 59.

6. B. Forward, "Beast Wars, Part 1," *Transformers: Beast Wars*, season 1, episode 1, directed by I. Pearson, aired September 16, 1996.

7. G. Plimpton, "Interview with Robert Frost," in *Writers at Work: The Paris Review Interviews*, 2nd series (New York: Viking, 1965), 32.

8. T. Brick, "Keep the Pots Boiling: Robert B. Parker Spills the Beans on Spenser," *Bostonia*, Spring 2005.

9. K. A. Porter, interview by B. T. Davis, *The Paris Review* 29 (Winter-Spring 1963).

10. J. K. Rowling, interview by Diane Rehm, *The Diane Rehm Show*, WAMU Radio Washington, DC, transcript by Jimmi Thøgersen, October 20, 1999, http://www.accio-quote.org/articles/1999/1299-wamu-rehm.htm

11. J. K. Rowling, interview by C. Lydon, *The Connection* (WAMU Radio), transcript courtesy The Hogwarts Library, October 12, 1999, http://www.accio-quote.org/articles/1999/1099-connectiontransc2.htm; J. K. Rowling, interview, Scholastic, transcript, February 3, 2000, http://www.

296   **Wired for Story:**
The Writer's Guide to Using Brain Science to
Hook Readers from the Very First Sentence

scholastic.com/teachers/article/ interview-j-k-rowling

12. Gazzaniga, *Human*, 190.

13. Ibid.,274.

第六章：只有具體的細節能呈現故事

1. Pinker, *How the Mind Works* 285 (see introduction, n. 4).

2. Ibid., 290.

3. Gazzaniga, *Human*, 286 (see introduction, n. 1).

4. Damasio, *Self Comes to Mind*, 188. (see ch. 1, n. 4).

5. V.S. Ramachandran, *The Tell-Tale Brain: A Neuroscientist's Quest for What Makes Us Human.* (New York: W.W. Norton, 2011), 242.

6. Damasio, *Self Comes to Mind*, 121.

7. Ibid., 46-47.

8. G. Lakoff, "Metaphor, Morality, and Politics, Or, Why Conservatives Have Left Liberals In The Dust," *Social Research*, 62, no. 2 (Summer 1995): 177-214.

9. Pinker, *How the Mind Works*, 353.

10. J. Geary, "Metaphorically Speaking," TEDGlobal 2009, July 2009, transcript and video, http://www.ted.com/talks/lang/eng/james_geary_metaphorically_speaking.html

11. Aristotle. *Poetics* (Witch Books, 2011), 53.

12. E. Brown, *The Weird Sisters* (New York: Amy Einhorn Books/Putnam, 2011), 71.

13. NPR, "Tony Bennett's Art of Intimacy," September 16, 2011, http://www.npr.org/2011/10/29/141798505/tony-bennetts-art-of-intimacy.

14. Heath, and Heath, *Made to Stick*, 139 (see ch. 3, n. 16).

15. E. Leonard, *Elmore Leonard's 10 Rules of Writing* (New York: William Morrow, 2007), 61.

16. Pinker, *How the Mind Works*, 377.

17. G.G. Marquez, *Love in the Time of Cholera* (New York: Vintage Books, 2007), 6.

第七章：故事必須追求衝突

1. Damasio, *Self Comes to Mind*, 292.

2. Lehrer, *How We Decide*, 210.

3. Wilson, *Strangers to Ourselves*, 155.

4. B. Patoine, "Desperately Seeking Sensation: Fear, Reward, and the Human Need for Novelty," The Dana Foundation, http://www.dana.org/media/detail.aspx?id=23620.

5. Restak, *The Naked Brain*, 216.

6. E. Kross et al., "Social Rejection Shares Somatosensory Representations with Physical Pain," Proceedings of the National Academy of Sciences of the United States of America 108, no. 15 (April 12, 2011) : 6270–6275. http://www.ncbi.nlm.nih.gov/pmc/articles/PMC3076808.

7. J. Mercer, "Ac-cent-tchu-ate the Positive (Mister In-Between)," by J. Mercer and H. Arlen, October 4, 1944, *Over the Rainbow*, Capitol Records.

8. Damasio, *Self Comes to Mind*, 54.

9. Gazzaniga, *Human*, 188-189 (see introduction, n. 1).

10. D. Rock, and J. Schwartz, "The Neuroscience of Leadership with David Rock and Jeffrey Schwartz," *Strategy + Business*, webinars , November 2, 2006, http://www.strategy-business.com/webinars/webinar/webinar-neuro_lead?gko=37c54.

第八章：因果關係

1. J.P. Wright, *The Skeptical Realism of David Hume* (Manchester: Manchester University Press, 1983.), 209.

2. Damasio, *Self Comes to Mind*, 133.

298   Wired for Story:
The Writer's Guide to Using Brain Science to
Hook Readers from the Very First Sentence

3. Gazzaniga, *Human*, 262 (see introduction, n. 1).

4. K. Schulz, "On Being Wrong," TED2011, March 2011, transcript and video, http://www.ted.com/talks/kathryn_schulz_on_being_wrong.html

5. Damasio, *Self Comes to Mind*, 173.

6. Boyd, *On the Origin of Stories*, 89 (see ch. 1, n. 8).

7. L. Neary, "Jennifer Egan Does Avant-Garde Fiction — Old School," NPR, Morning Edition, July 6, 2010, http://www.npr.org/templates/story/story.php?storyId=128702628.

8. A. Chrisafis, "Overlong, Overrated, and Unmoving: Roddy Doyle's Verdict on James Joyce's Ulysses," *The Guardian*, February 10, 2004, http://www.guardian.co.uk/uk/2004/feb/10/booksnews.ireland.

9. J. Franzen, "Q. & A. Having Difficulty with Difficulty," *New Yorker* Online Only, September 30, 2002.

10. A. S. Byatt, "Narrate or Die," *New Yorker Times Magazine*, April 18, 1999, 105-107.

11. Neary, "Jennifer Egan."

12. For the original translation of this phrase from Chekhov's letter to his brother, see W. H. Bruford, Anton Chekhov (New Haven, CT: Bowes and Bowes,1957), 26.

13. Boyd, *On the Origin of Stories*, 91.

14. Damasio, *Self Comes to Mind*, 211

15. The Isaiah Berlin Literary Trust, "Anton Chekhov," The Isaiah Berlin Virtual Literary, 2011, quoted from S. Shchukin, *Memoirs*, 1911, http://berlin.wolf.ox.ac.uk/lists/quotations/quotations_by_ib.html

16. D. Gilbert, "He Who Cast the First Stone Probably Didn't," *New Yorker Times*, July 24, 2006, The Opinion Pages.

17. M. Twain, *The Complete Letters of Mark Twain* (Teddington, UK: Echo Library, 2007), 415.

18. J. Boswell, *The Life of Samuel Johnson* (New York: Oxford University Press, USA, 1998), 528.

第九章：該讓主角吃苦頭的時候，就讓他吃吧，多吃個幾次也沒關係

1. Restak, *The Naked Brain*, 216. (see ch. 1, n. 2).

2. R.I.M. Dunbar, "Why Are Good Writers So Rare? An Evolutionary Perspective on Literature" *Journal of Cultural and Evolutionary Psychology*, 3, no. 1(2005): 7-21.

3. Gazzaniga, *Human*, 220 (see introduction, n. 1).

4. Pinker, *How the Mind Works*, 541(see introduction, n. 4)

5. R.A. Mar et al., "The Function of Fiction Is the Abstraction and Simulation of Social Experience," *Perspectives on Psychological Science* 3, no. 3(2008):173-192.

6. P. Sturges, *Five Screenplays by Preston Struges* (Berkeley, CA: University of California Press, 1986), 541.

7. Schulz, *Being Wrong*, 26 (see ch. 8, n. 4).

8. H. Vendler, *Dickinson: Selected Poems and Commentaries* (Cambridge: Belknap Press of Harvard University Press, 2010), 54.

9. Eagleman, *Incognito*, 145 (see ch. 1, n. 3).

10. J.W. Pennebaker, "Traumatic Experience and Psychosomatic Disease: Exploring the Roles of Behavioural Inhibition, Obsession, and Confiding," *Canadian Psychology*/Psychologie canadienne 26, no. 2 (1985): 82-95.

11. Damasio, *Self Comes to Mind*, 121. (see ch. 1, n. 4).

12. Pinker, *How the Mind Works*, 540.

13. P. McGilligan, *Backstory: Interviews with Screenwriters of Hollywood's Golden Age* (Berkeley and Los Angeles: University of California Press, 1986), 238.

14. T. Carlyle, *The Best Known Works of Thomas Carlyle: Including Sartor Resartus, Heroes and Hero Worship and Characteristics* (Rockville, MD: Wildside Press, 2010), 122.

15. Plutarch. *Plutarch's Lives, Volume 3* (Cambridge, MA: Harvard University Press, 1967), 399.

300 **Wired for Story:**
The Writer's Guide to Using Brain Science to
Hook Readers from the Very First Sentence

16. C.G. Jung, *Alchemical Studies (Collected Works of C.G. Jung Vol.13)* (Princeton, NJ: Princeton University Press, 1983), 278.

第十章：從「梗」通往「相應的結果」

1. Boyd, *On the Origin of Stories*, 89 (see ch. 1, n. 8).

2. S.J. Gould, *Bully for Brontosaurus: Reflections in Natural History* (New York: W. W. Norton, 1991), 268.

3. Damasio, *Self Comes to Mind*, 64. (see ch. 1, n. 4).

4. Gazzaniga, *Human*, 226 (see introduction, n. 1).

5. Heath and Heath, *Made to Stick*, 286 (see ch. 3, n. 16).

6. D. Rock, and J. Schwartz, "The Neuroscience of Leadership with David Rock and Jeffrey Schwartz," *Strategy + Business*, webinars , November 2, 2006, http://www.strategy-business.com/webinars/webinar/webinar-neuro_lead?gko=37c54.

7. R. Chandler, *Raymond Chandler Speaking* (Berkeley and Los Angeles, CA: University of California Press, 1997), 65.

8. A. Gorlick, "Media Multitaskers Pay Mental Price, Stanford Study Shows," *Stanford* Report, August 24, 2009, http://news.stanford.edu/news/2009/august24/multitask-research-study-082409.

9. Boyd, *On the Origin of Stories*, 90.

10. J. Stuart and S. E. de Souza, *Die Hard*, directed by J. McTiernan. Silver Pictures and Gordon Company, 20th Century Fox, 1988.

11. C. Leavitt, *Girls in Trouble* (New York: St. Martin's Griffin, 2005), 98.

第十一章：此時，來看看先前發生了什麼事⋯

1. S. B. Klein, et al., "Decisions and the Evolution of Memory: Multiple Systems, Multiple Functions," *University of California, Santa Barbara Psychological Review* 109, no. 2 (2002): 306–329.

2. Damasio, *Self Comes to Mind*, 211. (see ch. 1, n. 4).

3. Gazzaniga, *Human*, 187-88 (see introduction, n. 1).

4. Ibid., 224.

5. Pinker, *How the Mind Works*, 540 (see introduction, n. 4).

6. D. Chase, R. Green, and M. Burgess, "All Due Respect," The Sopranos, season 5, episode 13, directed by J. Patterson, aired June 6, 2004 (HBO, Chase Films, and Brad Grey Television).

7. Lehrer, *How We Decide*, 237 (see ch. 1, n. 9).

8. N. Bransford, "Setting the Pace," March 5, 2007, http://blog. nathanbransford.com/2007/03/setting-pace.html.

9. Boyd, *On the Origin of Stories*, 90. (see ch. 1, n. 8).

10. G. Lucas, G. Katz, and W. Huyck, *American Graffiti*, directed by G. Lucas. American Zoetrope and LucasFilm, Universal Pictures, 1973.

11. W. Mosley, *Fear Itself* (New York: Little, Brown & Company, 2003), 140.

12. Gazzaniga, *Human*, 190.

第十二章：作家的大腦如何影響故事寫作？

1. Restak, *Naked Brain*, 23 (see ch. 1, n. 2).

2. P.C. Fletcher, et al., "On the Benefits of Not Trying: Brain Activity and Connectivity Reflecting the Interactions of Explicit and Implicit Sequence Learning," *Cerebral Cortex* 15, no. 7 (2005): 1002-1015.

3. Restak, *Naked Brain*, 23

4. H. A. Simon, *Models of Bounded Rationality*, Vol 3: Empirically Grounded Economic Reason. (Cambridge, MA: MIT Press, 1997), 178.

5. Damasio, *Self Comes to Mind*, 275. (see ch. 1, n. 4).

6. J. Irving, *Trying to Save Piggy Sneed* (New York: Arcade Publishing, 1996), 5.

7. S. Silverstein, *Not Much Fun: The Lost Poems of Dorothy Parker* (New York: Scribner, 2009), 47.

8. Dunbar, Why Are Good Writers So Rare? (see ch. 9, n. 2).

302   Wired for Story:
The Writer's Guide to Using Brain Science to
Hook Readers from the Very First Sentence

9. Based on a concurring opinion by Justice P. Stewart, Jacobellis v. Ohio, 378 U.S. 184 (1964)

10. D.G. Dutton et al., "Some Evidence for Heightened Sexual Attraction under Conditions of High Anxiety," *Journal of Personality and Social Psychology* 30, no. 4 (1974): 510-517.

11. A.O. Scott, "'Da Vinci Code' Enters Yawning." *New York Times*, May 17, 2006, http://www.nytimes.com/2006/05/17/arts/17iht-review.1767919.html?scp=7&sq=goldsman%20da%20vinci%20brown&st=cse.

12. D. Stevens, Slate, March 22, 2005, http://www.slate.com/articles/news_and_politics/surfergirl/2005/03/what_have_you_done_with_my_office.single.html#pagebreak_anchor_2.

13. M. Cervantes Saaveda, *The Life And Exploits Of the Ingenious Gentleman Don Quixote De La Mancha*, vol. 2. (Charleston, SC: Nabu Press, 2011), 104.

14. Wikipedia, s.v. "Michael Arndt," accessed October 25, 2011, http://en.wikipedia.org/wiki/Michael_Arndt.

15. A. Thompson, "'Closet screenwriter' Arndt Comes into Light," *Hollywood Reporter*, November 17, 2006.

16. J. London, "Getting into Print," The Editor, March 1903.

17. B. Strickland, ed., *On Being a Writer* (Cincinnati, OH: Writers Digest Books, 1992).

18. Eagleman, *Incognito* (see ch. 1, n. 3).

大腦抗拒不了的情節 三版

創意寫作者應該熟知、並能善用的經典故事設計思維

Wired for Story

The Writer's Guide to Using Brain Science to Hook Readers from the Very First Sentence

■ 麗莎·克隆 Lisa Cron 著
■ 陳榮彬 譯

大寫出版　書系｜知道的書 Catch-on!　書號｜HC0034T

著者	麗莎·克隆 Lisa Cron
譯者	陳榮彬
內頁視覺設計	張鎔昌
行銷企畫	廖倚萱
業務發行	王綬晨、邱紹溢、劉文雅
總編輯	鄭俊平
發行人	蘇拾平

出版	大寫出版
發行	大雁出版基地
	www.andbooks.com.tw
	地址：新北市新店區北新路三段 207-3 號 5 樓
	電話：(02)8913-1005 傳真：(02)8913-1056
	劃撥帳號：19983379　戶名：大雁文化事業股份有限公司

三版一刷　2024 年 1 月
定　　價　450 元
版權所有·翻印必究
ISBN 978-626-7293-40-9
Printed in Taiwan·All Rights Reserved
本書如遇缺頁、購買時即破損等瑕疵，請寄回本社更換

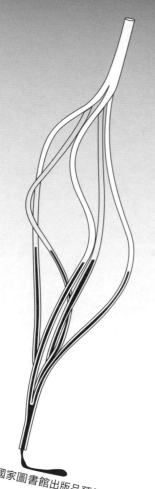

國家圖書館出版品預行編目 (CIP) 資料

大腦抗拒不了的情節：創意寫作者應該熟知、並能善用的經典故事設計思維
麗莎‧克隆 (Lisa Cron) 著；陳榮彬譯
三版 | 新北市 | 大寫出版 | 大雁出版基地發行 | 2024.01
304 面；16*22 公分
(知道的書 Catch-on!；HC0034T)
Wired for Story: the writer's guide to using brain science to hook readers
from the very first sentence
ISBN 978-626-7293-40-9(平裝)

1.CST: 英語　2.CST: 修辭學　3.CST: 寫作法

805.171

112020864